Edgar Allan Poe
(1809-1849)

Edgar Allan Poe (1809-1849) nasceu em Boston, nos Estados Unidos, filho de um casal de atores. Ambos sofriam de tuberculose e morreram em 1811. Edgar, então com dois anos de idade, foi adotado por John Allan – um rico comerciante – e, como único filho da abastada família, teve uma infância feliz.

Em 1826, Poe ingressou na Universidade de Virgínia. No primeiro semestre, passou a maior parte de seu tempo entre mulheres e bebidas. Nesse período, teve uma séria discussão com seu pai adotivo e fugiu de casa para se alistar no exército.

Alguns anos depois, sua mãe implorou ao marido que procurasse o filho para que fizessem as pazes. Isso aconteceu, mas os dois jamais conseguiram ter um bom relacionamento novamente. Após a morte da esposa, John Allan casou-se mais uma vez, e sua nova mulher repudiava o enteado. Em 1831, Poe saiu do exército e passou a vagar pelas ruas, sozinho e sem dinheiro. Nessa época, ele já escrevia poesias, porém com pouco sucesso.

No mesmo ano, formou uma nova família ao casar-se com a filha de catorze anos de uma tia sua. Eles se mudavam com frequência, e Poe pulava de emprego em emprego, publicando alguns contos esparsos. A família era muito pobre, passava frio e possivelmente até fome. Sua esposa era doente e Poe, quase um alcoólatra. Quando a mulher morreu, ele passou a cortejar viúvas ricas, e sua escrita tornou-se cada vez mais atormentada.

Apesar dos seus esforços, Poe morreu pobre e sozinho, com apenas quarenta anos.

poema "O corvo", o rom... e os contos "O gato pre..., que o consagraram co... ura mundial.

Livros do autor na Coleção **L&PM** POCKET:

Assassinatos na rua Morgue e outras histórias
A carta roubada e outras histórias de crime e mistério
O escaravelho de ouro e outras histórias (inclui *O mistério de Marie Rogêt*)
O relato de Arthur Gordon Pym

Edgar Allan Poe

O ESCARAVELHO DE OURO
e outras histórias

Inclui **O MISTÉRIO DE MARIE ROGÊT**

Tradução de Rodrigo Breunig
e Bianca Pasqualini

www.lpm.com.br

L&PM POCKET

Coleção **L&PM** POCKET, vol. 912

Texto de acordo com a nova ortografia.
Título original: "MS. Found in a Bottle", "The Assignation", "Morella", "The Conversation of Eiros and Charmion", "A Descent into the Maelström", "The Mystery of Marie Rogêt", "The Tell-Tale Heart", "The Gold-Bug", "A Tale of the Ragged Mountains", "The Premature Burial", "The Oblong Box", "'Thou Art the Man'", "The Imp of the Perverse".

Primeira edição na Coleção **L&PM** POCKET: janeiro de 2011
Esta reimpressão: abril de 2024

Capa: Ivan Pinheiro Machado. *Ilustração*: "Edgar Allan Poe", óleo sobre tela (1907), Ismael Gentz. © Album/akg-images/Akg-Images/Latinstock.
Tradução: Rodrigo Breunig
Tradução de "O mistério de Marie Rogêt": Bianca Pasqualini
Preparação: Patrícia Yurgel e Bianca Pasqualini
Revisão: Lia Cremonese e Tiago Martins

CIP-Brasil. Catalogação na Fonte
Sindicato Nacional dos Editores de Livros, RJ

P798e

Poe, Edgar Allan, 1809-1849
    O escaravelho de ouro e outras histórias – inclui O mistério de Marie Rogêt / Edgar Allan Poe; tradução de Rodrigo Breunig – Porto Alegre, RS: L&PM, 2024.
    240p. – (Coleção L&PM POCKET; v. 912)

    ISBN 978-85-254-1876-0

    1. Ficção americana. I. Breunig, Rodrigo. II. Pasqualini, Bianca. III. Título. IV. Título: O mistério de Marie Rogêt. V. Série.

09-0862.   CDD: 813
                                CDU: 821.111(73)-3

© da tradução, L&PM Editores, 2010

Todos os direitos desta edição reservados a L&PM Editores
Rua Comendador Coruja, 314, loja 9 – Floresta – 90220-180
Porto Alegre – RS – Brasil / Fone: 51.3225-5777

Pedidos & Depto. Comercial: vendas@lpm.com.br
Fale conosco: info@lpm.com.br
www.lpm.com.br

Impresso na Gráfica e Editora Pallotti, Santa Maria, RS, Brasil
Outono de 2024

Sumário

Manuscrito encontrado numa garrafa 7
O encontro..21
Morella...35
A conversa de Eiros e Charmion.....................................42
Uma descida para dentro do Maelström 49
O mistério de Marie Rogêt 69
O coração delator 122
O escaravelho de ouro..129
Um conto das Montanhas Escabrosas............................171
O sepultamento prematuro...183
A caixa oblonga 200
"Tu és o homem" 214
O demônio da impulsividade 232

MANUSCRITO ENCONTRADO NUMA GARRAFA

*Qui n'a plus qu'un moment à vivre
N'a plus rien à dissimuler.*
Quinault – *Atys**

De minha terra e de minha família tenho pouco a dizer. Maus costumes e o passar dos anos me afastaram de uma e me alienaram da outra. A riqueza hereditária proporcionou-me uma educação fora do comum, e um modo de pensar contemplativo habilitou-me a sistematizar o repertório que o estudo precoce armazenara com muita diligência. Mais do que todas as coisas, os moralistas alemães deram-me grande deleite; não devido a alguma admiração desavisada por sua loucura eloquente, mas pela naturalidade com que meus rígidos hábitos de pensamento permitiram-me detectar suas falsidades. Fui muitas vezes repreendido devido à aridez de meu gênio; uma deficiência de imaginação foi-me imputada como um crime; e o pirronismo das minhas opiniões me fez sempre notório. De fato, um forte apego à filosofia natural matizou minha mente, receio, com um erro muito comum nestes tempos – refiro-me ao hábito de atribuir acontecimentos, mesmo os menos suscetíveis a tais atribuições, aos princípios dessa ciência. Em síntese, pessoa nenhuma poderia ser menos propensa do que eu a se deixar levar para longe das severas fronteiras da verdade pelos *ignes fatui*** da superstição. Julguei apropriado fazer esta introdução por temer que a incrível história que tenho para contar possa ser considerada antes o desvario de uma imaginação rude

---

* Da ópera trágica *Atys* (1676), dos franceses Philippe Quinault e Jean-Baptiste Lully: "Para quem só resta um momento de vida/ Não há mais nada a dissimular". (N.T.)

** Fogos-fátuos. (N.T.)

do que a experiência concreta de uma mente para a qual os devaneios da fantasia eram letra morta e nulidade.

Depois de muitos anos viajando pelo estrangeiro, embarquei, no ano de 18..., no porto de Batávia, na rica e populosa ilha de Java, numa viagem ao arquipélago de Sonda. Viajei como passageiro – não tendo outra motivação senão uma espécie de desassossego nervoso que me assombrava como um demônio.

Nossa embarcação era um belo navio de cerca de quatrocentas toneladas, firmado em cobre e construído em Bombaim com teca de Malabar. Estava carregado com algodão em rama e óleo, das ilhas Laquedivas. Também tínhamos a bordo fibra de coco, açúcar mascavo, manteiga líquida, cocos e algumas caixas de ópio. O armazenamento fora feito de modo canhestro, e por isso o navio adernava.

Partimos com um mero sopro de vento e por muitos dias permanecemos ao longo da costa oriental de Java, sem nenhum incidente que quebrasse a monotonia de nosso avanço, nada que não fosse um encontro ocasional com alguns pequenos barcos do arquipélago para o qual nos dirigíamos.

Num fim de tarde, debruçado no parapeito da popa, observei uma nuvem isolada, muito peculiar, a noroeste. Ela era formidável, tanto por sua cor quanto por ser a primeira que víamos desde que saíramos de Batávia. Olhei para ela com a maior atenção até o pôr do sol, quando ela se espalhou de uma só vez a leste e oeste, cingindo o horizonte com uma estreita faixa de vapor, com a aparência de uma longa linha baixa de praia. Minha atenção foi logo a seguir atraída pela aparição avermelhada da lua e pelo aspecto pitoresco do mar. Este último estava passando por uma rápida transformação, e a água parecia mais transparente do que o normal. Embora eu pudesse enxergar com clareza o fundo, verifiquei, lançando a sonda, que estávamos numa profundidade de trinta metros. Então o ar se tornou intoleravelmente quente, carregado de exalações espirais semelhantes às que emanam de ferro aquecido. À medida que a noite caía, os menores sopros de vento se esgotavam, e era impossível conceber uma calmaria maior do que aquela. A chama de uma vela queimava na popa, sem apresentar nem o mais imperceptível movimento, e um longo fio de cabelo, sustentado com dedão e indicador, pendia sem que houvesse a menor possibilidade de detectarmos uma vibração. Entretanto, o capitão dizia não perceber nenhuma indicação de perigo, e, como estávamos sendo levados pela corrente diretamente para a costa, ele ordenou que as velas fossem recolhidas e que se lançasse âncora. Nenhum vigia foi designado, e a tripulação, constituída na maioria por malaios, ficou descansando à vontade no convés. Desci às cabines – não sem um palpável pressentimento de infortúnio. De fato, todos aqueles fenômenos me autorizavam a temer a chegada de um simum.* Falei de meus medos ao capitão; mas ele não deu atenção ao que eu disse, e se afastou sem sequer me dar resposta. Meu desconforto, no entanto, não me deixava dormir e, por volta da meia-noite, subi para o convés. Assim que botei o pé no último degrau da escada do tombadilho, sobressaltei-me com um ruído alto, uma espécie de zumbir, como o som da rápida rotação de uma roda de moinho, e antes que eu pudesse descobrir seu significado, senti que o navio estremecia desde o centro. No momento seguinte, uma vastidão de espuma nos arremessou em adernamento e, cobrindo-nos por inteiro, varreu o convés de proa a popa.

A extrema fúria da rajada provou-se, em grande medida, a salvação do navio. Embora completamente inundado, ele, no entanto, como os mastros se quebraram e caíram no mar, pôde se erguer com esforço depois de um minuto e, vacilando um pouco na imensa pressão da tempestade, por fim aprumou-se.

É impossível dizer que espécie de milagre me salvou da morte violenta. Estupefato pelo choque da água, encontrei-me, quando recobrei os sentidos, prensado entre o cadaste

---

* O "vento venenoso", um vento violentamente quente e seco, carregado de areia, que vem dos desertos árabes e africanos. (N.T.)

e o leme. Com grande dificuldade, levantei-me e, olhando em volta, atordoado, fui inicialmente assaltado pela ideia de que estivéssemos em área de rebentação, tão aterrorizante e avesso à mais louca imaginação era o redemoinho de oceano montanhoso e espumante no qual estávamos engolfados. Depois de um tempo, ouvi a voz de um velho sueco, que embarcara no momento em que deixamos o porto. Chamei-o com todas as forças, e ele em seguida se aproximou, cambaleando em direção à popa. Logo descobrimos que éramos os únicos sobreviventes do acidente. Todos os que estavam no convés, exceto nós, haviam sido varridos para o mar; o capitão e os imediatos deviam ter perecido enquanto dormiam, pois as cabines estavam submersas em água. Sem assistência, não tínhamos como fazer muito pela segurança do navio, e nossos esforços foram, num primeiro momento, paralisados pela expectativa temporária de que fôssemos afundar. O cabo da âncora, é claro, rebentara como um barbante ao primeiro sopro do furacão, e não fosse isso teríamos ido a pique na mesma hora. Estávamos sendo arrastados pelo mar numa velocidade assustadora, e a água elevava ondas íngremes sobre nós. A estrutura da popa estava demasiado danificada e, em quase todos os aspectos, havíamos sofrido prejuízos consideráveis; mas, para nossa máxima alegria, verificamos que as bombas de água estavam desobstruídas e que o lastro ainda podia nos manter estáveis. O ataque mais furioso do furacão havia passado, e já não víamos tanto perigo na violência do vento; mas aguardávamos a total cessação com desânimo, acreditando seriamente que, em condições tão avariadas, fatalmente pereceríamos na tremenda ondulação que se seguiria. Mas essa justa apreensão não parecia ter grandes probabilidades de se concretizar. Durante cinco dias e cinco noites – período no qual nossa subsistência foi garantida apenas por uma pequena quantidade de açúcar mascavo, resgatado com grande dificuldade no castelo de proa – o casco voou pelo mar numa velocidade que desafiava a compreensão, tocado por sucessivas rajadas de vento que, mesmo sem se igualar à violência inicial do simum, eram mais terríveis que qualquer tempestade que eu já havia testemunhado. Nosso rumo, nos primeiros quatro dias, era sudeste para sul; e provavelmente navegamos pela costa da Nova Holanda.* No quinto dia o frio se tornou extremo, embora o vento tivesse virado um ponto para o norte. O sol nasceu com um doentio brilho amarelo e subiu apenas uns poucos graus acima do horizonte – sem emitir luz decente. Não se viam nuvens, mas o vento ganhava força e soprava com uma fúria espasmódica e instável. Por volta do meio-dia, segundo a estimativa que fizéramos do horário, nossa atenção foi mais uma vez atraída pela aparição do sol. Ele não emitia luz propriamente dita, mas um brilho embotado e sombrio, como se seus raios estivessem polarizados. Pouco antes de afundar no mar túrgido, suas chamas centrais se apagaram de súbito, como que extintas por algum poder inexplicável. Ele era apenas um aro turvo e prateado quando sumiu no oceano insondável.

Esperamos em vão pela chegada do sexto dia – esse dia ainda não chegou para mim –; para o sueco, não chegou e não chegará. Dali em diante fomos envolvidos por uma escuridão tão negra que não podíamos enxergar um objeto que estivesse a quinze metros do navio. A noite eterna nos abraçava sem parar, e não havia o alívio do mar brilhante ao qual tínhamos nos acostumado nos trópicos. Também observamos que, embora a tempestade continuasse a nos assolar com violência incessante, não ocorria mais a usual aparição de rebentação ou espuma que nos acompanhara até ali. Tudo em volta era horror e treva espessa e um opressivo e negro deserto de ébano. Terrores supersticiosos foram impregnando aos poucos o espírito do velho sueco, e minha própria alma ficou tomada de um assombro silencioso. Desistimos de todos os cuidados com o navio, mais do que inúteis, e, segurando-nos tão bem quanto possível no toco do mastro de mezena, ficamos olhando com amargura aquele mundo

---

* Austrália. (N.T.)

de oceano. Não tínhamos como calcular o tempo nem como adivinhar nossa localização. Tínhamos, no entanto, plena consciência de que avançáramos mais para o sul do que qualquer outro navegador, e nos causou grande perplexidade que não topássemos com os usuais obstáculos de gelo. Enquanto isso, cada instante nos parecia ser o último – cada vagalhão montanhoso se precipitava para nos esmagar. A ondulação superava tudo que eu já havia imaginado, e é um milagre que não tenhamos sido imediatamente sepultados por ela. Meu companheiro falou da leveza de nossa carga e das excelentes qualidades do nosso navio; mas eu não conseguia deixar de pensar na desesperança da própria esperança, e estava preparado, com tristeza, para uma morte que, segundo pensei, nada poderia evitar, e que viria em questão de minutos, à medida que, a cada metro que avançávamos, a ondulação negra do estupendo mar se tornava mais lúgubre e pavorosa. Por vezes ofegávamos, sem ar, numa altitude de voo de albatroz – por vezes ficávamos tontos com a velocidade de nossa descida para dentro de um inferno aquático, onde o ar se estagnava e nenhum som perturbava o sono do kraken.*

Estávamos no fundo de um desses abismos quando um grito intenso do meu companheiro irrompeu medonhamente na noite.

– Veja! Veja! – ele disse, berrando em meus ouvidos. – Deus todo-poderoso! Veja! Veja!

Enquanto ele falava, tomei consciência do brilho de uma luz vermelha, embotada e sombria, que jorrava pelas paredes do vasto precipício em que caíramos e iluminava em espasmos o nosso convés. Olhando para cima, contemplei um espetáculo que congelou o sangue em minhas veias. A uma altura assustadora, diretamente acima de nós, e bem na margem do precipício, estava suspenso um navio gigantesco, de umas quatro mil toneladas. Embora estivesse no topo de uma onda cuja altura devia ser cem vezes maior do que a sua, seu tamanho aparente, mesmo assim, excedia o

---

* Monstro marinho nórdico. (N.T.)

de qualquer navio de guerra ou da Companhia das Índias. Seu enorme casco era de um preto sujo e profundo, e era desprovido dos entalhes habituais de um navio. Uma única fileira de canhões de bronze se projetava das portinholas abertas, que refletiam, nas superfícies polidas, as chamas de inumeráveis lanternas de batalha, que balançavam para lá e para cá no cordame. Mas o que mais nos encheu de horror e perplexidade foi que ele se sustentava, com todo o pano nos mastros, na superfície de um mar sobrenatural, nas garras de um furacão incontornável. Quando começamos a avistá-lo, só víamos a proa, enquanto ele subia devagar e deixava atrás de si um abismo obscuro e horrível. Durante um momento de intenso terror, ele parou sobre o vertiginoso pináculo, como que contemplando sua própria sublimidade; então estremeceu e vacilou – e caiu.

Nesse instante, passei a sentir em meu espírito um autocontrole inexplicável. Cambaleando, recuei para a popa o mais que pude e aguardei sem medo a ruína que esmagaria tudo. Nossa própria embarcação estava agora desistindo de lutar e afundava de cabeça no oceano. O choque daquela massa descendente a atingiu, assim, na porção de sua estrutura que já estava submersa, e o resultado inevitável foi que fui arremessado, com irresistível violência, até o cordame do navio estranho.

Quando caí nele, o navio girou, virou de bordo e prosseguiu; à confusão que se deu atribuí o fato de minha presença não ter sido percebida pela tripulação. Com pouca dificuldade, caminhei, despercebido, até a escotilha principal, que estava parcialmente aberta, e logo tive oportunidade de me esconder no porão de carga. Não sei bem como explicar por que fiz isso. Um sentimento indefinido, um temor que senti quando olhei pela primeira vez para os marinheiros do navio, foi, quem sabe, o que me fez procurar refúgio. Eu não estava disposto a confiar numa espécie de gente que, ao meu olhar apressado, inspirava tantas impressões vagas de novidade, de dúvida e de apreensão. Julguei que o mais apropriado, portanto, era arranjar um esconderijo no porão de carga. Para tanto, arranquei umas poucas pranchas do chão, de modo que pudesse obter um abrigo conveniente entre as enormes vigas do navio.

Eu mal acabara de completar meu trabalho quando ouvi passos no porão e me vi obrigado a fazer uso do abrigo. Um homem passou por meu esconderijo com um andar lento e irregular. Não consegui enxergar seu rosto, mas tive oportunidade de observar sua aparência geral. Havia nela uma evidência de idade avançada e de enfermidade. Seus joelhos vacilavam com o peso dos anos, e toda a figura do homem tremia em função do fardo. Ele murmurava para si, num tom baixo e entrecortado, palavras de uma língua que eu não entendia, e tateou, num canto, em meio a um monte de instrumentos estranhos e mapas de navegação deteriorados. Suas maneiras eram uma mistura bizarra de rabugice senil com a solene dignidade de um deus. Por fim ele subiu ao convés, e não o vi mais.

* * *

Um sentimento, para o qual não tenho nome, tomou posse de minha alma – uma sensação que não admite análise, para a qual as lições do passado são inadequadas e para a qual, eu temo, nem mesmo a futuridade trará a chave. Para uma mente constituída como a minha, esta última consideração é uma desgraça. Nunca estarei – sei que nunca estarei – satisfeito no que concerne à natureza de minhas concepções. E, contudo, não é de estranhar que essas concepções sejam indefinidas, visto que se originam de fontes tão completamente inéditas. Um novo sentimento – uma nova entidade foi adicionada a minha alma.

* * *

Faz muito tempo que andei pela primeira vez pelo convés deste terrível navio, e os raios do meu destino estão, creio, convergindo para um foco. Homens incompreensíveis! Afogados em meditações de um tipo que não consigo compreender, eles passam por mim e não notam minha presença. Esconder-me é puro desatino de minha parte, pois estas pessoas *não querem* ver. Foi agora mesmo que passei bem diante dos olhos do imediato; não foi muito tempo atrás que me aventurei a entrar na cabine privada do capitão e de lá tirei os materiais com que escrevo e venho escrevendo. De tempos em tempos darei continuidade a este diário. É verdade que eu posso não vir a ter oportunidade de transmiti-lo ao mundo, mas não abrirei mão de tentar. No último momento, acondicionarei o manuscrito numa garrafa, e lançarei a garrafa ao mar.

* * *

Ocorreu um incidente que me forneceu novos pontos para meditação. Será tudo isto a operação de um acaso desgovernado? Eu me aventurara pelo convés e me deitara, sem despertar nenhuma atenção, entre um monte de enfrechates e velame velho, no fundo do escaler. Cismando na singularidade do meu destino, pincelei distraidamente, com uma brocha de alcatrão, as extremidades de uma vela leve, dobrada com cuidado, que vi perto de mim, sobre uma barrica. Essa vela está agora içada no navio, e as pinceladas impensadas formam a palavra DESCOBERTA.

Observei muito, nos últimos tempos, a estrutura do navio. Embora bem armado, ele não é, creio, um navio de guerra. O cordame, a construção, os equipamentos em geral, tudo refuta uma suposição desse tipo. O que ele *não é*, posso perceber com facilidade; o que ele *é*, temo que seja impossível dizer. Não sei como pode ser, mas, quando analiso seu estranho modelo e sua singular mastreação, seu vasto tamanho e seu enorme conjunto de velas, sua proa bastante simples e sua popa antiquada, dispara ocasionalmente pelo meu cérebro uma sensação de familiaridade, e, a essas indistintas sombras de recordação, mistura-se sempre uma memória inexplicável de velhas crônicas estrangeiras e de eras muito remotas.

* * *

Tenho reparado no madeirame desta nau. Ela é feita de um material que me é estranho. Há uma característica peculiar na madeira que me surpreende por parecer torná-la imprópria para o propósito ao qual foi aplicada. Refiro-me a sua extrema *porosidade*, considerada independentemente de sua condição de poder ser devorada por vermes, o que é uma consequência da navegação por estes mares, e à parte da podridão que chega com o tempo. Parecerá, talvez, uma observação algo extravagante, mas essa madeira teria todas as características do carvalho espanhol, se o carvalho espanhol pudesse se dilatar por meios artificiais.

Lendo a sentença acima, um curioso aforismo de um navegador holandês, um velho calejado pelas intempéries, vem na hora à minha cabeça: "É tão certo", ele tinha o costume de dizer, quando alguma dúvida era levantada acerca da veracidade de sua história, "como é certo que há um mar onde o próprio navio aumenta de volume, como o corpo vivo do marinheiro".

* * *

Cerca de uma hora atrás, tive a audácia de me introduzir num grupo de tripulantes. Eles não me deram atenção e, embora eu me parasse exatamente no meio de todos eles, simplesmente não tomaram conhecimento da minha presença, ao que pareceu. Como aquele que eu vira no porão, todos carregam com eles as marcas de uma velhice encanecida. Seus joelhos tremiam por enfermidade; seus ombros se curvavam por decrepitude; suas peles enrugadas estalavam no vento; suas vozes eram baixas, trêmulas e entrecortadas; seus olhos reluziam com a reuma dos anos; e seus cabelos grisalhos ondeavam de uma forma horrível na tempestade. Em volta deles, em todos os cantos do convés, espalhavam-se instrumentos matemáticos de configuração esquisita e obsoleta.

* * *

Mencionei, algum tempo atrás, o envergamento de uma vela leve. De lá para cá, o navio, arrastado a toda pelo vento, continuou seu aterrorizante avanço para o sul, com todas as velas esfarrapadas sendo utilizadas, todo o pano largado nos mastros principais e nos botalós baixos e, a todo momento, balançando as vergas do mastaréu no inferno de água mais apavorante que a mente de um homem já pôde conceber. Acabei de sair do convés, onde me parece ser impossível ficar de pé, embora a tripulação não esteja passando por maiores inconvenientes. É para mim o milagre dos milagres que o nosso enorme casco não seja engolido de uma só vez e para sempre. Estamos condenados a pairar continuamente à beira da eternidade, sem nunca efetuar o mergulho final no abismo. Por vagalhões mil vezes mais estupendos do que qualquer um que eu já tenha visto, planamos com a agilidade certeira de uma gaivota; e as águas colossais elevam suas cabeças sobre nós como demônios das profundezas, mas como demônios que se limitam a ameaçar e estão proibidos de destruir. Inclino-me a atribuir nossas salvações frequentes à única causa natural que pode dar conta de tal efeito. Suponho que o navio avança sob a influência de alguma forte corrente, ou de alguma impetuosa ressaca.

* * *

Estive com o capitão frente a frente e em sua própria cabine – mas, como eu já esperava, ele não me deu atenção. Embora em sua aparência não haja, para um observador casual, nada que possa indicar que ele seja mais ou menos humano, um sentimento de irreprimível reverência e temor se misturava à sensação de espanto com que eu o encarava. Sua altura é quase idêntica à minha: ele tem cerca de um metro e setenta. Sua compleição física é compacta e bem-formada, nem robusta nem muito franzina. Mas é a singularidade da expressão que reina em seu rosto, é a intensa, a maravilhosa e a vibrante evidência de velhice, tão funda, tão extremada, o que excita em meu espírito uma sensação – um sentimento inefável. Sua fronte, apesar de pouco enrugada, parece trazer consigo a estampa de uma miríade de anos. Seus cabelos grisalhos são registros do passado, e seus olhos, ainda mais cinzentos, são as sibilas do futuro. O chão da cabine estava abarrotado de in-fólios estranhos com fechos de ferro, de instrumentos científicos deteriorados e de mapas obsoletos e há muito esquecidos. O capitão tinha a cabeça apoiada nas mãos e estudava atentamente, com um olhar vibrante e inquieto, um papel que julguei ser uma procuração e que, em todo caso, trazia a assinatura de um monarca. Ele murmurava consigo, em voz baixa – como fazia aquele marinheiro que vi no porão –, algumas sílabas rabugentas de uma língua estrangeira; e embora ele estivesse bem ao meu lado, sua voz parecia a de um homem que está a um quilômetro de distância.

* * *

O navio e tudo nele estão imbuídos com o espírito da Antiguidade. Os marinheiros deslizam para lá e para cá como fantasmas de séculos enterrados; seus olhos têm uma expressão ansiosa e apreensiva; e quando seus vultos cruzam o meu caminho, na claridade agreste das lanternas de batalha, sinto o que nunca senti antes, embora eu tenha sido um negociante de antiguidades durante toda a vida e tenha me embebido nas sombras das colunas caídas em Balbec, em Tadmor e em Persépolis, até que minha própria alma se transformasse em ruína.

* * *

Quando olho ao redor, sinto vergonha de minhas apreensões iniciais. Se tremi diante da tempestade que nos acompanhou até aqui, não devo ficar horrorizado diante da guerra entre vento e oceano, cuja ideia as palavras tornado e simum são triviais demais para transmitir? Tudo que há nas proximidades imediatas do navio é a escuridão da noite eterna e um caos de água sem espuma; a mais ou menos uma légua para cada lado do navio, porém, podem ser vistos, de maneira indistinta e a intervalos, estupendos baluartes de gelo, que se erguem a perder de vista no céu desolado, como se fossem as muralhas do universo.

* * *

Como imaginei, comprova-se que o navio segue uma corrente – se é que se pode nomear apropriadamente assim um fluxo que, uivando e gritando pelo gelo branco, troveja para o sul com a velocidade impetuosa e enérgica de uma catarata.

* * *

Conceber o horror de minhas sensações é, presumo, completamente impossível; e, no entanto, uma curiosidade de penetrar os mistérios desses lugares horrendos prevalece até mesmo sobre o meu desespero, e me reconcilia com o teor medonho da morte. É verdade que estamos voando na direção de alguma revelação emocionante – de algum segredo que não poderá ser revelado jamais, cuja descoberta nos destruirá. Talvez essa corrente nos leve ao próprio Polo Sul. É preciso confessar que uma suposição como essa, em princípio tão bárbara, tem todas as probabilidades a seu favor.

* * *

A tripulação percorre o convés com passos trêmulos e inquietos; mas há em seus semblantes uma expressão que é mais a avidez da esperança do que a apatia do desespero.

Enquanto isso, o vento ainda sopra em nossa popa e, como temos todo o pano do mundo nos mastros, o navio às vezes flutua sem tocar as águas! Ah, horror dos horrores! O gelo de repente se abre à direita e à esquerda, e estamos rodopiando vertiginosamente em imensos círculos concêntricos, girando em torno de um gigantesco anfiteatro, cujas paredes são tão altas que se perdem na escuridão e na distância. Mas pouco tempo me restará para ponderar sobre o meu destino! Os círculos se fecham cada vez mais, estamos mergulhando loucamente nas garras do redemoinho – e em meio a um rugir e urrar e trovejar de oceano e de tempestade, o navio está estremecendo e – meu Deus! – afundando!

Nota: O "Manuscrito encontrado numa garrafa" foi publicado originalmente em 1831; e foi só muitos anos depois que tomei conhecimento dos mapas de Mercator, nos quais o oceano é representado precipitando-se, por quatro bocas, para dentro do (setentrional) Golfo Polar, para ser absorvido pelas entranhas da Terra; o próprio Polo é representado por uma rocha negra que se eleva a uma altura prodigiosa.

O ENCONTRO

*Espera por mim! Não deixarei
De te encontrar no vale profundo.*

Elegia sobre a morte de sua mulher, por Henry King,
bispo de Chichester*

Malfadado e misterioso homem! Aturdido no brilho da tua própria imaginação e consumido pelas chamas da tua própria juventude! Vislumbro de novo a tua imagem! Mais uma vez tua figura se ergueu diante de mim! Não, ah, não como tu estás, perdido nas sombras do vale gelado, mas como *deverias estar*, dissipando uma vida de esplêndida meditação na cidade das visões turvas, tua própria Veneza – aquela que é um elísio do mar, a preferida das estrelas, aquela em que as amplas janelas dos palácios renascentistas contemplam, com expressão absorta e amarga, os segredos das águas silenciosas. Sim! Repito: como *deverias estar*. É certo que existem outros mundos além deste, outras ideias além das ideias da maioria, outras especulações além das especulações do sofista. Quem poderá questionar, então, tua conduta? Quem poderá te censurar por tuas horas visionárias, ou denunciar tuas ocupações como desperdício de vida, quando elas eram somente a superabundância das tuas energias inesgotáveis?

Foi em Veneza, embaixo da arcada coberta que chamam de *Ponte di Sospiri*, que encontrei pela terceira ou quarta vez a pessoa de quem falo. É com lembranças confusas que rememoro as circunstâncias do encontro. Porém recordo – ah!, como poderia esquecer? – a meia-noite escura, a Ponte dos Suspiros, a beleza da mulher, o gênio do amor que percorria o estreito canal para cima e para baixo.

Era uma noite de escuridão incomum. O grande relógio da Piazza soara a quinta hora da noite italiana. O largo do

---
* Poeta e bispo inglês (1592-1669). (N.T.)

Campanile estava deserto e silencioso, e as luzes no Palácio Ducal se extinguiam rapidamente. Da Piazzetta, eu voltava para casa pelo Grand Canal. Quando minha gôndola alcançou a entrada do canal de San Marco, uma voz feminina vinda de seus recessos irrompeu de súbito na noite, num grito selvagem, histérico, continuado. Sobressaltado com o grito, levantei-me, e o gondoleiro, deixando escapar seu único remo, perdeu-o no negrume da água; não havia nenhuma possibilidade de recuperá-lo, portanto ficamos ao sabor da corrente, que ali empurra do canal maior para o menor. Como um enorme condor de plumagem negra, flutuamos aos poucos na direção da Ponte dos Suspiros. De repente, milhares de tochas lampejaram nas janelas e nas escadarias do Palácio Ducal e transformaram a treva espessa num dia lívido e sobrenatural.

Uma criança escorregara dos braços da própria mãe e, de uma janela alta do imponente prédio, caíra no profundo e turvo canal. As águas tranquilas se fecharam placidamente por sobre a vítima; e, embora minha gôndola fosse a única que se via, muitos mergulhadores audazes já estavam na água, procurando em vão pela superfície, buscando o tesouro que, ai deles, só podia ser encontrado no fundo do abismo. Na entrada do palácio, sobre grandes lajes de mármore negro, alguns passos acima da água, estava parada uma figura que quem então viu não pôde esquecer nunca mais. Era a Marquesa Afrodite, a adoração de Veneza, a mais alegre entre os alegres, a mais formosa onde todas eram lindas – mas era a jovem esposa do velho e intrigante Mentoni e mãe daquela bela criança, seu primeiro e único filho, que agora, no fundo das águas sombrias, pensava, de coração amargo, nas doces carícias maternas e esgotava suas últimas forças e sua pequena vida tentando chamar a mãe.

Ela estava parada e sozinha. Seus pezinhos descalços, prateados e cintilantes, rebrilhavam no mármore negro. Seus cabelos, ainda não desfeitos por completo de uma arrumação de baile, cacheavam como jacinto, mergulhados em diamantes, em torno de sua cabeça clássica. Um tecido drapejado, diáfano, branco como neve, parecia ser a única veste a cobrir suas formas delicadas; mas o ar da meia-noite de verão estava quente, sinistro e silencioso, e não havia um único movimento naquele corpo de estátua, não havia movimento nem mesmo nas dobras de seu vestido vaporoso, imóvel como o mármore da estátua de Níobe.* Porém, como era estranho! Seus grandes olhos resplandecentes não estavam voltados para baixo, para a cova que abrigava sua esperança luminosa – estavam fixados numa direção totalmente diversa! A prisão da Sereníssima República é, creio, o edifício mais majestoso de toda Veneza – mas por que motivo aquela dama cravava nele o seu olhar, quando, abaixo dela, seu próprio filho jazia afogado? Esse umbroso e lúgubre prédio se elevava bem em frente à janela de seu quarto... O que *poderia* haver, então, em suas sombras, em sua arquitetura, em suas cornijas solenes e cobertas de hera, que a Marchesa di Mentoni não tivesse visto mil vezes antes? Tolice! Quem não lembra que em momentos como esse o nosso olho, como um espelho quebrado, multiplica as imagens de seu pesar e vê, em inúmeros lugares longínquos, a dor que está ao alcance da mão?

Muitos passos acima da marquesa, na altura do portão que dava para o canal, via-se, em traje de gala, a figura de sátiro de Mentoni em pessoa. Ele estava ocupado, ao acaso, em arranhar um violão, e parecia mortalmente entediado por ter de dar orientações para o resgate de seu filho. Chocado e estupefato, não tive forças para sair da posição ereta e petrificada em que me encontrava desde que ouvira o grito. Pálido e rígido em minha gôndola funérea, flutuando entre o grupo atarefado, devo ter apresentado àqueles homens uma visão fantasmagórica e agourenta.

Os esforços não deram em nada. Muitos dos nadadores mais enérgicos já não mostravam o mesmo empenho e se

---

* Personagem da mitologia grega que chora eternamente por seus filhos assassinados. (N.T.)

rendiam a um desânimo pesado. Parecia não restar esperança para o filho (e menos ainda para a mãe!). Mas então, do interior daquele prédio umbroso, já mencionado como parte da prisão da Sereníssima República, defronte ao parapeito da marquesa, um vulto envolvido num manto saiu para a luz e, depois de uma pausa à beira da descida vertiginosa, mergulhou de cabeça no canal. Instantes depois, com a criança viva e respirando em seus braços, ele já estava ao lado da marquesa sobre as lajes de mármore. Seu manto, encharcado e pesado de água, foi desabotoado e caiu dobrado a seus pés, descobrindo assim, aos olhos maravilhados dos espectadores, a figura graciosa de um homem muito jovem, cujo nome reverberava então na maior parte da Europa.

O salvador não disse nada. Mas a marquesa! Ela agora vai tomar seu filho nas mãos, vai apertá-lo de encontro ao coração, vai se grudar ao corpo pequenino e cobri-lo de carícias. Não, ai dela! *Outros* braços o tomaram das mãos do estranho – *outros* braços o levaram para longe e o carregaram, despercebidos, para dentro do palácio! E a marquesa! Seus lábios – seus lindos lábios tremem. As lágrimas se acumulam em seus olhos – olhos que, como as folhas de acanto para Plínio*, são "macios e quase líquidos". Sim! Lágrimas se acumulam em seus olhos. E vejam! O corpo dela vibra desde a alma, e a estátua ganhou vida! A palidez do semblante de mármore, a intumescência do busto de mármore, a pureza absoluta dos pés de mármore, de súbito tudo se tinge de um rubor incontrolável; e um ligeiro arrepio estremece suas formas delicadas, como a suave brisa napolitana que toca os lírios prateados da relva.

Por que *deveria* corar aquela dama? Para tal pergunta não há resposta – a não ser que, tendo abandonado a privacidade de seu boudoir na pressa ansiosa e aterrorizada de seu coração de mãe, ela tivesse deixado de proteger seus pezinhos com chinelos e tivesse esquecido completamente de cobrir de forma devida seus ombros venezianos. Que outra

---

* O escritor romano Plínio, o Moço (62-113). (N.T.)

razão possível podia haver para que ela corasse assim? Para aquele olhar selvagem e atraente? Para o tumulto incomum do busto arfante? Para a compressão convulsa da mão que treme, a mão que acidentalmente caiu, enquanto Mentoni se dirige para o palácio, sobre a mão do estranho? Que razão podia haver para o tom baixo – para o tom singularmente baixo daquelas palavras sem sentido que a dama proferiu às pressas ao lhe dar adeus?

– Conquistaste – ela disse ao estranho, ou então os murmúrios da água me enganaram –, conquistaste... uma hora depois do nascer do sol... vamos nos encontrar... Que assim seja!

***

O tumulto cessara, as luzes se apagaram no palácio e o estranho, que agora eu reconhecia, estava só sobre as lajes. Ele tremia numa comoção inconcebível, e seus olhos procuravam por uma gôndola. O mínimo que eu podia fazer era lhe oferecer os serviços da minha; ele aceitou a cortesia. Arranjamos um remo na entrada do palácio e seguimos juntos para sua casa, e ele rapidamente recuperava o domínio de si, falando, em termos afetuosos, de como nos conhecemos e convivemos um pouco no passado.

Existem assuntos sobre os quais me dá prazer ser minucioso. A figura do nosso estranho – vou chamá-lo assim mesmo, ele era ainda um estranho no mundo inteiro –, a figura do nosso estranho é um desses assuntos. Em altura, ele devia ser antes menor do que maior que a média – se bem que em momentos de intensa paixão seu corpo *se expandisse*, desmentindo minha avaliação. A simetria leve e quase magra de seu talhe se prestava mais àquela peripécia que ele realizara na Ponte dos Suspiros do que à força hercúlea que, como se sabia, ele empregava sem esforço em ocasiões de grande perigo e emergência. Com a boca e o queixo de uma divindade, com olhos indômitos, plenos, líquidos, cujas sombras variavam do castanho puro ao azeviche intenso e brilhante, e com uma profusão de cabelos negros e cacheados entre os quais surgia em intervalos o marfim luminoso de uma testa de largura incomum, suas feições possuíam uma harmonia clássica que só vi, talvez, nas feições de mármore do Imperador Cômodo. Seu semblante era, no entanto, daqueles que todos já viram a certa altura da vida, e nunca mais voltaram a ver. Não havia nele nada de peculiar, nenhuma expressão predominante que se fixasse na lembrança; um semblante para ser visto e ao mesmo tempo esquecido – mas esquecido com um vago e incessante desejo de vê-lo de novo na memória. Não que o espírito de cada paixão fugaz falhasse, sempre, em deixar sua imagem no espelho daquele rosto – mas o espelho, sendo espelho, não retinha nenhum vestígio da paixão, quando a paixão partia.

Quando o deixei, na noite de nossa aventura, ele me pediu, de um modo que pareceu insistente, que o visitasse *muito* cedo na manhã seguinte. Assim que amanheceu, portanto, eu já me encontrava em seu *palazzo*, uma daquelas enormes estruturas de pompa sombria mas fantástica que se elevam acima das águas do Grand Canal, nos arredores do Rialto. Fui acompanhado por uma ampla escada em caracol, revestida de mosaicos, até um aposento cujo esplendor inigualável irrompia pela porta aberta numa verdadeira explosão de luz, e fiquei cego e tonto diante de sua suntuosidade.

Sabia que o meu conhecido era abastado. Rumores davam conta de suas posses em relatos que cheguei a considerar ridículos e exagerados. Quando olhei em volta, porém, não consegui crer que alguma riqueza pessoal, em toda a Europa, pudesse suplantar a magnificência principesca que fulgia e resplandecia em torno de mim.

Embora, como afirmei, o sol já tivesse despontado, o quarto permanecia iluminado e brilhante. Por essa circunstância, e pelo ar de exaustão que se via no semblante do meu amigo, julguei que ele passara a noite toda em claro. Na arquitetura e nos adornos do aposento, o propósito evidente era deslumbrar e assombrar. Na *decoração*, pouca atenção fora dedicada ao que chamamos tecnicamente de *harmonia*, ou às convenções da nacionalidade. O olhar pulava de um objeto para outro e não se detinha em nada – nem nos *grotescos* dos pintores gregos, nem nos exemplares dos melhores tempos da escultura italiana, nem nos enormes entalhes do Egito inculto. Em todos os cantos, tapeçarias opulentas tremiam na vibração de uma música baixa e melancólica que vinha não se sabia de onde. Os sentidos eram invadidos por uma mistura confusa de perfumes, que exalavam de estranhos incensórios retorcidos, junto com múltiplas línguas bruxuleantes de um fogo esmeralda e violeta. Os primeiros raios do sol afluíram para o quarto pelas janelas, cada uma delas formada por uma peça inteiriça de vidro carmesim. Indo e vindo em mil reflexos, escapando de cortinas que desciam de cornijas como cataratas de prata derretida, esses feixes gloriosos mesclavam-se aos poucos com a luz artificial e despejavam-se em camadas suaves sobre um luxuoso carpete de tecido chinês, aquoso, dourado.

– Ha, ha, ha! Ha, ha, ha! – riu o proprietário, oferecendo-me um assento quando entrei no quarto e jogando-se de costas, ao comprido, sobre uma otomana. – Vejo – ele disse, percebendo que eu não conseguia me adaptar de pronto ao *decoro* de uma acolhida tão singular –, vejo que está espantado com meu quarto, com minhas estátuas, com meus quadros, com minhas concepções particulares em arquitetura e tapeçaria! Absolutamente embriagado, hein, com minha magnificência? Mas me perdoe, meu caro – aqui seu tom de voz baixou até um verdadeiro espírito de cordialidade –, peço perdão pela risada inóspita. O senhor parecia espantado *ao extremo*. Além disso, certas coisas são tão completamente ridículas que diante delas um homem *só pode* rir, ou então morre. Morrer rindo, eis a morte mais gloriosa entre todas as mortes gloriosas! Sir Thomas More (que homem distinto era Sir Thomas More), Sir Thomas More morreu rindo*, o

---

* More (1478-1535), filósofo humanista inglês, foi decapitado a mando de Henrique VIII. (N.T.)

senhor lembra? E nas *Absurdidades* de Ravisius Textor*
há uma longa lista de personagens que tiveram o mesmo
esplêndido fim. Mas o senhor sabe – continuou, pensativo – que em Esparta (na atual cidade de Palaiochora), em
Esparta, a oeste da cidadela, num caos de ruínas indistintas,
há uma espécie de pedestal no qual ainda podem ser lidas
as letras ΛΑΣΜ? Elas sem dúvida fazem parte da palavra
ΓΕΛΑΣΜΑ.** Ora, em Esparta existem mil templos e santuários para mil divindades diferentes. É extremamente estranho
que o altar do Riso tenha sobrevivido a todos os outros! Mas
no presente caso – prosseguiu, com uma singular alteração
na voz e nas maneiras – não tenho direito de me divertir às
suas custas. O senhor só poderia ficar desnorteado. A Europa
não é capaz de produzir algo tão refinado como esse meu
gabinete real. Meus outros aposentos nem se comparam a
isso, são apenas extravagantes, elegantes e insípidos. Isso
é melhor do que a moda, não? Esse recinto é uma volúpia
para quem o vê, isto é, ele se torna um objeto de desejo para
aqueles que só podem tê-lo à custa de tudo que possuem. Eu
me precavi, contudo, contra qualquer profanação. Com uma
exceção, o senhor é o único ser humano, além de mim e do
meu *criado*, que foi admitido nos mistérios deste território
imperial, desde que ele foi ornamentado desta maneira!

Eu me curvei em gratidão – porque a sensação opressora
de esplendor e perfume, e de música, somada à excentricidade de seu discurso e de suas maneiras, impediu-me de
exprimir em palavras o que eu deveria ter elaborado como
saudação.

– Aqui – ele prosseguiu, levantando-se, pegando-me
pelo braço e passeando pelo aposento –, aqui estão pinturas
que vão dos gregos até Cimbaue, e de Cimbaue até a atualidade. Muitas são escolhidas, como o senhor vê, sem muito
respeito ao bom-tom e às belas-artes. São todas, no entanto,
decorações apropriadas para paredes como estas. E aqui

---

* Joannes Ravisius Textor (c.1480-1524), humanista francês. (N.T.)

** "GELASMA": riso. (N.T.)

temos *chefs-d'oeuvre* dos grandes artistas desconhecidos; aqui, obras inacabadas de homens cujos nomes, celebrados no passado, as academias relegaram ao esquecimento e a mim. O que o senhor acha – disse ele, virando-se abruptamente enquanto falava –, o que o senhor acha desta Madonna della Pietà?

– A Madonna de Guido!* – exclamei, com todo o entusiasmo de minha alma, pois eu já tinha os olhos tragados por seus encantos insuperáveis. – A Madonna de Guido! Como o senhor pôde obtê-la? Ela é para a pintura o que a Vênus é para a escultura, sem dúvida.

– Ha! – exclamou ele, pensativo –, a Vênus, a bela Vênus? A Vênus dos Médici? A da cabeça diminuta e do cabelo dourado? Parte do braço esquerdo – aqui sua voz ficou baixa, quase inaudível – e todo o direito são restaurações; e na coqueteria daquele braço direito reside, creio, a quintessência da afetação. Quero a Vênus de Canova!** O Apolo também é uma cópia, não pode haver dúvida... Cego que sou, não consigo ver a inspiração ostensiva do Apolo! Não consigo evitar, peço piedade, mas não consigo evitar... Prefiro o Antínoo. Não foi Sócrates quem disse que o escultor encontrou sua estátua dentro do bloco de mármore? Então Michelangelo não foi nada original em seu dístico: "Non ha l'ottimo artista alcun concetto/ Che un marmo solo in se non circunscriva".***

Alguém já afirmou, ou deveria ter afirmado, que na conduta do verdadeiro cavalheiro nós podemos sempre identificar uma diferença em relação ao comportamento do homem vulgar, sem que possamos determinar com precisão no que consiste essa diferença. Admitindo que a afirmação se aplicasse do modo mais pertinente à conduta exterior do meu interlocutor, senti, naquela acidentada manhã, que ela

---

* Pintor italiano (1575-1642). (N.T.)

** Escultor italiano (1757-1822). (N.T.)

*** "O melhor artista não conceberá nada/ Que um bloco de mármore já não contenha em si." (N.T.)

se aplicava ainda mais ao seu temperamento moral e ao seu caráter. Não posso definir bem a peculiaridade de espírito que parecia colocá-lo tão completamente à parte de todos os outros seres humanos, posso apenas atribuí-la a um *hábito* de reflexão intensa e continuada que permeava até mesmo suas ações mais triviais, invadindo seus momentos de folgança e se emaranhando em seus rompantes de alegria – como as serpentes que saltam dos olhos de máscaras sorridentes, nas cornijas dos templos de Persépolis.

Contudo, não pude deixar de observar, mais de uma vez, no tom ao mesmo tempo leviano e solene com que ele discorreu, em comentários breves sobre assuntos de pouca importância, algo como uma trepidação, uma certa unção nervosa na atitude e na fala, uma excitabilidade inquieta, um ar que me parecia de todo inexplicável e que, em alguns momentos, chegava a me alarmar. Com frequência ele parava no meio de uma frase cujo começo esquecera e parecia ficar escutando algo com a mais profunda atenção, como que esperando a chegada repentina de um visitante ou ouvindo sons que só existiam na sua imaginação.

Foi durante um desses devaneios ou intervalos de aparente abstração que, virando uma página da bela tragédia *Orfeu*, do poeta e estudioso Poliziano*, a primeira tragédia italiana nativa – o livro estava sobre uma otomana ao meu lado – descobri uma passagem sublinhada a lápis. Era uma passagem do fim do terceiro ato, uma passagem da emoção mais enlevada, uma passagem que, embora manchada de impureza, homem nenhum lerá sem um frêmito inaudito, mulher nenhuma lerá sem um suspiro. A página inteira estava borrada com lágrimas frescas e, numa entrefolha ao lado, liam-se os seguintes versos, escritos em inglês – e numa caligrafia tão diferente da peculiar letra do meu amigo que tive alguma dificuldade em reconhecer que eram dele:

---

* O renascentista italiano Angiolo Poliziano (1454-1494). (N.T.)

Foste tudo pra mim, amor,
O todo em minha alma –
Ilha verde no mar, amor,
A fonte que acalma,
As cores na grinalda, em flor;
A fruta em minha palma.

Ah, o sonho e a promessa!
Ah, a estrela que indicava
E morre, agora, à pressa!
A voz além chamava,
O findo não interessa;
Mas finda a alma estava,
Muda – parada – opressa!

Não vejo nada em mim,
A vida se apagou.
"Acabou – acabou – acabou"
(O mar se expressa assim
Às areias que tocou).
Refloresça a planta abatida no jardim,
Renasça a águia que tombou!

Meus sensos já deliram;
E as horas de aflição
No escuro transe giram,
Teus passos buscarão.
Na Itália as sombras viram
Enleio, dança, clarão.

Ah!, passado atroz,
De mim foste roubada;
Do Amor, o fim, e após
A nobreza suja, o nada!
Em mim só resta a voz
Que troveja atormentada!

Que estes versos tenham sido escritos em inglês – não sabia que o autor tinha familiaridade com essa língua – não chegou a ser grande surpresa. Eu tinha perfeita noção do alcance de seus conhecimentos e do prazer inusitado com que ele escondia sua erudição, de modo que a descoberta não me causou espanto; mas a indicação de local, na datação do texto, foi para mim, devo confessar, um assombro. Onde originalmente fora escrito *Londres*, havia um rabiscado forte – insuficiente, contudo, para ocultar a palavra, num olhar atento. Como eu disse, foi uma descoberta assombrosa, pois lembro bem que, em uma conversa anterior com meu amigo, perguntei especificamente se ele em algum momento conhecera em Londres a Marchesa di Mentoni (que por alguns anos, antes do casamento, residira na cidade), e sua resposta, se não estou enganado, deu a entender que ele nunca visitara a metrópole da Grã-Bretanha. Posso acrescentar aqui, também, que em mais de uma ocasião ouvi (sem, é claro, dar crédito a uma informação que envolvia tantas improbabilidades) que ele, o estranho de quem venho falando, não apenas nascera na Inglaterra como recebera educação britânica.

***

– Há uma pintura – ele falou, sem perceber que eu tomara conhecimento da tragédia –, ainda há uma pintura que o senhor não viu – e, removendo uma cortina, descobriu um retrato de corpo inteiro da Marquesa Afrodite.

Era o máximo que a arte podia alcançar na representação daquela beleza sobre-humana. A figura etérea que eu vira na noite precedente nas escadas do Palácio Ducal estava diante de mim outra vez. Mas na expressão do semblante, todo luminoso em sorrisos, ainda espreitava (que anomalia incompreensível!) aquela mancha vacilante de melancolia que sempre será inseparável da beleza perfeita. Seu braço esquerdo estava dobrado sobre o busto. O esquerdo apontava para baixo, para um jarro de estilo curioso. Um pezinho de fada, o único visível, mal tocava o chão, e, quase indistinto na atmosfera brilhante que parecia cingir e sagrar sua formosura, flutuava um par de asas, as mais delicadas que se pudessem conceber. Meu olhar se voltou da pintura para a pessoa do meu amigo, e as palavras vigorosas do *Bussy D'Ambois*, de Chapman,* vibraram, como que por instinto, em meus lábios:

"Ereto ele está
Como estátua romana! Assim ficará
Até que a Morte o transforme em mármore!"

– Venha – ele disse por fim, voltando-se para uma mesa de prata maciça, esmaltada com requinte, sobre a qual se viam cálices de coloração fabulosa, junto a dois grandes jarros etruscos, modelados no estilo extraordinário do exemplar do primeiro plano da pintura, que continham, supus, vinho Johannisberger. – Venha – falou, abruptamente –, bebamos! É cedo, mas bebamos. *De fato* ainda é cedo – continuou, pensativo, e um querubim, com um pesado martelo dourado, fez o aposento ressoar na primeira hora batida desde o nascer do sol. – *De fato* ainda é cedo... Mas pouco importa, bebamos! Sirvamos uma oferenda ao sol solene, que estas chamas e lâmpadas espalhafatosas querem tanto subjugar!

Brindamos com cálices transbordantes, e ele engoliu, em rápida sucessão, diversas taças do vinho.

– Sonhar – continuou, retomando seu discurso despropositado e erguendo um dos magníficos jarros, à luz suntuosa de um incensório –, sonhar tem sido o ofício da minha vida. Construí para mim, como o senhor vê, um caramanchão de sonhos. Poderia ter construído algo melhor, no coração de Veneza? O senhor contempla a seu redor, é verdade, uma barafunda de adornos arquitetônicos. A castidade jônica é ofendida por padrões antediluvianos, e as esfinges egípcias se estendem sobre tapetes dourados. Mas o efeito só é

---

* Peça do poeta e dramaturgo inglês George Chapman (1559-1634). (N.T.)

incongruente para uma mente acanhada. As convenções de estilo, no que diz respeito a origem e especialmente a tempo, são monstros que fazem a humanidade fugir, assustada, da contemplação do sublime. Eu mesmo já fui um adepto do decoro; mas esta sublimação da insensatez entediou minha alma. Tudo isto, agora, é mais adequado ao meu propósito. Como estes incensórios cheios de arabescos, meu espírito se retorce em chamas, e o delírio do cenário me predispõe para as visões alucinantes da terra dos sonhos reais, para a qual estou partindo, agora, rápido.

Aqui ele fez uma pausa abrupta, inclinou a cabeça até o peito e pareceu escutar um som que eu não ouvia. Por fim ergueu a cabeça, olhou para cima e proferiu os versos do bispo de Chichester:

"Espera por mim! Não deixarei
De te encontrar no vale profundo."

Logo depois, acusando o poder do vinho, jogou-se ao comprido numa otomana.

Passos rápidos soaram na escadaria, e logo a seguir houve uma forte batida na porta. Corri para tratar de impedir que a perturbação prosseguisse quando um pajem da casa de Mentoni irrompeu pelo quarto e gaguejou, numa voz sufocada pela emoção, estas palavras incoerentes:

– A minha senhora! A minha senhora! Envenenada! Envenenada! Ah, a linda... A linda Afrodite!

Desnorteado, voei até a otomana e tentei acordar o adormecido para a realidade chocante. Mas seus membros estavam rígidos – os lábios estavam lívidos – os olhos que pouco antes brilhavam estavam fechados pela *morte*. Recuei cambaleando até a mesa – minha mão caiu sobre uma taça quebrada e enegrecida – e a consciência da verdade acabada e terrível explodiu na minha alma.

MORELLA

Αυτο χαθ' αυτο μεθ' αυτου, μονο ειδες αιει ον.
Em si, só consigo, para sempre uno e único.

Platão – *O banquete*

Com um sentimento de intensa afeição, de um tipo muito singular, eu olhava para minha amiga Morella. Fui introduzido por acidente em seu meio muitos anos atrás, e minha alma, desde que nos vimos pela primeira vez, ardeu num fogo que eu não conhecia; mas não era o fogo de Eros, e a convicção gradual de que eu não podia de maneira nenhuma definir que fogo incomum era esse, ou regular sua intensidade oscilante, era um tormento amargo para o meu espírito. Mas nos conhecemos; e o destino nos uniu no altar; e jamais falei de paixão ou pensei em amor. Ela, no entanto, afastou-se da sociedade e, apegando-se a seu marido e a ninguém mais, fez de mim um homem feliz. Era uma felicidade maravilhosa – era uma felicidade de sonho.

A erudição de Morella era imensa. Eu queria e quero viver como ela – seus talentos eram extraordinários, o poder de sua mente era inesgotável. Isso me impressionava e, em muitos assuntos, tornei-me seu pupilo. No entanto, logo descobri que, talvez em função da educação que recebera em Presburgo*, ela me apresentava em bom número aqueles escritos místicos que costumam ser considerados mero refugo da literatura primitiva alemã. Tais textos, por razões que eu não conseguia entender, eram seu estudo favorito e constante – e o fato de que eles tenham com o tempo se tornado objeto de estudo também para mim só pode ser explicado pela influência simples mas efetiva do hábito e do exemplo.

---
* Hoje Bratislava, capital da Eslováquia. (N.T.)

Em tudo isso, se não estou enganado, minha razão estava pouco envolvida. Minhas convicções, pelo que posso lembrar, não foram afetadas de nenhuma maneira pelo ideal, e, posso afirmar, nenhum traço do misticismo sobre o qual eu lia se refletia em meus atos ou pensamentos. Persuadido disso, aceitei a orientação da minha esposa, numa sujeição tácita, e me entreguei com toda a alma às complexidades de seus estudos. E então – então, quando, tragado por páginas proibidas, eu sentia um espírito proibido incendiando-se dentro de mim – Morella colocava sua mão fria sobre a minha e evocava das cinzas de uma filosofia morta algumas palavras extravagantes, sussurradas, de significado estranho, que ficavam marcadas com fogo em minha memória. E então, hora após hora, eu me deixava ficar a seu lado, perdendo-me na música de sua voz, até que, por fim, a melodia era maculada pelo terror – e uma sombra cobria minha alma, e eu ficava pálido, e me arrepiava no íntimo com aqueles timbres sobrenaturais. Assim, a alegria se transmutava em horror, e a coisa mais linda tornava-se a coisa mais horrenda, como o Enom virou Geena.*

Não é necessário especificar as reflexões que, extraídas dos volumes que mencionei, constituíram, por tanto tempo, praticamente a única conversação que eu tinha com Morella. Os entendidos no que podemos chamar de moralidade teológica não terão dificuldade em conceber que especulações eram essas. Os que não são iniciados terão, em todo caso, grande dificuldade. O panteísmo selvagem de Fichte**; o Παλιγγενεσια*** modificado dos pitagoristas; e, acima de tudo, as doutrinas de Schelling**** sobre a *Identidade* eram geralmente os pontos de discussão que mais maravilhavam a

---

* A Geena, no Vale de Enom, perto de Jerusalém, era onde os hebreus sacrificavam crianças ao deus fenício Moloque. (N.T.)

** Johann Gottlieb Fichte (1762-1814), filósofo idealista alemão. (N.T.)

*** *Paliggenesia*, grego para "renascimento". (N.T.)

**** Friedrich Wilhelm Joseph von Schelling (1775-1854), também filósofo idealista alemão. (N.T.)

imaginativa Morella. O sr. Locke, acho, define acertadamente que a chamada identidade pessoal consiste na uniformidade da existência racional.* E como por pessoa entendemos uma entidade inteligente dotada de razão, e como há sempre uma consciência que acompanha o pensamento, é isso que faz com que todos sejamos aquilo que chamamos de *nós* – e nisso nos distinguimos de outros seres que pensam, e nisso ganhamos nossa identidade pessoal. Mas o *principium individuationis*, a noção de uma identidade *que na morte é ou não é perdida para sempre*, era para mim, o tempo todo, uma consideração de profundo interesse; não tanto pela natureza excitante e desconcertante de suas consequências quanto pela maneira inquieta, única, com que Morella as mencionava.

Mas, de fato, chegou o tempo em que o mistério do temperamento de minha mulher começou a me oprimir como feitiçaria. Não suportava mais o toque de seus dedos lívidos, nem o timbre suave de sua linguagem musical, nem o lustro de seus olhos melancólicos. E ela percebia tudo, mas não me censurava; parecia ciente de minha fraqueza ou insensatez, que ela atribuía, sorrindo, ao Destino. Parecia, também, ciente de uma causa, por mim desconhecida, para a progressiva alienação de minhas atenções; mas não me dava dicas ou indícios do que seria. Porém, era mulher, e esmorecia em silêncio, diariamente, desgostosa. Passado algum tempo, a firme marca carmesim ficou visível nas maçãs do rosto e as veias azuis saltaram na fronte descorada; num primeiro momento amoleci, comovido, com pena, mas depois encarei a luz de seus olhos expressivos, e então minha alma ficou tonta e tonteou numa vertigem de quem olha para o fundo de um abismo sombrio e insondável.

Será preciso dizer que desejei, com a ânsia mais ardente e sincera, que chegasse o momento da morte de Morella? Eu desejei. Mas o frágil espírito se agarrou a sua morada de argila por muitos dias – por muitas semanas e por meses

---

* Referência ao *Ensaio sobre o entendimento humano*, do filósofo inglês John Locke (1632-1704). (N.T.)

intermináveis –, até que os meus nervos torturados dominaram minha mente e me enfureci com a demora e, com uma vontade demoníaca no coração, amaldiçoei os dias, e as horas, e os momentos amargos que pareciam se arrastar mais e mais à medida que sua vida definhava – como as sombras no decair do dia.

Num entardecer de outono, porém, quando os ventos ainda sopravam no céu, Morella me chamou, da cama. Havia uma névoa opaca por toda a terra, e um brilho quente sobre as águas, e certamente um arco-íris caíra do firmamento nas folhas da floresta, esplêndidas, outonais.

– É um dia entre os dias – ela disse, quando me aproximei. – É um dia, entre todos os dias, para viver ou morrer. É um belo dia para os filhos da Terra e da vida... Ah, ainda mais belo para as filhas do céu e da morte!

Beijei sua testa, e ela continuou:

– Estou morrendo, e no entanto viverei.

– Morella!

– Nunca houve o dia em que me amasses... Em vida fui abominação, na morte terei tua paixão.

– Morella!

– Repito, estou morrendo. Mas dentro de mim existe um brinde da afeição, ah, tão pequena!, que tu tiveste por mim, por Morella. E quando meu espírito se for, viverá a criança, filha tua e minha, de Morella. Mas teus dias serão dias de pesar, o pesar que é o mais duradouro dos sentimentos, como o cipreste que é das árvores a mais permanente. Pois tuas horas de alegria acabaram, e o júbilo não se apanha duas vezes vezes numa vida, como as rosas de Pesto que florescem duas vezes por ano. Tu não mais poderás, portanto, ser Anacreonte* contra o tempo, mas, ignorando a murta e a vinha, deverás levar contigo tua mortalha pela Terra, como o muçulmano que vai a Meca.

– Morella! – gritei. – Morella! Como sabes?

Mas ela virou seu rosto no travesseiro e, com um tremor ligeiro pelo corpo, morreu, e não mais ouvi sua voz.

---

* Poeta lírico grego. (N.T.)

Porém, como ela previra, sua criança – que morrendo ela dera à luz, e que não respirou antes que a mãe não mais respirasse –, sua criança, uma filha, sobreviveu. E cresceu estranha, na estatura e no intelecto, e era um retrato perfeito daquela que partira, e amei-a com um amor mais fervoroso do que qualquer paixão que um habitante da Terra pudesse sentir.

Mas não tardou e o céu dessa afeição pura escureceu, e as trevas e o horror e a desgraça nublaram tudo. Eu disse que a criança cresceu estranha em estatura e inteligência. Estranho, de fato, era o rápido aumento do tamanho de seu corpo – mas terríveis, ah!, terríveis eram os pensamentos tumultuosos que enchiam minha cabeça enquanto eu observava o desenvolvimento de sua existência mental. Poderia ser diferente, quando todos os dias eu via nas concepções da criança as capacidades adultas e as faculdades da mulher? Quando lições da experiência saíam dos lábios da infância? E quando a cada hora lampejavam de seus olhos sempre ativos a sabedoria e as paixões da maturidade? Quando, estou afirmando, isso tudo ficou claro em meu discernimento aterrorizado – quando eu não podia mais escondê-lo de minha alma, nem afastá-lo de minhas percepções, que tremiam ao notá-lo –, será de surpreender que suspeitas de natureza medonha e emocionante se infiltrassem no meu espírito, ou que meus pensamentos recorressem, consternados, às histórias mirabolantes e às teorias vibrantes da enterrada Morella? Furtei dos olhares do mundo um ser que o destino me compelia a adorar, e na rigorosa reclusão do lar eu observava, numa ansiedade agônica, tudo que dizia respeito à minha amada.

E, enquanto os anos ficavam para trás, enquanto eu fitava, dia após dia, seu rosto sagrado, e brando, e eloquente, e cismava em suas formas amadurecidas, dia após dia encontrava novas semelhanças entre a criança e sua mãe, a morta melancólica. E a cada hora se tornavam mais negras as sombras da similitude, e mais completas, e mais definidas, e mais desconcertantes, e mais terrivelmente medonhas em seu aspecto. Pois que seu sorriso fosse igual ao da mãe, eu podia tolerar; o que me fazia estremecer era sua *identidade* perfeita. Que seus olhos fossem iguais aos de Morella, eu podia aguentar; só que eles constantemente olhavam para o fundo da minha alma com a mesma expressividade do olhar de Morella, intensos e perturbadores. E no contorno de sua testa alta, e nos cachos do cabelo sedoso, e nos dedos lívidos que no cabelo se enterravam, e nos timbres musicais e tristes de sua fala, e acima de tudo – ah, acima de tudo – nas frases e expressões da morta nos lábios da amada, da viva, eu encontrava alimento para o horror que consumia meu pensamento – para um verme que *não queria* morrer.

Assim se passaram dois lustros de sua vida, e até ali minha filha não tinha nome sobre a Terra. "Minha criança" e "meu amor" eram as designações usualmente sugeridas pela afeição paterna, e a rígida reclusão de sua rotina impedia qualquer outra relação. O nome de Morella morreu com sua morte. Jamais falei da mãe à filha – era impossível falar. Na verdade, durante o curto período de sua existência, a jovem não recebera noções do mundo exterior, salvo aquelas que podiam ser fornecidas nos estreitos limites de sua privacidade. Mas, por fim, a cerimônia do batismo ofereceu ao meu coração, tão agitado e enervado, uma libertação imediata dos terrores de meu destino. E na fonte batismal, tendo de escolher um nome, hesitei. E muitas denominações de sabedoria e de beleza, de tempos antigos e modernos, de meu país e do estrangeiro, acumularam-se em meus lábios, com muitos, muitos belos nomes, nomes de estirpe, nomes de gente boa e feliz. O que me levou, então, a perturbar a memória da morta enterrada? Que demônio me estimulou a murmurar aquele som cuja mera lembrança costumava fazer meu sangue jorrar, em torrentes púrpuras, das têmporas para o coração? Que entidade maligna falou, dos recessos de minha alma, quando, entre as turvas naves e no silêncio da noite, sussurrei no ouvido do santo homem as sílabas de "Morella"? O que mais, a não ser um demônio, convulsionou as feições de minha filha e as cobriu com as cores da morte, quando, sobressaltada por aquele som que mal se pôde ouvir, ela voltou seus olhos apagados da terra para o ceú e, caindo prostrada nas lajes negras de nosso jazigo ancestral, respondeu: "Estou aqui!"?

Os sons simples dessas poucas palavras chegaram aos meus ouvidos de forma distinta, frios, serenamente distintos, e então verteram, chiando, como chumbo derretido, para dentro do meu cérebro. Anos – anos podem se passar, mas a memória daquele tempo, nunca! Não ignorava mesmo as flores e a vinha, mas a cicuta e o cipreste me toldavam dia e noite. E não me dei mais conta de tempo ou de lugar, e as estrelas do meu destino sumiram dos céus; e então a terra se obscureceu, e quando seus vultos passavam por mim, como sombras esvoaçantes, entre eles eu via apenas – Morella. Os ventos do firmamento murmuravam um único som em meus ouvidos, e as ondulações por sobre o mar para sempre murmuravam – Morella. Mas ela morreu; e com minhas próprias mãos levei seu corpo à tumba; e ri uma longa e amarga risada quando não encontrei vestígios da primeira, na cripta em que depositei a segunda – Morella.

A CONVERSA DE EIROS E CHARMION

> Πυφ σοι πφοσοισω.
> *Eu te trarei o fogo.*
> Eurípides – *Andrômeda*

EIROS
Por que me chamas de Eiros?

CHARMION
Assim, de agora em diante, sempre será o teu nome. Deves esquecer também meu nome terreno e chamar-me de Charmion.*

EIROS
Isto de fato não é sonho.

CHARMION
Sonhos não mais nos acompanham – mas deixemos tais mistérios para hora oportuna. Regozijo-me em te ver numa aparência vívida e racional. A membrana da sombra já não cobre mais teus olhos. Trata de ter ânimo, e não temas nada. Os dias de estupor que te couberam estão expirados; e amanhã vou eu pessoalmente introduzir-te na plenitude de êxtases e maravilhas de tua nova existência.

EIROS
É verdade, não sinto estupor algum – nada em absoluto. A furiosa náusea e a terrível escuridão não estão mais em mim, e não mais ouço aquele som louco, impetuoso, horrível, como "a voz de muitas águas". Todavia meus sentidos estão desnorteados, Charmion, pela agudeza com que captam *o novo*.

CHARMION
Uns poucos dias eliminarão tudo isso – mas entendo-te completamente, e sinto por ti. Passaram-se já dez anos terrenos

---

* "Iras" e "Charmian" são damas de companhia de Cleópatra em *Antônio e Cleópatra* (1606-1608), de Shakespeare. (N.T.)

desde que sofri o que tu sofreste – e no entanto a recordação do suplício está sempre comigo. Entretanto, já experimentaste toda a dor que vais experimentar em Aidenn.*

EIROS
Em Aidenn?

CHARMION
Em Aidenn.

EIROS
Oh, Deus! Tem piedade de mim, Charmion! Soterra-me o peso da majestade de todas as coisas, do desconhecido agora conhecido – do especulativo Futuro imergido no augusto e incontestável Presente.

CHARMION
Não te agarres a tais pensamentos. Amanhã falaremos sobre isso. Tua mente vacila para um lado e para o outro, e essa agitação encontrará alivio no exercício de simples memórias. Não olhes em volta, nem para a frente – olha para trás. Estou ardendo na ansiedade de ouvir como se deram os detalhes desse estupendo evento que te arremessou até nós. Conta-me como foi. Conversemos de coisas familiares, na velha linguagem familiar desse mundo que pereceu de maneira tão medonha.

EIROS
Sim, da maneira mais medonha! Isso de fato não é sonho.

CHARMION
Sonhos não há mais. Prantearam-me muito, Eiros?

EIROS
Se te prantearam, Charmion? Ah, profundamente. Até a última de todas as horas, uma nuvem de intensa treva e de devotado pesar pairou sobre a tua casa.

CHARMION
E aquela última hora – fala sobre ela. Lembra que eu, além do fato evidente da catástrofe, de nada sei. Quando, ao sair

---
* Ou Aden, o Éden. (N.T.)

de meu convívio com a humanidade, penetrei na noite através da cova, nessa época, se bem me lembro, a calamidade que te esmagou era algo totalmente imprevisto. Mas, de fato, eu conhecia pouco a filosofia especulativa de então.

EIROS

Essa particular calamidade era, como tu dizes, algo completamente imprevisto; mas infortúnios análogos já desde muito eram assunto de discussão entre astrônomos. É quase desnecessário te contar, Charmion, que, mesmo quando tu nos deixaste, os homens já estavam de acordo no entendimento de que, naquelas passagens das sagradas escrituras que falam da destruição final de todas as coisas pelo fogo, a destruição refere-se ao orbe terrestre apenas. No que concerne ao agente imediato da ruína, porém, as especulações viam-se em dilema desde a época em que, no conhecimento astronômico, os cometas foram despojados dos terrores das chamas. A densidade bastante moderada de seus corpos havia sido bem estabelecida. Eles foram observados passando entre os satélites de Júpiter, e não causaram nenhuma alteração sensível nem nas massas, nem nas órbitas desses planetas secundários. Por muito tempo vimos os corpos errantes como entidades vaporosas de inconcebível tenuidade, e os consideramos absolutamente incapazes de causar dano ao nosso gigantesco globo, mesmo na ocorrência de contato. Mas um contato não era algo temido; pois os elementos de todos os cometas eram conhecidos com acurácia. Que entre *eles* deveríamos procurar pelo agente da ameaça de destruição pelo fogo era uma ideia considerada inadmissível desde muitos anos. Mas divagações e loucas fantasias haviam, nos últimos tempos, alastrado-se estranhamente entre a humanidade; e, embora tenha sido apenas em alguns dos ignorantes que a apreensão real prevaleceu quando do anúncio por astrônomos de um *novo* cometa, tal anúncio, no entanto, foi recebido com não sei que sentimento de agitação e desconfiança.

Os elementos do estranho orbe foram imediatamente calculados, e foi reconhecido de imediato por todos os observadores que seu caminho o traria, no periélio, a uma proximidade muito acentuada com a Terra. Houve dois ou três astrônomos, de reputação inferior, que garantiram resolutos que um contato era inevitável. Eu não conseguiria exprimir bem para ti o efeito que essa informação teve sobre o povo. Por alguns dias as pessoas não quiseram acreditar numa asserção que seus intelectos, por tanto tempo dedicados a considerações mundanas, não podiam de modo nenhum apreender. Mas a verdade de um fato de importância vital logo abre caminho para o entendimento, mesmo entre os mais parvos. Por fim, todos os homens viram que a ciência astronômica não mentia e aguardaram o cometa. Sua aproximação não foi, de início, aparentemente rápida; nem seu surgimento teve alguma característica muito incomum. Ele era de um vermelho opaco, e tinha cauda pouco perceptível. Por sete ou oito dias não vimos aumento material em seu diâmetro aparente, e só houve uma alteração parcial de sua cor. Enquanto isso, os afazeres cotidianos dos homens estavam descartados, e todos os interesses foram absorvidos por uma discussão crescente, instituída pelos filósofos, a respeito da natureza do cometa. Mesmo os mais ignorantes elevaram suas aptidões letárgicas a tais considerações. Os instruídos, *agora*, não direcionavam seus intelectos, suas almas, a tópicos como a atenuação do medo, ou como a sustentação de teorias apreciadas. Eles buscavam – anelavam por visões corretas. Suspiravam pelo conhecimento aperfeiçoado. A *verdade* surgiu em toda a pureza de sua força e em sua extrema majestade, e os sábios se curvaram e a adoraram.

Que algum dano material a nosso globo ou a seus habitantes resultaria do contato previsto era uma ideia que perdia terreno de hora em hora entre os sábios; e os sábios agora tinham livre permissão para reger a razão e as fantasias da multidão. Foi demonstrado que a densidade do *núcleo* do cometa era muito menor do que a do mais rarefeito gás; e a passagem inofensiva de um visitante similar pelos satélites de Júpiter foi um ponto no qual se insistiu e que serviu sobremodo para mitigar o terror. Teólogos, com uma gravidade inflamada pelo medo, insistiam nas profecias bíblicas e expunham-nas ao povo com uma simplicidade sem evasivas nunca antes vista. Que a destruição final da Terra devia ser acarretada pela ação do fogo era algo instado com um vigor que inculcava convicção em todos os lugares; e que os cometas não eram de natureza ígnea (como sabiam agora todos os homens) era uma verdade que aliviava a todos, em grande medida, da apreensão pela grande calamidade prenunciada. É digno de nota que os preconceitos populares e os erros vulgares quanto a pestilências e guerras – erros que costumavam entrar em voga a cada aparição de um cometa – agora simplesmente não apareciam mais. Como que graças a um empenho súbito e convulsivo, a razão havia arrancado a superstição de seu trono de um só golpe. O intelecto mais débil ganhara vigor através do interesse febril.

Males menores que pudessem resultar do contato eram pontos de questionamento elaborado. Os conhecedores falavam de leves distúrbios geológicos, de alterações prováveis no clima e, por conseguinte, na vegetação; de possíveis influências magnéticas e elétricas. Muitos sustentavam que nenhum efeito visível ou perceptível seria produzido. Enquanto tais discussões se desenrolavam, o objeto delas se aproximava, ficando maior em diâmetro e adquirindo um brilho mais resplandecente. A humanidade empalidecia diante da chegada do cometa. Todas as operações humanas estavam suspensas.

Houve um período, no decorrer geral das opiniões, em que o orbe atingira, afinal, um tamanho que ultrapassava os de todas as visitas previamente registradas. Abandonando qualquer resquício de esperança de que os astrônomos estivessem errados, o povo agora experimentava por inteiro a certeza do mal. A faceta quimérica do terror se fora. Os corações dos mais valentes de nossa raça pulsavam violentamente em seus peitos. Pouquíssimos dias bastaram, entretanto, para fundir até mesmo sentimentos como esses em impressões mais intoleráveis. Não mais podíamos dedicar ao estranho orbe qualquer consideração *habitual*. Seus atributos *históricos* haviam desaparecido. Ela nos oprimia com uma horrenda *novidade* de emoções. Víamos o cometa não como um fenômeno astronômico nos céus, mas como um íncubo em nossos corações, e como uma sombra em nossos cérebros. Ele assumira, com rapidez inconcebível, o aspecto de um gigantesco manto de chama rarefeita, estendendo-se de horizonte a horizonte.

Mais um dia e os homens respiraram com mais liberdade. Estava claro que já nos encontrávamos sob a influência do cometa; no entanto, estávamos vivos. Sentimos até mesmo uma incomum elasticidade de corpo, uma vivacidade na mente. A extrema tenuidade do objeto de nosso pavor era visível, pois todos os objetos celestes eram plenamente perceptíveis através dele. Enquanto isso, nossa vegetação se alterara de modo evidente; e reforçamos nossa fé, a partir dessa circunstância vaticinada, na previsão dos sábios. Uma selvagem exuberância de folhagem, jamais testemunhada antes, rebentava em todas as coisas vegetais.

Mais outro dia – e o mal não estava de todo em cima de nós. Era evidente agora que o núcleo do cometa nos alcançaria primeiro. Uma violenta mudança recaíra sobre todos os homens; e a primeira sensação de *dor* foi o violento sinal para a lamentação geral e para o horror. Essa primeira sensação de dor consistia numa rigorosa contração do peito e dos pulmões e numa insuportável secura de pele. Não havia como negar que nossa atmosfera fora radicalmente afetada; a conformação da atmosfera e as possíveis modificações às quais ela podia estar sujeita eram agora os tópicos de discussão. O resultado da investigação transmitiu um estremecimento elétrico, do terror mais intenso, ao coração universal do homem.

Há muito se sabia que o ar que nos circundava era um composto de gases de oxigênio e nitrogênio, na proporção de 21 medidas de oxigênio e 79 de nitrogênio a cada cem, na atmosfera. O oxigênio, que era o fundamento da combustão e o condutor do calor, era absolutamente necessário à manutenção da vida animal e era o agente mais poderoso e energético na natureza. O nitrogênio, ao contrário, não era capaz de manter nem vida animal nem chama. Um excesso antinatural de oxigênio resultaria, havia sido averiguado, em uma elevação da vivacidade animal tal qual a que experimentáramos recentemente. Foi a procura, a extensão da ideia, o que causou espanto. Qual seria o resultado de uma *extração total do nitrogênio*? Uma combustão irresistível, ultradevoradora, onipresente, imediata – o cumprimento por inteiro, em todos os seus detalhes miúdos e terríveis, das ameaças flamejantes e aterrorizantes das profecias do Livro Sagrado.

De que serve que eu pinte, Charmion, o frenesi que se desencadeou então na humanidade? A tenuidade no cometa, que antes nos inspirara esperança, era agora a fonte da amargura do desespero. Em seu impalpável caráter gasoso percebíamos claramente a consumação do Destino. Enquanto isso mais um dia se passou – levando consigo a última sombra de Esperança. Ofegávamos na rápida modificação do ar. O sangue vermelho ricocheteava tumultuoso em seus canais sufocados. Um delírio furioso se apossou de todos os homens; e, de braços rigidamente esticados em direção aos céus ameaçadores, eles tremiam e gritavam. Mas o núcleo do destruidor estava agora sobre nós – mesmo aqui em Aidenn, falo e me arrepio. Serei breve – breve como a ruína que tomou conta de tudo. Por um momento houve apenas uma luz lúgubre e fortíssima, tocando e penetrando todas as coisas. Então – curvemo-nos, Charmion, perante a majestade excessiva do grande Deus! –, então ouviu-se um som invasivo e gritado, como que saído da boca DELE; e toda a massa incumbente de éter em que existíamos explodiu de uma só vez numa espécie de chama intensa, dotada de uma radiância insuperável e de um calor ultraférvido que nem mesmo os anjos, no alto Céu do puro conhecimento, sabem como nomear. Assim acabou tudo.

UMA DESCIDA PARA DENTRO DO MAELSTRÖM

Os desígnios de Deus na Natureza, assim como na Providência, não são os nossos *desígnios; nem os modelos que armamos são de modo algum proporcionais à vastidão, à intensidade e à inescrutabilidade de Suas obras,* que são mais profundas que o poço de Demócrito.

Joseph Glanvill*

Tínhamos alcançado o cume do rochedo mais elevado. Por alguns minutos, o velho pareceu exausto demais para falar.

– Não muito tempo atrás – ele disse, por fim – eu poderia ter guiado você por esta rota tão bem quanto o meu filho mais jovem; só que, há uns três anos, aconteceu comigo algo que nunca aconteceu antes a um mortal, ou, ao menos, algo do tipo que nunca deixou alguém vivo para contar história, e as seis horas de terror mortal que tive de enfrentar arrasaram meu corpo e minha alma. Você acha que sou um homem *muito* velho... mas não sou. Em menos de um dia, meus cabelos negros ficaram brancos e meus membros se enfraqueceram, e meus nervos ficaram tão descontrolados que eu tremo ao menor esforço e me assusto com uma sombra. Você acredita que não consigo nem olhar para este pequeno despenhadeiro sem ficar tonto?

O "pequeno despenhadeiro", em cuja beira ele se atirara para descansar, e de forma tão descuidada que a maior parte de seu corpo praticamente pendia no abismo, no qual só não caía graças ao apoio dos cotovelos na extremidade escorregadia do rochedo – esse "pequeno despenhadeiro", um precipício vertiginoso, uma parede vertical de rocha negra e reluzente, erguia-se quase quinhentos metros acima

---

* Joseph Glanvill (1636-1680), filósofo e religioso inglês. (N.T.)

de um mundo de rochedos. Tentação nenhuma me faria chegar a cinco metros de sua borda. Na verdade, eu estava tão nervoso com a posição perigosa do meu companheiro que me deitei ao comprido no chão, firmei as mãos em raízes de arbustos e nem ousei olhar para o céu – enquanto lutava em vão para me livrar da ideia de que até as fundações da montanha corriam perigo devido à fúria dos ventos. Passou-se um longo tempo até que criei coragem suficiente para sentar e olhar toda a imensidão.

– Trate de parar com suas fantasias – disse o meu guia –, porque eu o trouxe aqui para que você tivesse a melhor visão possível do cenário em que se deu o tal acontecimento, e para contar a você a história toda com o local bem embaixo dos seus olhos. Estamos agora – continuou, no estilo detalhista que o caracterizava –, estamos agora bem acima da costa norueguesa, a 68 graus de latitude, na grande província de Nordland e no sombrio distrito de Lofoden. A montanha em cujo topo nos encontramos se chama Helseggen, a Nebulosa. Agora levante-se um pouco... Segure-se no capim se estiver com vertigem... Isso... E olhe para além do cinturão de vapor abaixo de nós, olhe para o mar.

Eu olhei, meio tonto, e contemplei uma vasta extensão de oceano, cujas águas estavam tingidas numa coloração tão forte que me trouxeram à mente a descrição que o geógrafo núbio[*] fez do *Mare Tenebrarum*. A imaginação humana não poderia conceber um panorama mais deploravelmente desolado. Para a direita e para a esquerda, na maior distância que a visão alcançava, estendia-se, como se fosse a muralha de defesa do planeta, um rochedo horrendo negro e saliente, cuja aparência lúgubre era violentamente ressaltada pela rebentação, que lançava alto contra ele sua crista branca e medonha, uivando e urrando sem parar. Bem defronte ao promontório em cujo ápice nos encontrávamos, e uns dez quilômetros para dentro do mar, podia ser vista uma pequena

---

[*] Geógrafo núbio: referência obscura que aparece em outros textos de Poe, como no conto "Berenice", como sendo Ptolomeu. (N.T.)

ilha desértica; melhor dizendo, sua posição era mais ou menos discernível na vastidão ondulada que a envolvia. A uns três quilômetros dela, na direção da terra firme, via-se outra, ainda menor, pavorosamente escarpada e árida e cercada a intervalos variados por um agrupamento de rochas negras.

A aparência do oceano, no espaço entre a ilha mais distante e a praia, tinha algo de incomum. Embora, de momento, o vento que soprava na direção da costa estivesse tão forte que um brigue, a uma distância remota, mantinha as velas rizadas e constantemente mergulhava seu casco inteiro entre as vagas, ainda assim não havia nada que lembrasse uma ondulação uniforme, havia apenas uma precipitação de água para todas as direções, em movimentos cruzados, rápidos e furiosos – como se o mar, ali, estivesse comprando briga com o vento. Quase não se via espuma, a não ser na proximidade imediata das rochas.

– A ilha mais distante – prosseguiu o velho – é chamada de Vurrgh pelos noruegueses. Aquela a meio caminho é Moskoe. Aquela a uns dois quilômetros na direção norte é Ambaaren. Mais além estão Islesen, Hotholm, Keildhelm, Suarven e Buckholm. Ainda mais além, entre Moskoe e Vurrgh, estão Otterholm, Flimen, Sandflesen e Stockholm. Esses são os nomes verdadeiros dos lugares, mas o motivo pelo qual se achou necessário dar nomes a eles é mais do que você ou eu podemos entender. Você está ouvindo alguma coisa? Vê alguma mudança na água?

Já estávamos no topo do Helseggen havia dez minutos, e tínhamos subido pelo lado de Lofoden, de forma que não tivéramos nenhum vislumbre do mar até que ele irrompeu à nossa frente no cume. Enquanto o velho falava, comecei a ouvir um som alto, progressivo, como o gemer de uma vasta manada de búfalos numa pradaria americana; e no mesmo instante percebi que aquilo que os marinheiros chamam de *mar encrespado* estava rapidamente se transformando, lá embaixo, numa corrente que ia para o leste. Diante dos meus olhos, a corrente adquiriu uma rapidez monstruosa. A velocidade aumentava a cada momento, numa impetuosidade abrupta. Passados cinco minutos, todo o mar, na área que ia até Vurrgh, estava açoitado numa fúria ingovernável; mas era entre Moskoe e a costa que se agitava o açoite mais feroz. Ali, o vasto leito das águas, sulcado e retalhado em milhares de canais emaranhados, explodiu de repente num frenesi convulso – arfante, borbulhante, sibilante –, girando em inúmeros vórtices gigantes, rodopiando e turbilhonando para o leste com uma rapidez que a água só assume em quedas íngremes.

Dentro de mais alguns minutos, outra alteração radical tomou conta do cenário. A superfície toda ficou como que mais lisa, e os redemoinhos, um por um, desapareceram, ao mesmo tempo que formidáveis faixas de espuma apareceram onde antes não havia nenhuma. Depois de um tempo, essas faixas, estendendo-se a uma grande distância e entrando em combinação, tomaram para si o movimento giratório dos vórtices apaziguados e formaram o embrião de um novo vórtice, mais vasto. Subitamente – muito subitamente – o novo vórtice ficou distinto e definido, num círculo de dois quilômetros de diâmetro. Os limites do turbilhão estavam demarcados por um largo cinturão de espuma faiscante; mas nenhum borrifo escapava para dentro da boca do terrível funil, cujo interior, até onde os olhos conseguiam sondar, era formado por uma parede aquosa lisa, negra, reluzente, inclinada para o horizonte num ângulo de 45 graus, e se movia vertiginosamente, sem parar, numa oscilação enérgica, elevando aos céus uma voz tenebrosa, algo entre o grito e o rugido, algo que nem mesmo a poderosa catarata do Niágara consegue igualar em suas preces de agonia.

A montanha tremeu desde a base, e a rocha balançou. Atirei-me de frente para o chão e me agarrei na vegetação escassa, num ataque de agitação nervosa.

– Isso – eu disse ao velho, por fim –, isso *só pode* ser o grande redemoinho do Maelström.

– Ele é chamado assim às vezes – ele respondeu. – Nós, os noruegueses, o chamamos de Moskoe-ström, porque a ilha de Moskoe fica em seu caminho.

Os relatos conhecidos sobre o vórtice não tinham de modo algum me preparado para o que vi. O de Jonas Ramus*, que é talvez o mais minucioso, não transmite a mais débil concepção nem de sua magnificência, nem do horror da cena – nem da sensação louca e desconcertante da *novidade* que confunde o espectador. Não tenho ideia de qual foi o ponto a partir do qual esse escritor avistou o fenômeno, nem de quando o fez; mas não pode ter sido a partir do Helseggen e nem durante uma tempestade. Há algumas passagens de sua descrição, no entanto, que merecem ser citadas por seus detalhes, apesar de que a impressão que provocam nem se aproxima de transmitir uma noção do que é o espetáculo.

"Entre Lofoden e Moskoe", ele escreve, "a profundidade da água fica entre 36 e 40 braças; mas no outro lado, na direção de Ver (Vurrgh), essa profundidade decresce a ponto de não permitir a passagem normal de uma embarcação, devido ao risco de choque com as rochas, o que ocorre mesmo nas maiores calmarias. Na maré enchente, a corrente se dirige para a terra entre Lofoden e Moskoe numa rapidez turbulenta; o bramido da impetuosa vazante, porém, mal pode ser comparado às mais ruidosas e temíveis cataratas; ouve-se o barulho a várias léguas de distância, e os vórtices ou fossos apresentam tamanha extensão e profundidade que um navio que se aproximar de sua área de atração será inevitavelmente absorvido e tragado para o fundo, e lá será espatifado contra as pedras; e quando a água se acalma, os fragmentos são dali expelidos e devolvidos à superfície. Mas tais intervalos de tranquilidade só ocorrem na espera entre vazante e enchente e em tempo bom, e não duram mais do que um quarto de hora, até que a violência gradualmente retorne. Quando a corrente é mais turbulenta, e quando sua fúria é aumentada por uma tempestade, os barcos devem

---

* Padre norueguês que escreveu sobre o Maelström em 1715. (N.T.)

se manter o mais longe possível da área conturbada. Botes, iates e navios já foram tragados por falta de precaução contra a turbulência e por aproximações desavisadas. Também ocorre, com frequência, que baleias se aproximem demais da corrente e sejam subjugadas por sua violência; é impossível descrever os uivos e berros de suas infrutíferas batalhas pela salvação. Um urso, certa vez, aventurando-se a nadar entre Lofoden e Moskoe, foi apanhado pela corrente e levado para as profundezas, e seus rugidos horripilantes puderam ser ouvidos na praia. Enormes troncos de abetos e pinheiros, depois de absorvidos pelo fluxo, voltam à tona quebrados e arrebentados de tal maneira que parecem ter sido virados do avesso. Isso demonstra que o fundo consiste de rochas pontiagudas, entre as quais as toras turbilhonam para lá e para cá. A corrente é regulada pelo fluxo e refluxo do mar – as marés altas e baixas se alternam a cada seis horas. No ano de 1645, no início da manhã do domingo da Sexagésima*, ela se manifestou com tamanha veemência que casas vieram abaixo na costa."

No que diz respeito à profundidade das águas na proximidade do vórtice, eu não conseguia ver como ela poderia ser determinada ao certo. As "quarenta braças" devem se referir apenas a pontos próximos das praias de Moskoe e de Lofoden. A profundidade do centro do Moskoe-ström deve ser imensuravelmente maior; e não há melhor maneira de provar esse fato do que observar, nem que seja de esguelha desde o rochedo mais alto do Helseggen, o abismo que se abre no redemoinho. Olhando do alto do pico para o estrepitoso Flegetonte** lá embaixo, não pude deixar de sorrir frente à ingenuidade com que o singelo Jonas Ramus registra, como se fossem casos inacreditáveis, as anedotas das baleias e dos ursos; pois me pareceu, de fato, uma coisa mais que evidente o fato de que o maior navio do mundo, caindo nas garras daquela atração mortal, teria tantas condições

---

* Cerca de sessenta dias antes da Páscoa. (N.T.)

** Um dos rios do Inferno, rio que ferve e queima. (N.T.)

de resistir quanto uma pluma num furacão, e sumiria por inteiro e de imediato.

Quanto às tentativas de explicar o fenômeno – algumas das quais, lembro bem, me pareceram plausíveis o bastante quando as li –, assumiam agora um aspecto muito diferente e insatisfatório. A ideia geralmente aceita é de que este vórtice, assim como três outros vórtices menores que ocorrem nas ilhas Feroé, "não têm outra causa senão a colisão de ondas que sobem e descem, em fluxo e refluxo, contra cadeias de rochas e recifes, o que confina a água de modo que ela se precipita como uma catarata; e assim, quanto mais subir a maré, maior deverá ser a queda, e o resultado natural é um redemoinho ou vórtice, cuja prodigiosa sucção é suficientemente conhecida graças a experimentos controlados". Isso é o que diz a Enciclopédia Britânica. Kircher* e outros acreditam que no centro do canal do Maelström existe um abismo que penetra pelo globo terrestre e desemboca em algum local muito remoto – o Golfo de Bótnia foi nomeado com certa resolução por um deles. Minha imaginação prontamente recorreu a esta teoria, sem valor em si mesma, enquanto eu observava o fenômeno; e, quando falei dela ao guia, fiquei um tanto surpreso ao ouvi-lo dizer que, embora essa visão do assunto fosse compartilhada por quase todos os noruegueses, ele tinha opinião diferente. Quanto ao primeiro conceito, confessou ser incapaz de compreendê-lo; e aqui concordei com ele – já que, por mais conclusiva que seja no papel, a explicação é totalmente ininteligível, e até mesmo absurda, diante do trovão do abismo.

– Você deu uma boa olhada no redemoinho – disse o velho – e, se você se arrastar para trás dessa pedra, de modo a se abrigar do vento e escapar um pouco do bramido das águas, vou lhe contar uma história que vai convencê-lo de que alguma coisa eu sei sobre o Moskoe-ström.

Fiz o que o velho pedia, e ele prosseguiu.

---

* Athanasius Kircher (1601-1680), filósofo e cientista alemão. (N.T.)

– Eu e meus dois irmãos tínhamos um barquinho de pesca, uma sumaca com mastreação de escuna, com capacidade para umas setenta toneladas, no qual tínhamos o hábito de pescar entre as ilhas para lá de Moskoe, perto de Vurrgh. As áreas de remoinho do mar sempre proporcionam boas pescarias, nas ocasiões oportunas, para quem tem coragem de se arriscar; de todos os homens que viviam na costa de Lofoden, porém, nós três éramos os únicos a fazer dessa saída para as ilhas uma atividade regular. Os locais tradicionais de pesca ficam bem mais para lá, na direção sul. Lá é possível pegar peixe a qualquer hora, sem muito risco, e portanto esses são os lugares preferidos. Mas os pontos mais selecionados, aqui entre as rochas, não apenas dão as melhores variedades como as dão em abundância inigualável; tanto que era comum que pescássemos num único dia o que os mais acanhados não conseguiam juntar em uma semana. Na verdade, refletíamos muito a sério sobre o assunto – o risco de vida em vez do trabalho, e a coragem valendo como capital.

"Deixávamos a sumaca numa angra a uns oito quilômetros daqui, costa acima; e era nosso costume, quando fazia tempo bom, tirar vantagem dos quinze minutos de calmaria para atravessar o canal principal do Moskoe-ström, mantendo a maior distância possível da área do sorvedouro, e então descer e ancorar em algum ponto perto de Otterholm ou Sandflesen, onde os remoinhos não são tão violentos quanto em outros lugares. Por ali nós costumávamos permanecer até que se aproximasse o intervalo de calmaria seguinte, e então levantávamos âncora e voltávamos para casa. Nunca fazíamos essas expedições sem que houvesse um vento favorável para ir e voltar – um vento constante, que sentíssemos que não nos faltaria no momento de retornar –, e nisso era difícil que cometêssemos algum erro de cálculo. Duas vezes, ao longo de seis anos, fomos obrigados a passar toda a noite ancorados por causa de uma calmaria anormal, daquelas que são muito raras por aqui; e uma vez tivemos de permanecer na nossa zona de pescaria por quase uma semana, morrendo de fome, devido a um temporal que começou logo depois da nossa chegada e que deixou o canal muito turbulento para que nos arriscássemos por ele. Nessa ocasião, teríamos sido empurrados mar adentro apesar de tudo (porque os redemoinhos nos faziam girar com tanta violência que, por fim, tivemos de soltar a âncora e arrastá-la), não fosse o fato de que fomos parar numa das inumeráveis correntes cruzadas que hoje estão aqui e amanhã em outro lugar, e por sorte fomos levados até Flimen, onde, a sotavento, conseguimos fundear.

"Eu não conseguiria mencionar nem um vigésimo das dificuldades pelas quais passamos nos 'campos de pesca' – é complicado ficar por lá, mesmo com tempo bom –, mas sempre dávamos um jeito de atravessar o corredor polonês do Moskoe-ström sem problemas; apesar de que vez por outra eu ficasse com o coração saindo pela boca, quando acontecia de estarmos um minuto atrasados ou adiantados em relação ao intervalo de calmaria. Às vezes o vento não estava tão firme quanto tínhamos pensado de início, e então avançávamos bem menos do que seria desejável, e a corrente ia fazendo a sumaca ficar ingovernável. Meu irmão mais velho tinha um filho de dezoito anos, e eu era pai de dois garotos robustos. Eles teriam ajudado muito nessas ocasiões, tanto no manejo dos remos de governo quanto depois, na própria pescaria, mas, de todo modo, embora corrêssemos o risco nós mesmos, não tínhamos coragem de colocar os meninos em situação de perigo – já que, no fim das contas, *era* um perigo horrível, é a pura verdade.

"Faltam poucos dias para que tenham se passado exatamente três anos desde que ocorreu o que vou lhe contar. Era o décimo dia de julho de 18..., um dia que os habitantes desta parte do mundo nunca vão esquecer – porque foi o dia em que despencou o furacão mais terrível que o céu já produziu. E, no entanto, durante toda a manhã, e até o fim da tarde, soprou uma brisa suave do sudoeste, e o sol brilhava forte, de modo que nem o marinheiro mais velho entre nós podia prever o que estava por vir.

"Nós três – meus dois irmãos e eu – tínhamos feito a travessia até as ilhas por volta das duas da tarde, e logo tínhamos carregado quase toda a capacidade da sumaca com peixes de primeira, que, todos notamos, estavam mais abundantes naquele dia do que em qualquer outro. Eram sete horas, *pelo meu relógio*, quando levantamos âncora e partimos para casa, de maneira que pudéssemos cruzar a pior parte do Ström em águas calmas, já que sabíamos que o intervalo se daria às oito.

"Saímos com um bom vento de estibordo e, por algum tempo, corremos em ritmo acelerado, sequer sonhando com algum perigo, pois de fato não víamos o menor motivo para alguma apreensão. De repente fomos surpreendidos por uma brisa procedente do Helseggen. Isso era muito incomum – algo que nunca nos acontecera antes –, e comecei a sentir um certo desconforto, sem saber ao certo por quê. Colocamos o barco a favor do vento, mas não avançamos por causa dos remoinhos, e eu estava a ponto de sugerir que retornássemos ao ponto de ancoragem quando, olhando à popa, vimos o horizonte todo coberto por uma única nuvem cor de cobre que crescia sobre nós numa velocidade espantosa.

"Nesse meio-tempo a brisa que nos desviara de curso amainou, e ficamos em calmaria total, à deriva, sem direção. Essa situação, contudo, durou tão pouco que nem tivemos tempo de pensar sobre ela. Em menos de um minuto a tormenta estava em cima de nós; em menos de dois minutos, o céu estava completamente obscurecido; e depois disso e da espuma lançada por todos os lados, ficou tão escuro que não conseguíamos enxergar uns aos outros na sumaca.

"É loucura tentar descrever o furacão que se abateu sobre nós. O mais velho marinheiro norueguês nunca vivenciou algo parecido. Soltamos nossas velas antes que a ventania conseguisse nos arrastar; na primeira rajada, porém, nossos dois mastros voaram do barco como se tivessem sido serrados – e o mastro principal levou consigo o meu irmão mais novo, que se amarrara nele por segurança.

"Nosso barco era o mais leve fragmento de pluma que jamais flutuou pela água. Ele tinha um convés liso inteiriço. Só havia uma escotilha, perto da proa, e sempre foi nosso costume trancar essa pequena abertura quando cruzávamos o Ström, por precaução contra o mar agitado. Não fosse essa medida, teríamos naufragado num instante – porque chegamos a ficar totalmente submersos. Não sei como meu irmão mais velho escapou da aniquilação, nunca tive oportunidade de esclarecer esse fato. De minha parte, assim que terminei de soltar o traquete, atirei-me de corpo inteiro no convés, com meus pés apoiados na estreita amurada da proa e minhas mãos agarrando a argola de uma tranca ao pé do mastro principal. Foi apenas por instinto que procedi assim, e foi sem dúvida a melhor coisa que poderia ter feito, pois estava aturdido demais para pensar.

"Por alguns momentos ficamos completamente afundados, como eu disse, e por todo o tempo eu prendi a respiração e me segurei com força na tranca. Quando não aguentei mais, fiquei de joelhos, ainda agarrando a tranca, e assim emergi minha cabeça. Logo depois nosso barquinho se sacudiu, como um cachorro faz quando sai da água, e assim escapou, em certa medida, do mar. Eu estava agora procurando superar o estupor que tomara conta de mim, procurando recobrar os sentidos para avaliar o que podia ser feito, quando senti que alguém me pegava pelo braço. Era o meu irmão mais velho, e meu coração saltou de alegria, pois tinha certeza de que ele havia caído do barco, mas no momento seguinte toda a alegria se transformou em horror – porque ele aproximou a boca do meu ouvido e gritou a palavra '*Moskoe-ström!*'

"Ninguém jamais saberá o que senti naquele momento. Eu tremia dos pés à cabeça, como se estivesse sofrendo os calafrios da febre mais violenta. Eu sabia muito bem o que ele queria dizer com aquela única palavra – sabia o que ele queria que eu compreendesse. Com o vento que nos impelia agora, estávamos nos encaminhando para o redemoinho do Ström, e nada podia nos salvar!

"Você sabe que, na travessia do *canal* do Ström, sempre nos afastávamos bastante da área do redemoinho, mesmo com tempo bom, e observávamos e esperávamos cuidadosamente pelo horário do repouso da corrente – mas agora estávamos navegando bem por cima do trecho de voragem, e num furacão como aquele! 'Na verdade', pensei, 'vamos chegar lá bem no momento da calmaria, nisso podemos ter um pouco de esperança' – mas no momento seguinte amaldiçoei meu nome por ter sido tolo a ponto de sonhar com alguma esperança. Sabia muito bem que estaríamos condenados mesmo que estivéssemos numa embarcação mil vezes maior.

"A esta altura a primeira manifestação de fúria da tempestade se esgotara, ou ao menos não a sentíamos tanto, à medida que éramos impelidos por ela, mas em todo caso as águas, que de início se mantiveram niveladas com o vento, lisas e espumantes, agora se projetavam em verdadeiras montanhas. Uma mudança singular também ocorrera nos céus. Tudo estava preto como piche em todas as direções, mas quase acima de nossas cabeças se abriu, numa ruptura súbita, uma brecha circular de céu claro – o céu mais claro que já vi, de um azul intenso e brilhante –, e por ela refulgiu a lua cheia, num esplendor lunar que eu desconhecia. Ela iluminou tudo o que nos cercava e tudo ficou muito distinto – mas, meu Deus, que cenário era aquele para vir à luz!

"Fiz uma ou duas tentativas de falar com meu irmão, mas os estrondos da tormenta se intensificaram de maneira estranha, e ele não ouviu uma única palavra, embora eu gritasse o mais alto que podia em seu ouvido. A seguir ele balançou a cabeça, pálido como a morte, e ergueu um dedo, como se estivesse dizendo '*Escute!*'

"De início não entendi o que ele queria dizer, mas logo depois um pensamento horrendo me veio à cabeça. Tirei meu relógio do bolso. Estava parado. Olhei seu mostrador à luz da lua, joguei-o longe no oceano e comecei a chorar. *Ele tinha parado às sete horas! Estávamos atrasados em relação ao horário da calmaria, e o redemoinho do Ström estava no auge da fúria!*

"Quando um barco é bem construído, equipado de forma adequada, e quando não está sobrecarregado e vai a favor do vento, as ondas de uma tempestade forte sempre parecem deslizar por baixo dele – o que é estranho para quem não é marinheiro –, e a isso chamamos *cavalgar* em gíria marítima. Bem, até ali tínhamos cavalgado com bastante destreza os vagalhões; mas então uma elevação gigantesca nos pegou pela parte traseira do casco e nos arrastou consigo para cima, bem para cima, como que em direção ao céu. Era inacreditável que uma onda pudesse subir tanto. E então descemos numa curva, deslizando e mergulhando, e fiquei nauseado e tonto, como se estivesse caindo, num sonho, do topo de uma montanha altíssima. Mas enquanto estivemos lá em cima olhei rápido – e foi mais do que suficiente. Vi num instante em que posição estávamos. O sorvedouro do Moskoe-ström estava uns quinhentos metros à frente, mas não era o Moskoe-ström habitual – perto dele, o redemoinho que você viu tem a força de um córrego. Se eu não soubesse onde estávamos e o que nos esperava, nem teria reconhecido o cenário. Com o que vi, fechei os olhos involuntariamente, horrorizado. As pálpebras se cerraram num espasmo.

"Não se passaram nem dois minutos e sentimos de repente que as ondas estavam se acalmando, baixando em meio à espuma. O barco deu uma virada brusca a bombordo e então disparou como um raio na nova direção. Ao mesmo tempo o ruído atroador da água foi completamente abafado por uma espécie de guincho penetrante – o tipo de som que poderíamos imaginar que viesse de milhares de barcos a vapor que acionassem seus motores ao mesmo tempo. Estávamos agora na área de rebentação que cerca os turbilhões; e pensei, é claro, que mergulharíamos sem demora no abismo – cujo interior não conseguíamos enxergar direito por causa da incrível velocidade na qual éramos arrastados. A impressão era de que o barco mal tocava a água e de que ia resvalando pelas ondas como uma bolha de ar. O vórtice se aproximava a estibordo, e a bombordo crescia a vastidão de mar que deixávamos para trás.

"Pode parecer estranho, mas agora, às portas da voragem, eu me sentia mais sereno do que nos minutos anteriores. Convencido de que não havia mais esperança, livrei-me em grande medida do terror que me acovardara até ali. O desespero, acho, era o que vinha deixando os meus nervos abalados.

"Pode parecer que estou me vangloriando, mas o que lhe digo é verdade: comecei a refletir sobre como era magnífico morrer daquela maneira, e sobre como era uma tolice de minha parte levar em consideração algo tão insignificante quanto a minha própria existência individual, em vista de uma manifestação tão maravilhosa do poder de Deus. Até creio que me ruborizei quando essa ideia me passou pela cabeça. Pouco depois fiquei possuído pela curiosidade mais ardente sobre o redemoinho em si. Eu sentia um *desejo* real de explorar suas profundezas, mesmo às custas de meu próprio sacrifício; e meu maior pesar era o fato de que jamais poderia falar aos meus companheiros em terra sobre os mistérios que estava por conhecer. Tais fantasias eram, sem dúvida, uma ocupação singular para a mente de um homem numa situação tão extrema – e desde então sempre considerei que as revoluções do barco em torno do turbilhão podem ter me deixado um pouco desnorteado.

"Houve uma outra circunstância, que acabou por me devolver a presença de espírito: a cessação do vento, que não nos alcançava na posição em que estávamos – visto que, como você mesmo pôde observar, o cinturão de rebentação é consideravelmente mais baixo do que o leito normal do oceano, e este último se elevava agora sobre nós como uma montanha negra de água. Se você nunca esteve no mar em meio a uma tempestade pesada, não pode fazer ideia da confusão mental que o vento e o açoite de água pulverizada provocam em conjunto. Eles cegam, ensurdecem e estrangulam, minam sua capacidade de agir ou refletir. Mas nós estávamos agora, em grande medida, livres dessas aflições – como prisioneiros condenados à morte, a quem são concedidos pequenos favores que eram proibidos quando a condenação era incerta.

"É impossível dizer quantas vezes percorremos o circuito do cinturão. Rodamos e rodamos sem parar por talvez uma hora, mais voando que flutuando, chegando cada vez mais para dentro da rebentação e, portanto, mais e mais perto de sua horrível borda interna. Durante todo esse tempo, eu nunca larguei a argola da tranca. Meu irmão estava na popa, segurando-se num pequeno barril de água vazio, que fora amarrado com firmeza no viveiro do casco e que era a única coisa que não tinha sido varrida para longe do convés quando a primeira rajada de vento nos pegou. Quando ficamos bem perto da beira do sumidouro, ele largou o barril e partiu para a argola, da qual, na agonia de seu terror, tentou soltar minhas mãos à força, visto que ela não era grande o suficiente para que quatro mãos a agarrassem. Senti a maior das dores quando vi o que ele estava tentando fazer, embora soubesse que era um lunático quem o fazia, um maníaco alucinado movido pelo medo mais absoluto. Disputar com ele, entretanto, não tinha sentido. Eu sabia que não fazia a menor diferença que qualquer um de nós se segurasse ou não; então deixei a tranca para ele e fui à popa para ficar com o barril. Não houve grande dificuldade no meu deslocamento, porque a sumaca corria em círculos com bastante estabilidade, na horizontal – apenas oscilando para lá e para cá nas agitações turbilhonantes. Eu mal tinha me estabelecido na nova posição quando o barco guinou brutalmente para estibordo e se precipitou de frente no abismo. Murmurei uma ligeira prece a Deus e pensei que estava tudo acabado.

"Sentindo o impulso vertiginoso da descida, segurei forte na barrica, por instinto, e fechei os olhos. Por alguns segundos não tive coragem de abri-los – e aguardei minha destruição imediata, e estranhei que ainda não estivesse em meu enfrentamento de morte com a água. Mas o tempo passava e passava. E eu estava vivo. A sensação da queda cessara; e o movimento do barco era quase o mesmo de antes, de quando estávamos no cinturão de espuma, à exceção de que agora ele parecia avançar mais ao comprido. Respirei fundo e abri os olhos para o cenário.

"Nunca esquecerei as sensações de espanto, horror e admiração com que olhei à minha volta. Como que por mágica, o barco parecia estar correndo, a meio caminho da descida, sobre a superfície interior de um funil descomunal, vasto em sua circunferência e estupendo de tão profundo, cujas paredes, perfeitamente lisas, poderiam até ser confundidas com ébano, não fosse a rapidez desconcertante em que giravam, não fosse a radiância fantasmagórica e cintilante que emitiam, à medida que os raios da lua cheia, vindos daquela brecha circular entre as nuvens que já descrevi, jorravam, em gloriosa inundação de ouro, na superfície negra, e depois nas profundezas longínquas, nos recessos mais remotos do abismo.

"De início eu estava confuso demais para poder observar direito as coisas. O que eu via era uma formidável explosão de grandiosidade. Quando me recuperei um pouco, no entanto, meu olhar se dirigiu instintivamente para baixo. Nessa direção eu conseguia obter uma visão desobstruída, pela maneira em que a sumaca pendia na superfície inclinada do funil. Nossa quilha estava bastante nivelada, ou melhor, o convés e a água formavam linhas paralelas – mas a água se inclinava num ângulo de mais de 45 graus, de modo que parecíamos quase adernados. Não deixei de perceber, entretanto, que nessa situação não era nada difícil permanecer no lugar ou ficar de pé, como se estivéssemos em plano horizontal; isso se devia, suponho, à velocidade em que rodávamos.

"Os raios da lua pareciam querer sondar o fundo do imenso abismo; mas eu não conseguia distinguir nada, em função de uma névoa espessa que envolvia tudo, sobre a qual pairava um arco-íris magnífico, semelhante à ponte estreita e bamboleante que, segundo os muçulmanos, é o único atalho entre o tempo e a eternidade. Essa névoa, ou espuma pulverizada, era gerada sem dúvida pela colisão das enormes paredes do funil, quando se chocavam juntas no fundo – mas o bramido que subia aos céus a partir daquela névoa é algo que não ouso tentar descrever.

"Quando caímos do cinturão de espuma, deslizamos redemoinho abaixo por uma grande distância, num primeiro momento; mas a partir daí não descemos mais no mesmo ritmo. Seguíamos rodando e rodando, não num movimento uniforme, mas em vertiginosos arranques e espasmos, que nos impeliam às vezes apenas por algumas centenas de metros e às vezes por quase todo o circuito do vórtice. Nosso progresso para baixo, a cada volta, era lento, mas muito perceptível.

"Olhando em torno de mim, pelo deserto de ébano líquido sobre o qual éramos arrastados, percebi que nosso barco não era o único objeto colhido pelo turbilhão. Tanto acima quanto abaixo de nós se viam fragmentos de embarcações, grandes pedaços de madeirame de construção e troncos de árvores, além de muitas coisas menores, como peças de mobília, caixas quebradas, barris e aduelas. Já descrevi a curiosidade anormal que tomara o lugar de meus terrores iniciais. Ela parecia ganhar força à medida que eu ficava mais e mais perto do meu tenebroso destino. Comecei a observar, com estranho interesse, as inúmeras coisas que flutuavam em nossa companhia. Só *podia* ser delírio – porque era até *divertido* calcular e comparar suas velocidades nas várias descidas rumo à espuma do fundo. 'Este tronco de abeto', eu me vi dizendo a certa altura, 'será certamente a próxima coisa a dar o terrível mergulho para o desaparecimento' – e então fiquei decepcionado ao ver que os destroços de um navio mercante holandês tomaram sua frente e sumiram primeiro. Por fim, depois de ter feito várias conjecturas desse tipo, enganando-me em todas, esse fato, o fato de que eu errava todos os cálculos, inspirou-me uma nova linha de reflexão – e os meus membros voltaram a tremer, e o meu coração começou a bater rápido outra vez.

"Não era um novo terror o que me afetava, era o despertar emocionante de uma *esperança*. Essa esperança brotou em parte da memória e em parte das minhas observações do momento. Lembrei-me da grande variedade de material flutuante que se espalhava pela costa de Lofoden e que era absorvida e depois expelida pelo Moskoe-ström. A imensa maioria dos objetos se despedaçava da maneira mais extraordinária, voltavam tão esfolados e arruinados que pareciam um amontoado de lascas – mas então recordei com clareza que *alguns* deles não voltavam nem um pouco desfigurados. Não havia explicação para essa diferença, salvo a suposição de que os fragmentos destroçados eram os únicos que tinham sido *completamente absorvidos* – de que os outros tinham caído no redemoinho num momento mais tardio da maré, ou por alguma razão tinham descido muito devagar depois de cair, de forma que não chegaram ao fundo antes da virada do fluxo ou do refluxo, conforme fosse o caso. Imaginei que fosse possível, nessas suposições, que os objetos pudessem ser regurgitados de volta ao nível do oceano sem ter sofrido o destino daqueles que são atraídos mais cedo ou absorvidos mais rápido. Também fiz três importantes observações. Primeiro que, via de regra, quanto maiores eram os corpos, mais rápida era sua descida; segundo que, entre duas massas de mesmo volume, uma esférica e outra *de qualquer outro formato*, a velocidade da descida era superior no caso da esfera; terceiro que, entre duas massas de mesmo tamanho, uma cilíndrica e outra de qualquer outro formato, a cilíndrica era absorvida mais lentamente. Desde a minha salvação, tive várias conversas sobre este assunto com um velho professor de escola do distrito; e foi com ele que aprendi a utilizar os termos 'cilindro' e 'esfera'. Ele me explicou, embora eu tenha esquecido a explicação, que o que eu observava era, na verdade, consequência natural das formas dos fragmentos flutuantes – e me mostrou como acontecia de um cilindro, deslizando num vórtice, oferecer mais resistência à sucção e ser tragado com maior dificuldade do que um corpo de mesmo volume e de qualquer outro formato.*

"Havia uma circunstância surpreendente que contribuiu muito para reforçar minhas observações e para que eu almejasse usá-las em meu favor: a cada volta completa, passávamos por algo como um barril, ou por uma verga ou mastro de navio, e muitas dessas coisas, que se achavam ao nosso nível quando abri os olhos para as maravilhas do redemoinho, estavam agora bem acima de nós, e pareciam pouco ter se movido de sua posição original.

"Não hesitei mais quanto ao que fazer. Decidi me amarrar com firmeza ao barril de água em que estivera agarrado, cortar as cordas que o prendiam ao casco e me atirar com ele na água. Chamei a atenção do meu irmão fazendo sinais, apontei para ele os barris flutuantes que se aproximavam de nós e fiz tudo que estava em meu poder para que ele entendesse o que eu estava prestes a fazer. Julguei por fim que ele compreendera o meu plano – mas, fosse esse o caso ou não, ele sacudiu a cabeça em desespero e se recusou a abandonar sua posição na argola da tranca. Era impossível ir até ele; a emergência da situação não admitia delonga; e assim, numa renúncia amarga, abandonei-o ao seu destino, amarrei-me ao barril fazendo uso das cordas que o prendiam ao casco e me precipitei para o mar sem hesitar por nem mais um momento.

"O resultado foi precisamente o que eu esperava. Como eu mesmo estou lhe contando esta história – eu realmente escapei, como você vê –, e como você já está inteirado da maneira como consegui me salvar e pode assim prever tudo que ainda tenho para dizer, vou apressar a conclusão do meu relato. Eu já estava na água havia mais ou menos uma hora quando, a uma grande distância de mim, deslocada para o fundo do vórtice, a sumaca deu três enérgicos giros em rápida sucessão e, levando consigo meu querido irmão,

---

* Ver Arquimedes, *"De Incidentibus in Fluido"* – lib. 2. (N.A.)

mergulhou de frente, de uma só vez, para sempre, no caos de espuma do sumidouro. O barril em que eu me amarrara descera até pouco mais do que a metade da distância entre o fundo do vórtice e o ponto em que eu saltara, e então se deu uma grande mudança na configuração do redemoinho. A inclinação das paredes do imenso funil foi ficando cada vez menos íngreme. As rotações do turbilhão se tornaram, gradualmente, cada vez menos violentas. Aos poucos, a espuma e o arco-íris desapareceram, e o fundo do vórtice começou a subir lentamente. O céu ficou limpo, os ventos se amainaram e a lua cheia, radiante, descia no oeste quando me vi de novo na superfície do oceano, tendo à vista a costa de Lofoden e flutuando no ponto pelo qual o sorvedouro do Moskoe-ström *passara*. Era a hora da calmaria – mas o mar ainda se erguia em ondas gigantescas, por causa do furacão. Fui arrastado violentamente pelo canal do Ström e, em poucos minutos, fui impelido costa abaixo até os 'campos de pesca'. Um barco me resgatou; eu estava no limite da exaustão e (agora que o perigo se fora) incapaz de falar, devido à memória do horror. Os homens que me resgataram eram velhos amigos, companheiros de todos os dias – mas eles não me conheciam mais do que conheceriam um enviado da terra dos espíritos. Meu cabelo, negro como azeviche até o dia anterior, estava branco como você o vê agora. Eles dizem também que toda a expressão do meu rosto havia se transformado. Contei a eles a minha história – eles não acreditaram. Eu a conto agora a você – e não posso esperar que você ponha mais fé nela do que os alegres pescadores de Lofoden."

O MISTÉRIO DE MARIE ROGÊT*

Es giebt eine Reihe idealischer Begebenheiten, die der Wirklichkeit parallel lauft. Selten fallen sie zusammen. Menschen und zufalle modifieiren gewohulich die idealische Begebenheit, so dass sie unvollkommen erscheint, und ihre Folgen gleichfalls unvollkommen sind. So bei der Reformation; statt des Protestantismus kam das Lutherthum hervor.

Existem sucessões ideais de eventos que ocorrem paralelamente aos eventos reais. Eles raramente coincidem. Os homens e as circunstâncias costumam modificar essa sucessão ideal, logo, ela parece imper-

---

* Na edição original de "O mistério de Marie Rogêt", as notas de rodapé foram consideradas desnecessárias; mas o transcurso de muitos anos desde a tragédia sobre a qual o conto se baseia torna conveniente que elas sejam mantidas, além de dar algumas explicações de propósito geral. Uma jovem, *Mary Cecilia Rogers*, foi assassinada nos arredores de Nova York, e apesar de sua morte ter causado uma comoção intensa e duradoura, o mistério ligado a ela não havia sido resolvido na época em que o conto foi escrito e publicado (em novembro de 1842). Aqui, sob o pretexto de relatar a sorte de uma *grisette* parisiense, o autor seguiu, em minúcias, os principais fatos do assassinato de Mary Rogers, ao passo que comparou mais superficialmente os fatos secundários. Desse modo, toda a argumentação fundamentada na ficção é aplicável à verdade, e a investigação da verdade foi o objeto.

O conto foi escrito longe da cena onde ocorreu o crime e sem outros meios de investigação que não os fornecidos pelos jornais. Assim, muitos dos benefícios de estar no local e de visitar as redondezas escaparam ao escritor. É conveniente ressaltar, no entanto, que as confissões de *duas* pessoas (uma delas Madame Deluc, personagem nesta narrativa), em diferentes períodos, muito tempo após a publicação do conto, confirmaram integralmente não só a conclusão geral, mas absolutamente *todos* os principais detalhes hipotéticos por meio dos quais se chegou a tal conclusão. (N.A.)

*feita, e suas consequências são também imperfeitas.
Assim foi com a Reforma; em vez de protestantismo,
veio o luteranismo.*

Novalis* – *Morale Ansichten*.

Não há, mesmo entre os mais serenos pensadores, quem não tenha ocasionalmente sido tomado por uma sensação vaga mas excitante de fé no sobrenatural, desencadeada por coincidências cujo caráter tem aparência tão incrível que o intelecto não consegue processá-las como meras coincidências. Tais sensações – uma vez que a fé vaga a que me refiro nunca tem a força total do pensamento –, tais sensações raras vezes são contidas por inteiro, a não ser por referência à doutrina do acaso ou, como o termo técnico diz, pelo Cálculo das Probabilidades. Esse cálculo é, em essência, puramente matemático; assim, temos a anomalia do mais exato rigor científico aplicada ao que há de sombrio e espiritual na mais intangível especulação.

Os detalhes extraordinários que sou exortado a tornar públicos, como se verá, constituem a principal ramificação de uma série de coincidências quase ininteligíveis, cuja ramificação secundária será reconhecida por todos os leitores no recente assassinato de MARY CECILIA ROGERS, em Nova York.

Quando, em um conto intitulado "Os assassinatos da rua Morgue", tentei, cerca de um ano atrás, descrever algumas características bastante notáveis da natureza mental do meu amigo, o *Chevalier*** C. Auguste Dupin, não me ocorreu que eu nunca esgotaria o assunto. A descrição era o que constituía o meu propósito, e tal propósito foi inteiramente cumprido na sucessão frenética de circunstâncias escolhidas

---

* Pseudônimo de Friedrich von Hardenburg (1772-1801), poeta alemão. (N.T.)

** *Chevalier*, ou cavaleiro, quinta categoria de condecorações honoríficas da Ordem Nacional da Legião de Honra francesa, instituída por Napoleão a veteranos de guerra. (N.T.)

para exemplificar as idiossincrasias de Dupin. Eu poderia ter fornecido outros exemplos, porém pouco mais seria provado. Eventos recentes, entretanto, em seu desenvolvimento surpreendente, conduziram-me a detalhes adicionais, os quais trazem consigo ares de confissão forçada. Tendo ouvido o que recentemente ouvi, seria mesmo estranho eu me calar diante do que presenciei tanto tempo atrás.

No desenrolar da tragédia envolvida nas mortes de Madame L'Espanaye e sua filha, o *Chevalier* descartou o assunto na mesma hora e reincidiu em seu costumeiro mau humor ensimesmado. Com minha tendência a distrair-me em todos os momentos, prontamente me deixei vencer pelo humor dele. E enquanto ocupávamos nossos cômodos no Faubourg Saint Germain, jogamos o Futuro ao vento e adormecemos tranquilos no Presente, tecendo em sonhos o maçante mundo à nossa volta.

No entanto, esses sonhos não foram totalmente ininterruptos. De imediato, pode-se supor que não havia arrefecido na opinião da polícia parisiense a impressão causada pelo papel desempenhado por Dupin no drama da rua Morgue. Entre seus emissários, o nome de Dupin havia se tornado popular. Não surpreende que o caso tenha sido considerado quase como um milagre – nem que a capacidade analítica do *Chevalier* tenha sido atribuída à intuição – em virtude de o caráter simples das induções por meio das quais ele havia desenredado o mistério nunca ter sido explicado nem ao delegado nem a ninguém mais a não ser eu. Sua franqueza teria levado Dupin a corrigir qualquer pré-julgamento de quem lhe interrogasse. Mas seu temperamento indolente impediu qualquer discussão adicional sobre um tópico cujo interesse, para Dupin, há muito havia cessado. Foi assim que ele se viu no centro das atenções da polícia, e não foram poucos os casos em que tentaram usar seus serviços. Um dos casos mais dignos de nota foi o assassinato de Marie Rogêt.

O evento ocorreu cerca de dois anos após os crimes da rua Morgue. Marie, cujo nome de batismo e sobrenome chamam de imediato atenção por sua semelhança ao nome da moça assassinada em Nova York, era a única filha da viúva Estelle Rogêt. O pai havia morrido quando ela era criança, e, da época da morte dele até dezoito meses antes do assassinato que constitui o objeto desta narrativa, mãe e filha haviam morado na Rue Pavée Saint Andrée*, onde a sra. Rogêt administrava uma pensão com a ajuda da filha. Tudo correu normalmente até Marie completar o vigésimo segundo aniversário, quando sua imensa beleza atraiu a atenção de um perfumista que ocupava uma das lojas do subsolo do Palais Royal e cuja clientela era composta sobretudo pelos aventureiros desesperados que infestavam aquela vizinhança. Le Blanc não ignorava as vantagens que a presença da bela Marie traria a seu estabelecimento, e sua proposta generosa foi aceita com entusiasmo pela moça, ainda que com uma certa hesitação por parte de Madame Rogêt.

As expectativas do comerciante se concretizaram, e em pouco tempo sua loja ficou famosa por conta do charme da jovial funcionária. Ela estava trabalhando com ele havia cerca de um ano quando seus admiradores foram acometidos por uma grande confusão em virtude de seu desaparecimento repentino da loja. O sr. Le Blanc não tinha como explicar a ausência da moça, e Madame Rogêt foi tomada por grande ansiedade e temor. Os jornais imediatamente exploraram o tema, e a polícia estava prestes a começar uma investigação quando, numa bela manhã, após o lapso de uma semana, Marie, em boa saúde mas com aspecto um tanto abatido, retomou o posto atrás do balcão na perfumaria. Todas as investigações, a não ser as de natureza privada, foram, é claro, imediatamente abafadas. O sr. Le Blanc professou total ignorância, como antes. Marie, com Madame Rogêt, respondeu a quem lhe perguntou que passara a semana na casa de um parente no interior. Assim, o caso esfriou e foi esquecido. Já a moça, sem dúvida a fim de escapar da impertinência da curiosidade, logo se despediu do perfumista e buscou o abrigo da casa de sua mãe, na Rue Pavée Saint Andrée.

---

* No caso verdadeiro, Rua Nassau. (N.A.)

Mais ou menos cinco meses depois, os amigos de Marie ficaram alarmados por um segundo desaparecimento. Três dias se passaram sem notícias dela. No quarto dia, seu corpo foi encontrado boiando no Sena*, perto da margem oposta ao distrito da Rue Saint Andrée e em um ponto não muito distante da isolada vizinhança do Barrière du Roule.**

A brutalidade do assassinato (pois ficou evidente que um assassinato havia sido cometido), a juventude e a beleza da vítima e, acima de tudo, sua prévia notoriedade conspiraram para produzir uma intensa comoção na impressionável opinião pública dos parisienses. Não me recordo da ocorrência de nenhum evento semelhante que tenha causado efeitos tão generalizados e profundos. Por diversas semanas, com a discussão de um tema tão envolvente, até mesmo tópicos políticos importantes na ordem do dia foram esquecidos. O delegado fez esforços incomuns, e a força policial parisiense inteira foi, é claro, mobilizada à exaustão. Quando se descobriu o corpo, não se supunha que o assassino pudesse esquivar-se, por mais do que um breve período, da investigação recém-iniciada. Foi somente após o término da primeira semana que se considerou necessário oferecer uma recompensa. E, mesmo assim, a recompensa foi limitada a mil francos. Nesse meio-tempo, a investigação prosseguiu vigorosa, ainda que nem sempre levada com discernimento, e muitos indivíduos foram investigados sem qualquer propósito. Enquanto isso, devido à contínua ausência de pistas para o mistério, a agitação popular aumentou gravemente. Ao fim do décimo dia, julgou-se recomendável redobrar a soma originalmente oferecida. E, por fim, transcorrida a segunda semana sem nenhuma nova descoberta e com a profunda desconfiança, em diversas *émeutes****, que sempre existiu em Paris em relação à polícia, o delegado se encarregou

---

* O Hudson. (N.A.)

** Weehawken. (N.A.)

*** Foco de tumulto, desordem, agitação pública. Em francês no original. (N.T.)

de oferecer, ele mesmo, a soma de vinte mil francos "pela condenação do assassino" ou, se houvesse prova de que mais de um criminoso estava implicado, "pela condenação de qualquer um dos assassinos". Na declaração em que se anunciou a recompensa, um indulto total foi prometido ao cúmplice que apresentasse evidências contra seu parceiro, e foram afixados, onde quer que ficassem visíveis, cartazes feitos por um comitê de cidadãos oferecendo dez mil francos, que seriam somados à quantia proposta pela chefatura de polícia. A recompensa inteira ficou em não menos que trinta mil francos, uma soma extraordinária se levarmos em conta a situação humilde da moça e a notável frequência, em cidades grandes, de atrocidades como a aqui descrita.

Ninguém duvidava que o mistério desse crime seria imediatamente esclarecido. No entanto, ainda que em uma ou duas instâncias tenham sido feitas detenções que prometiam conduzir a uma elucidação, nada se revelou que pudesse implicar os suspeitos, os quais foram liberados. Por estranho que pareça, a terceira semana desde a descoberta do corpo passou, e passou sem que se lançasse luz sobre o assunto e sem que qualquer rumor sobre os eventos que consternaram a opinião pública alcançassem os ouvidos de Dupin ou os meus. Ocupados em pesquisas que absorviam nossa total atenção, já passara quase um mês desde que um de nós havia saído de casa, recebido uma visita ou dado uma olhadela que fosse aos principais artigos sobre política de um dos jornais diários. A primeira informação sobre o crime foi trazida por G. em pessoa. Ele apareceu no início da tarde do dia 13 de julho de 18... e ficou conosco até tarde da noite. Estava irritado com seu fracasso em desentocar os assassinos. Sua reputação – assim ele afirmou com um ar peculiarmente parisiense – estava em jogo. Inclusive sua honra estava em risco. Os olhos do público se punham sobre ele, e não havia sacrifício que ele não estivesse disposto a fazer pela resolução do mistério. Concluiu seu discurso um tanto cômico com um elogio ao que, com satisfação, denominou o *tato* de Dupin e lhe fez uma proposta direta, e certamente generosa, que eu não me sinto no direito de revelar, mas que não influencia em nada o assunto da minha narrativa.

O elogio meu amigo refutou como pôde, mas a proposta ele aceitou de imediato, embora as vantagens fossem totalmente efêmeras. Estabelecido isso, o delegado irrompeu a explicar sem delongas seus pontos de vista, intercalando-os com longos comentários sobre as evidências, das quais ainda não tínhamos posse. Ele discorreu bastante, sem dúvida de forma instrutiva, e eu arriscava sugestões ocasionais enquanto a noite se arrastava, sonolenta. Dupin, sentado imóvel em sua poltrona, era a personificação da atenção respeitosa. Ele usou seus óculos durante toda a conversa, e uma espiada ocasional por debaixo de suas lentes verdes foi suficiente para me convencer de que ele não havia dormido tão profunda quanto silenciosamente ao longo das sete ou oito horas desenfreadas que precederam a partida do delegado.

Na manhã seguinte providenciei, na delegacia, um relatório completo com todas as evidências levantadas e, em vários jornais, cópias de todos os artigos nos quais, do início ao fim, tivessem sido publicadas quaisquer informações decisivas a respeito do triste caso. Livre de tudo que havia sido categoricamente invalidado, todo esse aglomerado de informação indicou o seguinte:

Marie Rogêt deixou a residência da mãe, na Rue Pavée Saint Andrée, perto das nove horas da manhã de domingo, dia 22 de junho de 18... Ao sair, avisou ao sr. Jacques St. Eustache*, e a ele somente, sua intenção de passar o dia com uma tia, que residia na Rue des Drômes. A Rue des Drômes é uma via curta e estreita, apesar de populosa, não muito distante das margens do rio e que fica a cerca de três quilômetros, seguindo o caminho mais direto possível, da pensão da sra. Rogêt. St. Eustache era o namorado de Marie, o qual pernoitava e fazia suas refeições na pensão. Ele ficou de buscar a namorada ao anoitecer e acompanhá-la até em casa. À tarde, entretanto, caiu uma chuva fortíssima, e, supondo que ela passaria a noite na casa da tia (conforme

---

* Payne. (N.A.)

havia feito anteriormente em circunstâncias semelhantes), ele achou desnecessário manter sua promessa. Com o cair da noite, ouviu-se a sra. Rogêt (uma idosa enferma, de setenta anos de idade) manifestar seu temor "de que nunca mais veria Marie". Essa observação não chamou atenção naquele momento.

Na segunda-feira, averiguou-se que a moça não havia estado na Rue des Drômes e, tendo o dia transcorrido sem notícias dela, buscas tímidas foram iniciadas em diversos pontos da cidade e nos arredores. Foi somente no quarto dia após seu desaparecimento que se apurou qualquer informação satisfatória a respeito dela. Nesse dia (quarta-feira, 25 de junho), o sr. Beauvais*, que, com um amigo, procurava por Marie perto do Barrière du Roule, na margem do Sena oposta à Rue Pavée Saint Andrée, recebeu a informação de que um corpo foi retirado do rio por pescadores que o haviam encontrado boiando. Ao ver o cadáver, Beauvais, após certa hesitação, identificou-o como o corpo da moça da perfumaria. Seu amigo a identificou mais prontamente.

O rosto dela estava tingido por um sangue escuro, em parte expelido pela boca. Não se encontrou espuma, como ocorre com os meramente afogados. Não havia descoloração da pele. Na área da garganta havia hematomas e marcas de dedos. Os braços estavam dispostos sobre o peito e rígidos. A mão direita estava fechada; a esquerda, parcialmente aberta. No pulso esquerdo havia duas escoriações circulares, aparentemente causadas por cordas ou por uma corda enrolada em espiral. O pulso direito também estava bastante esfolado, assim como toda a extensão das costas, em especial as omoplatas. Ao carregarem o corpo até a margem, os pescadores o amarraram com cordas, mas nenhuma escoriação foi afetada. O pescoço estava muito inchado. Não havia cortes aparentes nem hematomas que sugerissem pancadas. Um pedaço de tecido estava amarrado com tamanha força ao redor do pescoço que não dava para vê-lo, pois estava

---

* Crommelin. (N.A.)

completamente afundado na carne e preso por um nó logo abaixo da orelha esquerda. Isso por si só seria suficiente para causar a morte. O laudo médico determinou sem hesitação a castidade da vítima. Ela foi submetida, segundo o laudo, a uma violência brutal. O corpo estava em uma condição tal ao ser encontrado que não haveria dificuldade em ser reconhecido por amigos.

O vestido estava todo esfarrapado e desarrumado. Da parte exterior de suas roupas, um retalho de cerca de trinta centímetros de largura fora rasgado para cima a partir da bainha inferior até a cintura, mas não foi arrancado. Ele dava três voltas ao redor da cintura e estava preso por uma espécie de laço nas costas. As anáguas por debaixo da túnica eram de musselina fina, e dali um retalho de cerca de 45 centímetros fora totalmente extraído – uniformemente e com grande cuidado. Esse pedaço circundava o pescoço, bastante frouxo e preso por um nó firme. Sobre esse retalho de musselina e o retalho rasgado a partir da bainha, as alças do sutiã foram atadas, junto com o sutiã. O nó que unia as alças do sutiã não era um nó simples, mas sim um nó de marinheiro.

Após o reconhecimento do corpo, ele não foi, como seria o costume, levado ao necrotério (pois era uma necessidade supérflua), mas sim enterrado às pressas perto de onde os pescadores o depuseram. Por causa do empenho de Beauvais, o assunto foi criteriosamente abafado, tanto quanto possível, e vários dias se passaram antes que se manifestasse qualquer perturbação pública. Um jornal semanal*, no entanto, abordou o tema em minúcias. O corpo foi exumado e uma nova investigação foi instituída, mas nada se obteve além do já observado. As roupas, no entanto, foram mostradas à mãe e aos amigos da falecida e identificadas como as que a moça trajava ao sair de casa.

Nesse meio-tempo, a excitação em torno do crime não parava de aumentar. Diversos indivíduos foram presos e liberados. St. Eustache era um dos principais suspeitos, e ele

---

* *The New York Mercury*. (N.A.)

não conseguiu, de início, dar uma explicação plausível sobre onde andou no domingo em que Marie saiu de casa. Logo em seguida, entretanto, ele ofereceu ao sr. G. um depoimento juramentado em que esclareceu de modo satisfatório seu paradeiro em cada hora do dia em questão. Conforme o tempo passava e não surgiam novas descobertas, milhares de rumores contraditórios começaram a circular, e os jornalistas passaram a se ocupar com *boatos*. Entre eles, o que mais atraiu atenção foi a ideia de que Marie Rogêt ainda estava viva – que o corpo encontrado no Sena pertencia a alguma outra infeliz. É conveniente que eu ofereça ao leitor alguns trechos que ilustrem o referido boato. Estas passagens são traduções *literais* do *L'Étoile**, um jornal administrado com muita competência.

"A srta. Rogêt deixou a casa de sua mãe no domingo, dia 22 de junho, pela manhã, com o objetivo declarado de ir visitar sua tia, ou algum outro parente, na Rue des Drômes. A partir daquela hora, não há provas de que alguém a tenha visto. Não há rastro nem nenhuma notícia dela. (...) Entretanto, ninguém até agora declarou tê-la encontrado naquele dia após a moça ter saído da casa da mãe. (...) Agora, apesar de não haver evidências de que Marie Rogêt pertencia ainda ao mundo dos vivos após as nove horas da manhã do domingo, dia 22 de junho, temos provas de que, até aquela hora, ela estava viva. Na quarta-feira ao meio-dia, um corpo feminino foi encontrado boiando perto da margem do Barrière du Roule. Isso ocorreu, ainda que se presuma que Marie Rogêt tenha sido jogada no rio dentro de três horas depois de ter deixado a casa da mãe, apenas três dias após ter saído de casa – três dias e uma hora. Mas é uma tolice acreditar que o assassinato, se é que seu corpo sofreu assassínio, tenha sido cometido cedo a ponto de permitir que os criminosos jogassem seu corpo no rio antes da meia-noite. Os culpados de crimes tão hediondos preferem a escuridão à luz. (...) Assim, vemos que, se o corpo encontrado no rio *era* o de

---

* O *Brother Jonathan* nova-iorquino, editado pelo Ilmo. H. Hastings Weld. (N.A.)

Marie Rogêt, ele somente poderia estar na água há dois dias e meio ou então ficara três dias fora da água, na margem. Todas as experiências mostram que cadáveres de afogados ou corpos jogados na água imediatamente após uma morte violenta requerem entre seis a dez dias para chegar a um grau de decomposição que os traga à tona. Mesmo quando um cadáver libera gases e emerge antes de ficar submerso ao menos cinco ou seis dias, ele submerge novamente se não sofrer nenhuma outra interferência. Assim, questionamos, o que houve neste caso que interrompeu o curso normal da natureza? (...) Se o corpo tivesse sido mantido em seu estado mutilado na margem do rio até terça-feira à noite, algum vestígio dos assassinos teria sido ali encontrado. Questiona-se, da mesma forma, se o corpo emergiria tão cedo, ainda que tenha sido jogado na água dois dias após a morte. Além disso, é muitíssimo improvável que qualquer bandido que tenha cometido um crime como este em questão jogasse o corpo na água sem um peso que o submergisse, quando tal precaução poderia ter sido tomada com facilidade."

O jornalista, nesse ponto, começa a argumentar que o corpo deve ter ficado na água "não meramente três dias, mas no mínimo cinco vezes isso", porque seu estado de decomposição estava tão avançado que Beauvais teve dificuldade em fazer o reconhecimento. Este último ponto, no entanto, foi refutado por completo. Prossigo com a tradução:

"Quais são os fatos, então, baseado nos quais o sr. Beauvais afirma não ter dúvida de que o corpo encontrado é o de Marie Rogêt? Ele rasgou a manga do vestido e afirmou ter visto marcas que o convenceram acerca da identidade da morta. A opinião pública supôs que se tratava de algum tipo de cicatriz. Ele esfregou seu braço e encontrou *pelos* sobre ele – algo tão impreciso, acreditamos, como pode ser prontamente imaginado –, algo tão pouco conclusivo quanto encontrar um braço sob uma manga. O sr. Beauvais não retornou naquela noite, mas mandou avisar a sra. Rogêt, às sete horas, na noite de quarta-feira, que uma investigação sobre sua filha estava em andamento. Se admitirmos que a sra. Rogêt, devido à idade e ao sofrimento, não podia locomover-se (o que é admitir muito), seria de se esperar que alguém achasse conveniente ir até lá e ocupar-se da investigação, se havia suspeitas de que o corpo era de Marie. Ninguém foi. Nada se escutou nem foi dito sobre o assunto na Rue Pavée St. Andrée que tenha chegado aos ouvidos nem ao menos dos ocupantes da mesma casa. O sr. St. Eustache, namorado e futuro marido de Marie e hóspede da pensão da mãe desta, declarou que só soube da descoberta do corpo de sua prometida na manhã seguinte, quando o sr. Beauvais entrou em seu quarto e lhe contou. Em se tratando de uma notícia como essa, espanta-nos tão fria recepção."

Dessa forma, o jornal empenhou-se em criar uma impressão de apatia por parte dos familiares de Marie, o que não condiz com a suposição de que a família acreditasse que o corpo era dela. Essas insinuações levam ao seguinte: que Marie, com a conivência de seus amigos, havia deixado a cidade por motivos relacionados a uma denúncia contra sua castidade, e que tais amigos, quando da descoberta de um corpo que se parecia um pouco com a moça, resolveram tirar vantagem da oportunidade para impressionar a opinião pública com a convicção em sua morte. Mas o *L'Étoile* de novo se precipitara. Ficou provado que não houve, como se imaginou, apatia nenhuma; que a sra. Rogêt estava muitíssimo chocada e tão perturbada que ficou incapacitada de cumprir qualquer obrigação oficial; que St. Eustache, longe de receber a notícia com frieza, ficou transtornado com o sofrimento e agiu com tamanho frenesi que o sr. Beauvais convenceu um amigo e parente a tomar conta dele e evitar que ele comparecesse à exumação. Além disso, apesar de o *L'Étoile* ter afirmado que o corpo foi enterrado novamente às custas do dinheiro público, uma oferta vantajosa de uma sepultura particular foi terminantemente recusada pela família, e ninguém da família compareceu ao velório – embora tudo isso tenha sido declarado pelo *L'Étoile* para fomentar a impressão que o jornal se propunha a fomentar –, ainda assim, *tudo* isso foi satisfatoriamente desmentido. Em um número subsequente do jornal, foi feita uma tentativa de jogar as suspeitas sobre o próprio Beauvais. O editor disse:

"Agora, um desdobramento surge sobre o caso. Contaram-nos que, em uma ocasião, enquanto a sra. B. estava na casa da sra. Rogêt, o sr. Beauvais, que estava de saída, disse-lhe que um gendarme estava indo para lá, a quem, entretanto, ela não deveria dizer nada até que Beauvais retornasse, que deixasse aquele assunto para ele resolver. (...) No presente estado de coisas, o sr. Beauvais parece ter a questão encerrada em sua cabeça. Nem um único passo pode ser dado sem o sr. Beauvais pois, para qualquer lado que andemos, acabaremos por nos opor a ele. (...) Por alguma razão, ele determinou que ninguém deve se envolver com providências a serem tomadas que não ele mesmo e escanteou os parentes do sexo masculino, tirando-os do caminho de uma maneira muito singular, de acordo com suas declarações. Ele parece ser ferrenhamente contrário a permitir que os familiares vejam o corpo."

Por meio do fato a seguir, floreou-se a suspeita que recaía então sobre Beauvais. Um visitante em seu escritório, alguns dias antes do desaparecimento da moça e durante a ausência de Beauvais, viu *uma rosa* no buraco da fechadura da porta e o nome "*Marie*" escrito no quadro-negro pendurado ao lado. A impressão geral, conforme pudemos extrair dos jornais, parecia ser de que Marie havia sido vítima de *uma gangue* de facínoras – que a haviam carregado através do rio, maltratado e assassinado. O *Le Commerciel**, no entanto, um periódico de influência abrangente, combateu essa ideia com determinação. Cito uma ou outra passagem de suas matérias:

"Estamos convencidos de que a busca até agora partiu de falsas suspeitas, no que tange a concentrar-se no Barrière du Roule. É impossível que uma pessoa tão conhecida por todos como essa moça tenha passado por três quarteirões

---
* O *Journal of Commerce* nova-iorquino. (N.A.)

sem que ninguém a tenha visto, e quem quer que a tivesse visto iria lembrar-se, pois quem a conhecia a queria bem. Foi quando as ruas estavam cheias de gente que ela saiu. (...) É impossível que ela possa ter saído do Barrière du Roule ou da Rue des Drômes sem ser reconhecida por uma dúzia de pessoas; todavia, ninguém que a tenha visto sair se manifestou, e não há evidências, com exceção do testemunho a respeito da *intenção declarada* da moça, de que ela sequer saíra. (...) Seu vestido estava rasgado, enrolado em torno do seu corpo e amarrado, e ela foi carregada como um embrulho. Se o crime tivesse sido cometido no Barrière du Roule não haveria necessidade de tais preparativos. O fato de o corpo ter sido encontrado boiando perto do Barrière nada prova sobre o local a partir do qual ele foi jogado no rio. (...) Um pedaço das anáguas da pobre moça, de sessenta centímetros de comprimento e trinta de largura, foi rasgado, enlaçado ao redor do pescoço e amarrado na nuca, provavelmente para impedir gritos. Isso foi feito por indivíduos que não traziam lenços consigo."

Entretanto, um ou dois dias antes de o delegado nos contatar, uma informação importante chegou até a polícia e pareceu deitar por terra ao menos as partes principais da argumentação do *Le Commerciel*. Dois meninos, filhos da sra. Deluc, enquanto perambulavam pela floresta perto do Barrière du Roule, penetraram por acaso em um bosque fechado, onde encontraram três ou quatro pedras grandes que formavam um tipo de banco com encosto para as costas e para os pés. Sobre a pedra superior havia uma anágua; sobre a segunda, um lenço de seda. Uma sombrinha, luvas e um lenço de bolso também foram ali encontrados. O lenço ostentava o nome "Marie Rogêt". Fragmentos do vestido foram descobertos nos arbustos ao redor. A terra estava pisoteada, os arbustos estavam quebrados e havia evidências de luta. No caminho entre o bosque fechado e o rio, as cercas foram derrubadas e o solo apresentava evidências de que algo pesado fora arrastado por ali.

Um jornal semanal, o *Le Soleil**, fez os seguintes comentários sobre as descobertas – comentários que ecoaram o sentimento de toda a imprensa parisiense:

"Evidentemente todas aquelas coisas haviam estado lá por três ou quatro semanas no mínimo; estavam muito mofadas pela ação da chuva e como que grudadas por causa do mofo. A grama cresceu em volta e sobre alguns dos itens. A seda da sombrinha era forte, mas seus fios criaram nós. A parte de cima, onde ela havia sido dobrada, estava toda embolorada e apodrecida e se rasgou quando a sombrinha foi aberta. (...) Os pedaços do vestido que foram rasgados pelos espinhos dos arbustos tinham cerca de oito centímetros de largura e quinze de comprimento. Um dos retalhos era parte da bainha, que havia sido remendada; o outro retalho era parte do corpo da saia, e não da bainha. Elas pareciam faixas que tivessem sido rasgadas e estavam sobre o espinheiro, a cerca de trinta centímetros do chão. (...) Não resta dúvida de que se descobriu o local daquela chocante indignidade."

Como consequência dessas descobertas, novas evidências surgiram. A sra. Deluc testemunhou que mantinha uma pensão de beira de estrada perto da margem do rio oposta ao Barrière du Roule. A vizinhança é isolada – particularmente isolada. É o refúgio dominical de salafrários da cidade, que cruzam o rio de barco. Por volta das três horas, na tarde do domingo em questão, uma moça chegou à pensão, acompanhada por um rapaz de tez morena. Os dois ficaram ali por algum tempo. Ao partirem, pegaram a estrada em direção a um bosque que ficava nas redondezas. A sra. Deluc prestou atenção nas roupas que a moça vestia, pois lhe lembravam as de uma parenta falecida. O lenço lhe atraiu em especial. Logo após a saída do casal, apareceu um bando de cafajestes, os quais se comportaram ruidosamente, comeram e beberam sem pagar, pegaram a mesma estrada que o rapaz e a moça, retornaram à pensão perto do entardecer e cruzaram o rio aparentando muita pressa.

---

* O *Saturday Evening Post* da Filadélfia, editado pelo Ilmo. C.I. Peterson. (N.A.)

Foi logo após cair a noite, naquela mesma data, que a sra. Deluc e seu filho mais velho ouviram os gritos de uma mulher nas cercanias da pensão. Os gritos foram violentos mas breves. A sra. Deluc reconheceu não apenas o lenço encontrado no mato, mas também o vestido com o qual o corpo fora descoberto. Um motorista de ônibus, Valence*, testemunhou que viu Marie Rogêt cruzar o Sena de balsa, naquele domingo fatídico, na companhia de um rapaz de tez morena. Valence conhecia Marie e não se enganaria a respeito de sua identidade. Os artigos achados no bosque foram todos identificados pelos parentes de Marie.

As evidências e informações que eu coletara de jornais, por sugestão de Dupin, incluíam apenas outro ponto – mas um ponto aparentemente com consequências enormes. Parece que, logo após a descoberta das roupas, conforme se descreveu, o corpo sem vida ou quase sem vida de St. Eustache, o prometido de Marie, foi encontrado perto do local onde, ao que tudo indica, o horror acontecera. Encontrou-se perto dele um frasco vazio com uma etiqueta onde estava escrito "láudano". Seu hálito indicava envenenamento. Ele morreu sem falar. Sobre seu corpo foi encontrada uma carta, declarando brevemente seu amor por Marie e seu propósito de autodestruição.

– Nem preciso lhe dizer – falou Dupin, enquanto terminava a leitura compenetrada de minhas anotações – que este caso é muito mais intricado do que o caso da rua Morgue, do qual ele difere em um importante aspecto. Este é um crime *corriqueiro*, ainda que atroz. Não há nada peculiarmente *outré* acerca dele. Você vai observar que, por essa razão, o mistério foi considerado fácil de resolver, quando deveria, pelo mesmo motivo, ser considerado difícil. Assim, no início, não se considerou necessário oferecer recompensa. Os mirmidões de G. conseguiram imediatamente compreender como e por que tal atrocidade *poderia ter sido* cometida. Eles visualizaram, em suas imaginações, um modo (muitos modos) e um motivo (muitos motivos). Uma vez que não era

---

* Adam. (N.A.)

impossível que nenhum desses numerosos modos e motivos *fosse* de fato o verdadeiro, partiram do pressuposto de que um deles *deveria* ser o verdadeiro. Mas a facilidade atribuída a essas variáveis e a plausibilidade que cada uma assumiu deveriam ter sido entendidas como indicativos da dificuldade e não da facilidade que faz parte do esclarecimento. Observei, por conseguinte, que é elevando-se por sobre o plano do comum que a razão pressente o caminho da verdade, se é que o pressente, e que a pergunta adequada a esses casos não é "o que aconteceu?", mas sim "o que aconteceu aqui que nunca havia ocorrido antes?" Nas investigações na casa da sra. L'Espanaye*, os agentes de G. ficaram desencorajados e perplexos perante aquela mesma *singularidade* que, para um intelecto bem-ajustado, teria sido um presságio certeiro de sucesso, enquanto esse mesmo intelecto poderia mergulhar em desespero diante do caráter corriqueiro de tudo que se percebia no caso da moça da perfumaria, e que os funcionários da delegacia consideravam indícios de um caso fácil de resolver.

"No caso que envolveu Madame L'Espanaye e sua filha, não havia dúvidas, mesmo no início das nossas investigações, de que se tratava de um assassinato. A ideia de suicídio foi refutada prontamente. Aqui, da mesma forma, estamos livres, desde o princípio, de qualquer suposição de suicídio. O corpo no Barrière du Roule foi encontrado sob circunstâncias tais que não deixaram espaço para incertezas acerca desse ponto tão importante. Mas sugeriu-se que o corpo encontrado não seria o de Marie Rogêt, por cujo assassino, ou assassinos, se presos, a recompensa é oferecida, um acordo idêntico ao que negociamos com o delegado – e somente com ele. Nós dois conhecemos bem esse cavalheiro. Não confio muito nele. Se, ao concluirmos o inquérito sobre o cadáver e passarmos a perseguir o assassino, descobrirmos que o corpo pertence a outro indivíduo que não Marie; ou se, ao procurarmos Marie ainda viva, nós a encontrarmos, mas não assassinada – em qualquer um dos casos nosso esforço vai por água abaixo,

---

* Ver "Assassinatos na rua Morgue". (N.A.)

uma vez que é com o sr. G. que negociamos. Para nosso próprio benefício, assim, se não pela justiça, é indispensável que o primeiro passo seja determinar a identidade do corpo de Marie Rogêt, que desapareceu.

"A argumentação do *L'Étoile* causou sensação no público, e o fato de que o jornal estava convencido de sua importância ficou evidente pela maneira como um dos artigos sobre o assunto começava: 'Diversos jornais matinais de hoje', afirmava, 'comentam a matéria *conclusiva* da edição de domingo do *L'Étoile*'. A mim, tal matéria era conclusiva de pouco mais do que o fanatismo de quem a escreveu. Não podemos perder de vista que, em geral, o propósito dos nossos jornais é mais causar impacto – para provar seu ponto de vista – do que promover a busca pela verdade. Este último fim só é seguido se parece coincidir com o primeiro. O periódico que adota opiniões triviais (não importa o quão bem-fundamentada seja tal opinião) não conquista nenhum respeito com o povo. As massas consideram sério somente aquele que sugere *contradições pungentes* à ideia geral. No raciocínio, assim como na literatura, é o epigrama que é mais imediata e universalmente apreciado. Em ambos, recebe a mais baixa ordem de mérito.

"O que quero dizer é que foi a mistura entre o epigrama e o melodrama da ideia de que Marie Rogêt ainda está viva, sem haver nessa ideia nenhuma plausibilidade real, que sugeriu tal conclusão ao *L'Étoile* e assegurou uma recepção favorável do público. Examinemos os principais argumentos dos jornais, fazendo um esforço para evitar a incoerência com que são originalmente anunciados.

"O primeiro objetivo do jornalista é mostrar, a partir da brevidade do intervalo entre o desaparecimento de Marie e o surgimento de um corpo flutuando no rio, que tal corpo não é o de Marie. A redução desse intervalo a sua menor dimensão possível torna-se, então, uma finalidade para o argumentador. Na busca imprudente desse objetivo, ele se precipita, desde o começo, em meras suposições. 'Mas é uma tolice acreditar', diz ele, 'que o assassinato, se é que o corpo sofreu assassínio, tenha sido cometido cedo o suficiente para permitir que os criminosos jogassem o cadáver no rio antes da meia-noite.' Questionamos imediatamente, e com muita naturalidade, *por quê*? Por que seria tolice supor que o crime foi cometido *dentro de cinco minutos* após a moça deixar a casa da mãe? Por que seria tolice supor que o crime foi cometido em qualquer período do dia? Assassinatos são cometidos a qualquer hora. Porém, se o crime tivesse ocorrido a qualquer momento entre as nove horas da manhã de domingo e 23h45, ainda sobraria tempo 'suficiente para permitir que os criminosos jogassem seu corpo no rio antes da meia-noite'. Essa hipótese, então, leva a crer precisamente isto: que o crime não foi cometido no domingo. Se permitirmos que o *L'Étoile* suponha isso, permitiremos que tome qualquer liberdade. Apesar de publicado no *L'Étoile*, pode-se considerar que o parágrafo que começa com 'Mas é uma tolice acreditar etc.' na verdade estava *assim* na mente de quem o escreveu: 'Mas é uma tolice acreditar que o assassinato, se é que seu corpo sofreu assassínio, tenha sido cometido cedo o suficiente para permitir que os criminosos jogassem seu corpo no rio antes da meia-noite. É uma tolice, afirmamos, supor tudo isso e supor, ao mesmo tempo (já que estamos determinados a fazer suposições), que o corpo *não* foi jogado ao rio até *após* a meia-noite' – uma frase inconsequente por si só, mas não tão absurda quanto a impressa."

Dupin continuou:

– Se meu propósito fosse meramente criar caso contra essa argumentação do *L'Étoile*, eu poderia deixar tudo como está. Nosso compromisso, no entanto, não é com o *L'Étoile*, mas com a verdade. A sentença em questão aparentemente só tem um sentido, sobre o qual já discorri o suficiente; mas é essencial que leiamos nas entrelinhas a ideia que tais palavras obviamente procuraram transmitir sem lograr êxito. O propósito dos jornalistas era afirmar que a qualquer período do dia ou da noite de domingo que o crime tenha sido cometido, seria improvável que os assassinos se arriscassem a arrastar o corpo até o rio antes da meia-noite. E é aí, na verdade, que se encontra a suposição contra a qual eu protesto. Pressupôs-se que o assassinato foi cometido em uma tal posição e sob circunstâncias tais que *carregá-lo até o rio* tornou-se necessário. Ora, o crime pode ter ocorrido às margens do rio, ou mesmo dentro do rio; assim, jogar o corpo na água pode ter sido um recurso a que os criminosos lançaram mão em qualquer período do dia ou da noite, já que seria o modo mais óbvio e imediato de se livrarem do corpo. Entenda: não sugiro que nada disso seja provável nem coincidente com minha própria opinião. Meu propósito, até agora, nada tem a ver com os *fatos* do caso. Quero apenas preveni-lo contra as *suposições do L'Étoile*, chamando sua atenção para a posição do periódico, parcial desde o início.

"Fixando, desse modo, um limite conveniente a suas noções preconcebidas e assumindo que, se aquele corpo era o de Marie, ele não havia ficado na água mais do que um breve período, o jornal afirma o seguinte:

'Todas as experiências mostram que cadáveres de afogados ou corpos jogados na água imediatamente após uma morte violenta requerem de seis a dez dias para que haja decomposição suficiente que os faça vir à tona. Mesmo quando um cadáver libera gases e ele emerge antes de ficar submerso ao menos cinco ou seis dias, ele submerge novamente se o deixarem como está.'

"Essas afirmações foram tacitamente aceitas por todos os jornais de Paris, com exceção do *Le Moniteur**, que se dedicou a combater somente o trecho que faz referência a 'cadáveres de afogados', citando cinco ou seis circunstâncias nas quais corpos de indivíduos que morreram afogados foram encontrados flutuando após decorrido menos tempo do que o período em que o *L'Étoile* insistia. Mas havia algo de excessivamente ilógico na tentativa do *Le Moniteur* de refutar a afirmação genérica do *L'Étoile* ao citar exceções

---

* O *Commercial Advertiser* nova-iorquino, editado pelo Cel. Stone. (N.A.)

à regra que impediriam aquela afirmação. Ainda que fosse possível fornecer provas de cinquenta em vez de cinco exemplos de corpos flutuando ao fim de dois ou três dias, esses cinquenta exemplos bem poderiam ter sido relegados a meras exceções à regra do *L'Étoile,* até que se chegasse a negar a própria regra. Admitindo a regra (e isso o *Le Moniteur* não nega, insistindo meramente em suas exceções), o argumento do *L'Étoile* pode manter toda a força, uma vez que esse argumento não tem a intenção de envolver mais do que a *probabilidade* de o corpo ter emergido em menos de três dias, e essa probabilidade estará a favor da posição do *L'Étoile* até que circunstâncias tão ingenuamente alegadas sejam suficientes em número para estabelecer uma regra antagonista.

"Você perceberá de saída que toda argumentação sobre esse tópico deve ser induzida – se é que deve ser induzida – contra a própria regra. E para esse fim é preciso analisar a *lógica* da regra. Ora, o corpo humano, em geral, não é nem mais leve nem mais pesado do que a água do Sena; isso significa dizer que a gravidade específica do corpo humano, em condições naturais, tem volume igual ao volume de água que desloca. Corpos de indivíduos gordos e corpulentos com ossos pequenos, e de mulheres em geral, são mais leves do que os de pessoas magras e ossudas e do que os de homens; além disso, a gravidade específica da água de um rio é de certa forma influenciada pelas marés. No entanto, deixando a maré de lado, pode-se dizer que *pouquíssimos* corpos humanos submergiriam, mesmo em água doce, *espontaneamente*. Qualquer pessoa, ao cair num rio, pode flutuar sempre que equilibrar o peso específico da água com o seu próprio peso, ou seja, que submerjam quase totalmente, com o mínimo possível fora da água. A posição adequada para quem não sabe nadar é a posição ereta, como se estivesse de pé, com a cabeça jogada para trás e imersa, deixando fora da água somente a boca e o nariz. Em tal situação, flutuamos sem dificuldade e sem esforço. No entanto, é evidente que a gravidade do corpo e a gravidade do volume de água deslocada estão em frágil equilíbrio, e a mínima mudança pode fazer com que uma ou outra predomine. Um braço fora da água, por exemplo, privado de seu apoio, gera peso adicional suficiente para imergir toda a cabeça, ao passo que a ajuda acidental de um pedaço de madeira, ainda que pequeno, permitirá elevar a cabeça o suficiente para olhar ao redor. Ora, quem não sabe nadar sempre levanta os braços ao debater-se na água, ao mesmo tempo em que tenta manter a cabeça em sua posição perpendicular. O resultado é a imersão da boca e do nariz e a entrada de água nos pulmões durante os esforços para respirar. O estômago também recebe uma grande quantidade de água, e o corpo torna-se mais pesado em função da diferença entre o peso do ar que antes ocupava tais cavidades e o peso do fluido que agora nelas se encontra. Essa diferença costuma ser suficiente para mergulhar o corpo, mas é insuficiente em casos de indivíduos de estatura pequena e com uma quantidade anormal de gordura. Esses indivíduos flutuam inclusive depois de afogados.

"Supondo-se que o cadáver esteja no fundo do rio, permanecerá ali até que por algum motivo a gravidade de seu peso novamente se torne menor do que a do volume de água que ele desloca. Esse efeito é provocado, entre outros fatores, pela decomposição. O resultado da decomposição é a produção de gases, que distendem os tecidos celulares e todas as cavidades e dão ao cadáver a horrível aparência *inchada*. Quando essa distensão progride a ponto de o volume do cadáver aumentar sem o aumento correspondente de *massa* ou peso, sua gravidade específica torna-se menor do que a da água deslocada e, portanto, o corpo emerge. A decomposição é influenciada por inúmeras circunstâncias e é acelerada ou retardada por diversas causas. Por exemplo, pelo frio ou pelo calor da estação, pela saturação mineral ou pureza da água, pela profundidade desta, pela correnteza, pelas características do cadáver, pela presença ou ausência de infecções antes da morte. Assim, fica evidente que não podemos determinar o momento exato em que o cadáver emerge em consequência da decomposição. Sob certas condições, esse processo pode iniciar dentro de uma hora; sob outras, pode nem acontecer. Existem substâncias químicas que previnem a decomposição *para sempre*. O bicloreto de mercúrio é uma delas. Mas, a despeito da decomposição, pode ocorrer – e em geral ocorre – a produção de gases no estômago a partir da fermentação ácida de matérias vegetais (ou em outras cavidades por causas diversas), a qual pode ser suficiente para fazer com que o cadáver seja levado à superfície. A flatulência produz vibração. Pode desprender o cadáver da lama ou do lodo no qual está incrustado, permitindo que ele se eleve à superfície assim que os fatores mencionados o tiverem preparado para tanto. Pode também vencer a resistência de porções putrescentes do tecido celular, fazendo com que as cavidades se distendam sob a influência dos gases.

"De posse de todas as informações sobre o assunto, podemos facilmente pôr as afirmações do *L'Étoile* à prova. 'Todas as experiências mostram', afirma o jornal, 'que cadáveres de afogados ou corpos jogados na água imediatamente após uma morte violenta requerem de seis a dez dias para chegar a um grau de decomposição que os traga à tona. Mesmo quando um cadáver libera gases e emerge antes de ficar submerso ao menos cinco ou seis dias, ele submerge novamente se não sofrer nenhuma outra interferência.'

"A totalidade desse parágrafo agora parece uma confabulação inconsequente e incoerente. Nem *todas* as experiências mostram que 'cadáveres de afogados' *requerem* de seis a dez dias de decomposição para que sejam levados à tona. A ciência e os experimentos mostram que o período de emersão é necessariamente indeterminado. Ademais, se um cadáver emergiu devido à liberação de gases, ele *não* irá 'submergir novamente se não sofrer nenhuma outra interferência', até que a decomposição progrida a ponto de permitir a saída de gases. Gostaria de chamar sua atenção para a diferença entre 'cadáveres de afogados' e 'corpos jogados na água imediatamente após uma morte violenta'.

Ainda que tenha feito a distinção entre eles, o jornalista os inclui na mesma categoria. Mostrei como o cadáver de um afogado torna-se mais pesado que o volume de água que desloca e que ele não submerge a não ser que eleve seus braços ao se debater na água e respire ao submergir, o que fará com que o espaço antes ocupado por ar nos pulmões seja substituído por água. Mas nada disso ocorre em 'corpos jogados na água imediatamente após uma morte violenta'. Nesse caso, *o cadáver, como regra, não submergirá* – fato que o *L'Étoile* evidentemente ignora. Somente em estado avançado de decomposição – quando não há mais carne nos ossos – o cadáver desaparece, mas nunca *antes* disso.

"E o que podemos concluir da alegação de que o cadáver encontrado não poderia ser o de Marie Rogêt porque fora visto boiando após transcorridos apenas três dias desde o seu desaparecimento? Por ser mulher, é possível que não tenha afundado. Se afundou, pode ter reaparecido em um dia ou menos. Mas ninguém cogita que ela se afogou. Se estava morta antes de ser jogada ao rio, seu cadáver poderia ter sido encontrado em qualquer momento subsequente.

"Em seguida, o *L'Étoile* afirma que 'se o corpo tivesse sido mantido em seu estado mutilado na margem do rio até terça-feira à noite, algum vestígio dos assassinos teria sido ali encontrado'. À primeira vista, é difícil perceber a intenção de tal raciocínio. Ele se antecipa ao que imagina ser uma objeção a sua teoria de que o cadáver ficou por dias à margem, sofrendo rápida decomposição – *mais* rápida do que se estivesse submerso. Sendo esse o caso, ele supõe que o cadáver *poderia* ter emergido à superfície na quarta-feira e que *somente* sob tais circunstâncias ele reapareceria. Portanto, apressa-se em mostrar que o cadáver *não ficara* na margem pois, se tivesse ficado, 'algum vestígio dos assassinos teria sido ali encontrado'. Presumo que você sorri diante de tal conclusão. Não consegue entender de que forma a *permanência* do cadáver na margem do rio possa ter contribuído para *multiplicar vestígios* dos assassinos. Nem eu.

"'Além disso, é muitíssimo improvável', prossegue o *L'Étoile*, 'que qualquer bandido que tenha cometido um crime como este em questão jogasse o corpo na água sem um peso que o submergisse, quando tal precaução poderia ter sido tomada com facilidade.' Observe aqui a risível confusão de pensamento! Ninguém questiona – nem mesmo o *L'Étoile* – que o *cadáver encontrado* foi assassinado. As marcas de violência são evidentes. O objetivo do jornalista é tão somente mostrar que o cadáver não é o de Marie. Deseja provar que *Marie* não fora assassinada, e não que o cadáver não fora. Contudo, sua observação comprova apenas este último ponto. Há um cadáver ao qual não se incorporou peso extra. Os assassinos não deixariam de incorporar peso extra ao cadáver ao jogá-lo na água. Logo, ele não foi lançado ao rio pelos assassinos. Nada comprova além disso, se é que comprova algo. A questão da identidade sequer é levantada, e o *L'Étoile* fez tamanho esforço apenas para contradizer aquilo que admitira momentos antes. 'Estamos convencidos', afirma o jornal, 'de que o corpo encontrado é de uma moça assassinada.'

"Essa não é a única ocasião em que o jornalista involuntariamente contradiz seus próprios argumentos. Seu principal objetivo, como afirmei, é diminuir o máximo possível o intervalo entre o desaparecimento de Marie e a descoberta do cadáver. No entanto, percebemos que ele *insiste* no fato de que ninguém vira a moça depois que ela saíra da casa da mãe. Alega que não havia 'evidências de que Marie Rogêt pertencia ainda ao mundo dos vivos após as nove horas da manhã do domingo, dia 22 de junho'. Sendo esse argumento obviamente parcial, ele deveria, no mínimo, deixá-lo de lado, já que caso se soubesse de alguém que tivesse visto Marie, por exemplo, na segunda ou na terça-feira, o intervalo em questão seria bastante diminuído e, conforme seu próprio raciocínio, a probabilidade de aquele cadáver ser o da vendedora seria pequena. É divertido observar como o *L'Étoile* insiste nesse ponto acreditando piamente que assim reforça sua argumentação.

"Reexamine agora o trecho em que faz referência à identificação do cadáver feita por Beauvais. No que diz respeito à presença de *pelos* sobre o braço, o *L'Étoile* agiu com evidente má-fé. Não sendo um idiota, o sr. Beauvais jamais se apressaria em identificar o cadáver simplesmente a partir da presença de *pelos no braço*. Braços contêm pelos. A *generalização* feita pelo *L'Étoile* é uma distorção da fraseologia da testemunha. Ele provavelmente mencionou alguma *peculiaridade* dos pelos. Pode ser uma peculiaridade de cor, quantidade, comprimento ou localização.

"'Seus pés eram pequenos', prossegue o jornal, 'mas há milhares de pés pequenos. Suas cintas-ligas – e seus sapatos – também não provam nada, uma vez que são vendidos aos montes. O mesmo pode ser dito sobre as flores presentes em seu chapéu. Um ponto sobre o qual o sr. Beauvais insiste é que a presilha da cinta-liga fora puxada para trás, a fim de ajustar-se. Isso não significa nada, uma vez que a maioria das mulheres acha mais conveniente experimentar e ajustar as cintas a suas pernas em casa, e não na loja onde as compraram.' Nesse ponto fica difícil levar a argumentação a sério. Se o sr. Beauvais, na busca por Marie, houvesse encontrado um cadáver cujo tamanho e o aspecto correspondessem às características da moça desaparecida, estaria autorizado (sem qualquer referência aos trajes que ela vestia) a concluir que a busca fora bem-sucedida. Se, em reforço à questão acerca do aspecto geral e do tamanho, tivesse encontrado pelos com características pecualiares cuja presença tivesse sido observada em Marie quando viva, sua opinião poderia fortalecer-se com toda legitimidade. E o grau de certeza poderia ser proporcional à singularidade ou à raridade de tais pelos. Sendo os pés de Marie pequenos como os do cadáver, o aumento da probabilidade de que o cadáver era o de Marie não seria um aumento de proporção meramente aritmética, mas sim de proporção geométrica ou cumulativa. Acrescentem-se a isso os sapatos que ela usava no dia em que desapareceu, os quais, ainda que sejam 'vendidos aos montes', aumentam a probabilidade ao limite da certeza. Aquilo que por si mesmo não constituiria evidência de identidade torna-se, por sua posição corroborativa, uma prova sólida. Somem-se a isso flores no chapéu iguais às que a moça desaparecida usava e não precisamos de mais nada. *Uma* só flor bastaria – o que dizer então de duas, três? Cada flor sucessiva é uma prova múltipla – não provas *somadas* a provas, mas *multiplicadas* por centenas ou milhares de vezes. Tragamos à baila a descoberta de cintas-ligas no cadáver, iguais às que a moça usava, e é quase uma tolice prosseguir. Percebe-se que as cintas foram ajustadas do mesmo modo como Marie havia ajustado as suas próprias, puxando a presilha para trás, pouco antes de sair de casa. Agora é loucura ou hipocrisia duvidar. A afirmação do *L'Étoile* de que ajustar cintas-ligas é uma prática comum indica apenas sua insistência no erro. A natureza elástica da presilha das cintas é por si só uma demonstração da *excepcionalidade* do ajuste. Aquilo que é feito para ajustar-se raramente requer ajustes extras. Deve ter sido por acidente, no sentido estrito, que as ligas de Marie precisaram do ajuste descrito. E elas isoladamente já bastariam para estabelecer a identidade. Mas o fato é que não se encontraram no cadáver as mesmas cintas da moça desaparecida, ou seus sapatos, ou seu chapéu ou as flores do chapéu, ou pés do mesmo tamanho, ou uma marca peculiar sobre o braço, ou estatura e fisionomia iguais à da moça – o fato é que o cadáver apresentava *tudo isso ao mesmo tempo*. Se se pudesse provar que o editor-chefe do *L'Étoile* realmente fomentava dúvidas diante de tais circunstâncias, nem haveria necessidade de um mandado de intervenção por insanidade*. Ele achou sagaz papagaiar a conversa fiada dos advogados, os quais, na maioria, contentam-se em matraquear preceitos intransigentes dos tribunais. Eu gostaria de salientar que muito do que é rejeitado como evidência em um tribunal é a melhor das provas para a inteligência, pois o tribunal, guiado por princípios gerais já reconhecidos e *registrados*, rejeita guinadas em casos particulares. E essa rígida aderência à lei, com inflexível desconsideração de exceções contraditórias, é

---

* No original, *de lunatico inquirendo*. (N.T.)

um modo seguro de abarcar o *máximo* de veracidade possível em qualquer sequência de tempo. Tal prática, aplicada *universalmente*, é, portanto, filosófica, mas nem por isso deixa de engendrar vastos erros individuais.

"A respeito das insinuações levantadas contra Beauvais, você irá desconsiderá-las em um instante. Você já deve ter vislumbrado a verdadeira natureza desse cavalheiro. É um *bisbilhoteiro*, dado a fantasias e pouco sagaz. Qualquer pessoa com tais características, em ocasiões de *grande* conturbação, prontamente irá comportar-se de forma a atrair as suspeitas dos ultraperspicazes ou dos mal-intencionados. O sr. Beauvais, conforme os apontamentos que você compilou, conversou com o editor do *L'Étoile* e o insultou ao arriscar opinar que o cadáver, ao contrário do que afirmava o jornal, era sem dúvida o de Marie. 'Ele insiste', prossegue o jornal, 'em afirmar que o cadáver é o de Marie, mas não apresenta nenhuma circunstância, em adição às que já comentamos, que faça com que outras pessoas corroborem sua crença.' Ora, sem reiterar o fato de que evidências mais fortes que 'façam com que outras corroborem sua crença' *jamais* poderiam ser aduzidas, é bom lembrar que, em um caso dessa natureza, uma pessoa pode ser induzida a ratificar uma opinião sem que consiga justificar o motivo. Nada é mais vago do que impressões individuais sobre identidade. Reconhecemos o vizinho; no entanto, somente em poucas situações estamos preparados para *dar uma razão* que justifique nossa impressão. O editor do *L'Étoile* não tinha o direito de ofender-se com a falta de explicação da crença de Beauvais.

"As circunstâncias suspeitas que o cercam condizem muito mais com minha hipótese de que ele é um *enxerido dado a fantasias* do que com a insinuação de culpa lançada pelo jornal. Adotando uma interpretação mais indulgente, não teremos dificuldade em compreender a rosa no buraco da fechadura, o nome 'Marie' escrito no quadro-negro, o motivo pelo qual Beauvais 'escanteou os parentes do sexo masculino' e aparentou 'ser ferrenhamente contrário a permitir que os familiares vissem o corpo', a recomendação à sra. B. para que não falasse com o gendarme até que Beauvais retornasse e, por fim, a determinação de que ninguém deveria se envolver com as providências a serem tomadas que não ele mesmo. Parece-me inquestionável que o sr. Beauvais cortejava Marie, que ela flertou com ele e que ele pretendia fazer crer que gozava da total intimidade e confiança dela. Não direi mais nada a respeito desse ponto. E como as evidências refutam por completo a alegação do *L'Étoile* no que diz respeito à *apatia* da sra. Rogêt e de outros familiares – uma apatia inconsistente com a suposição de que acreditavam que o cadáver era o da moça –, prossigamos agora supondo que a questão acerca da *identidade* tenha sido satisfatoriamente resolvida."

– E o que você pensa – indaguei – sobre as opiniões do *Le Commerciel*?

– Que, em essência, são muito mais dignas de atenção do que qualquer outra proclamada sobre o assunto. As deduções a partir das premissas são racionais e apuradas. Porém em ao menos duas situações as premissas estão fundamentadas em observações parciais. O *Le Commerciel* deseja levar a crer que Marie fora atacada por uma gangue de vândalos perto da casa da mãe. 'É impossível', incita o jornal, 'que uma pessoa tão conhecida por todos como essa moça tenha passado por três quarteirões sem que ninguém a tenha visto.' Essa é a noção de um homem público que há muito reside em Paris e cujas caminhadas pela cidade limitam-se, na maioria, às vizinhanças das repartições públicas. Ele sabe que raramente anda mais do que doze quarteirões até seu escritório sem ser reconhecido e abordado. Reconhecendo o alcance de suas relações pessoais, ele compara sua notoriedade com a da balconista da perfumaria, não encontra grandes diferenças entre ambas e chega à conclusão de que ela, em suas caminhadas, seria tão passível de ser reconhecida quanto ele. Isso somente poderia ocorrer se as caminhadas dela tivessem o mesmo caráter invariável e metódico e fossem confinadas à mesma *espécie* de região que as dele. Ele perambula, em intervalos regulares, em uma periferia confinada, cheia de indivíduos que são levados a observá-lo a partir do interesse na natureza semelhante da ocupação dele com as suas próprias. Mas as caminhadas de Marie podem, no geral, ser julgadas errantes. Nesse caso, o mais provável é considerar que ela tomou um caminho diferente do que costumava tomar. O paralelo que imaginamos que o *Le Commerciel* traçou só poderia ser sustentado no caso de dois indivíduos cruzando a cidade inteira. Nesse caso, com a garantia de que o número de conhecidos seja igual, as chances de encontrar o mesmo número de conhecidos também seriam iguais. Acredito que é possível e muito mais provável que Marie tenha tomado, a qualquer momento, qualquer um dos trajetos entre a sua casa e a casa da tia sem encontrar uma só pessoa que conhecesse ou por quem fosse reconhecida. Ao analisar este tema sob a devida ótica, não podemos esquecer a grande desproporção entre o número de conhecidos de uma pessoa, até mesmo do sujeito mais conhecido de Paris, e a população total da cidade.

"Mas seja qual for a força que a sugestão do *Le Commerciel* ainda pareça, ela será bastante diminuída ao levarmos em conta a *hora* em que a moça saiu. 'Foi quando as ruas estavam cheias de gente', afirma o *Le Commerciel*, 'que ela saiu.' Não foi bem assim. Eram nove horas da manhã. Ora, às nove horas da manhã as ruas estão apinhadas de gente, *exceto aos domingos*. Às nove horas de domingo todos estão em casa preparando-se para ir à igreja. Um observador atento não deixaria de notar o ar particularmente desértico da cidade das oito às dez horas da manhã em todos os domingos. Entre dez e onze horas as ruas estão cheias de gente, mas não tão cedo quanto no horário assinalado.

"Há outro ponto em que há falhas na *observação* do *Le Commerciel*. 'Um pedaço das anáguas da pobre moça', afirma o periódico, 'de sessenta centímetros de comprimento e trinta de largura, foi rasgado, enlaçado ao redor do pescoço e amarrado na nuca, provavelmente para impedir gritos. Isso foi feito por indivíduos que não traziam lenços consigo.' Se essa ideia está ou não bem-fundamentada, logo veremos. Mas ao mencionar 'indivíduos que não traziam lenços consigo' o jornal se refere aos mais desclassificados dos vândalos. Esses, no entanto, constituem exatamente o tipo de pessoas que nunca serão encontradas sem um lenço, mesmo que estejam sem camisa. Você deve ter tido a oportunidade de perceber o quão indispensável o uso de lenços tornou-se nos últimos anos para os bandidos mais implacáveis."

— E o que devemos pensar a respeito do artigo do *Le Soleil*? — perguntei.

— Que é uma pena que seu autor não tenha nascido um papagaio. Ele seria o mais ilustre de sua raça. Meramente repetiu pontos individuais de artigos já publicados, coletando-os aqui e ali, deste e daquele jornal. '*Evidentemente* todas aquelas coisas haviam estado lá', afirma, 'por três ou quatro semanas no mínimo', e prossegue dizendo: '*Não resta dúvida* de que se descobriu o local daquela chocante indignidade.' Os fatos aqui reformulados pelo *Le Soleil* estão longe de eliminar minhas dúvidas sobre o assunto, e mais adiante os examinaremos em detalhes no que tange a outro tópico do tema.

"No momento precisamos nos ocupar com outras investigações. Você deve ter notado a extrema negligência do exame do cadáver. Por certo a questão da identidade foi prontamente resolvida, ou deveria ter sido. Mas há outros pontos que devem ser averiguados. O cadáver fora, de alguma forma, *roubado*? A vítima usava joias ao sair de casa? Em caso afirmativo, ainda as usava quando encontrada? Essas são perguntas importantes que foram ignoradas pelas investigações. E há outras de igual importância que não receberam atenção. Precisamos fazer um esforço para que nos satisfaçamos com interrogatórios pessoais. O caso do sr. St. Eustache deve ser reexaminado. Não tenho suspeitas contra o sujeito, mas prossigamos metodicamente. Podemos determinar sem sombra de dúvida a validade do testemunho sobre seu paradeiro no domingo. Testemunhos dessa natureza facilmente se tornam alvo de mistificações. Se não houver nada errado aqui, afastaremos St. Eustache de nossas investigações. Seu suicídio, que corroboraria suspeitas em caso de falso testemunho, não é de modo algum, caso o testemunho seja verdadeiro, um evento que nos desvie da linha normal de análise.

"A partir do que apresentarei agora, deixaremos de lado os aspectos internos da tragédia e nos concentraremos nos pontos periféricos. Um dos erros mais comuns das investigações é limitar o inquérito ao imediato, desconsiderando totalmente eventos colaterais ou circunstanciais. Os tribunais são negligentes em confinar evidências e discussões dentro dos limites do que consideram relevante. Contudo a experiência mostra, como o pensamento racional sempre mostrará, que grande parte da verdade, senão a maior parte dela, surge daquilo que aparentemente é irrelevante. É através do espírito desse princípio, literalmente, que a ciência moderna determinou-se a *prever imprevistos*. Mas talvez eu não esteja sendo claro. A história do conhecimento humano mostra incessantemente que devemos a eventos colaterais, incidentais ou acidentais as mais numerosas e valiosas descobertas. Por isso é necessário, em antecipação ao progresso, fazer as maiores concessões a invenções que surjam por acaso e estejam fora do alcance das previsões comuns. Já não é racional fundamentar sobre o passado uma visão do porvir. *Acidentes* são admitidos como uma parte da subestrutura. Transformamos o acaso numa questão de cálculo absoluto. Submetemos o inesperado e o inimaginado às fórmulas matemáticas escolares.

"Repito que é um fato consumado que a *maior* parte da verdade surja de eventos colaterais. E não é senão de acordo com o espírito do princípio envolvido nesse fato que desvio a investigação, no presente caso, do infrutífero e já trilhado caminho que o próprio evento tomou para as circunstâncias atuais que o cercam. Enquanto você analisa a veracidade dos testemunhos, examinarei os jornais mais genericamente do que você os examinou até agora. Até o momento, fizemos o reconhecimento do campo da investigação. E será estranho que um levantamento abrangente dos periódicos, tal como proponho, não nos forneça os indícios pontuais que estabelecerão a *direção* do inquérito."

Conforme a sugestão de Dupin, fiz um exame meticuloso dos testemunhos. O resultado foi a firme convicção em sua veracidade e a consequente inocência de St. Eustache. Nesse meio-tempo, meu amigo ocupava-se – com uma minúcia que a mim parecia fora de propósito – do escrutínio de artigos dos jornais. Ao fim de uma semana ele me apresentou os seguintes trechos:

"Cerca de três anos e meio atrás, uma conturbação muito semelhante à presente foi causada pelo desaparecimento da mesma Marie Rogêt da perfumaria do sr. Le Blanc no Palais Royal. Após uma semana, entretanto, a moça reapareceu e retomou seu posto, bem disposta como sempre, com exceção de um leve abatimento um tanto incomum. O sr. Le Blanc e a mãe da moça declararam que ela havia visitado um amigo no interior, e o caso foi prontamente abafado. Presumimos que o presente desaparecimento de Marie seja um capricho da mesma natureza e que, em uma semana ou talvez um mês, a tenhamos de volta entre nós outra vez." – *Evening Paper*, segunda-feira, 23 de junho.*

"Um jornal de ontem menciona um misterioso desaparecimento anterior da srta. Rogêt. Sabe-se que, durante sua ausência da perfumaria do sr. Le Blanc, a moça estava na companhia de um jovem oficial da Marinha cuja devassidão é notória. Supõe-se que uma discussão a tenha feito retornar para casa. Sabemos o nome do libertino em questão, que está no momento destacado em Paris, mas por razões evidentes não o divulgaremos ao público." – *Le Mercurie*, terça-feira, 24 de junho.**

"Uma indignidade das mais atrozes foi perpetrada perto da cidade anteontem. Ao entardecer, um cavalheiro, na companhia da esposa e da filha, a fim de cruzar o rio, contratou

---

* *Express*, de Nova York. (N.A.)

** *Herald*, de Nova York. (N.A.)

os serviços de seis rapazes que remavam um barco a esmo de um lado a outro do Sena. Ao atingir a margem oposta, os três passageiros desembarcaram e já perdiam o barco de vista quando a filha deu-se conta de que havia esquecido sua sombrinha a bordo. Ao retornar para buscar a sombrinha, foi atacada pela gangue, arrastada pela correnteza, amordaçada, tratada com violência e por fim levada à margem até um ponto não muito distante de onde havia embarcado com seus pais. Os bandidos escaparam e ainda não foram encontrados, mas a polícia já está no encalço de seus rastros e alguns deles em breve serão presos." – *Morning Paper*, 25 de junho.*

"Recebemos um ou dois comunicados cuja intenção é atribuir a Mennais** a autoria do crime atroz há pouco cometido, mas uma vez que ele foi plenamente liberado por falta de provas no inquérito policial, e como os argumentos dos acusadores parecem mais preconceituosos do que profundos, não julgamos aconselhável torná-los públicos." – *Morning Paper*, 28 de junho.***

"Recebemos diversos comunicados – escritos com impetuosidade e provenientes de várias fontes – que consideram inquestionável que Marie Rogêt tenha sido vítima de uma das inúmeras quadrilhas de vândalos que infestam os arredores da cidade aos domingos. Somos favoráveis a essa posição. Empenharemo-nos em divulgar algumas dessas opiniões daqui pra frente." – *Evening Paper*, 30 de junho.****

"Na segunda-feira, um dos balseiros ligados ao serviço alfandegário viu um barco vazio descendo o Sena. As velas estavam no fundo do barco. O balseiro o rebocou até a doca das balsas alfandegárias. Na manhã seguinte o barco foi retirado dali sem o conhecimento das autoridades. O leme está agora na doca." *Le Diligence*, quinta-feira, 26 de junho.*****

---

* *Courier* e *Inquirer*, de Nova York. (N.A.)

** Mennais foi um dos suspeitos inicialmente detidos, sendo liberado por total falta de provas contra ele. (N.A.)

*** *Courier* e *Inquirer*, de Nova York. (N.A.)

**** *Evening Post*, de Nova York. (N.A.)

***** *Standard*, de Nova York. (N.A.)

Após a leitura dos diversos trechos, eles não só me pareceram irrelevantes como eu não conseguia perceber sua influência sobre o crime. Esperei, assim, alguma explicação de Dupin.

– Não tenho a intenção – ele disse – de me *deter* sobre o primeiro e o segundo artigo. Eu os compilei principalmente para mostrar-lhe a extrema negligência da polícia, que, a partir do que soube pela chefatura, não se incomodou em interrogar o oficial da marinha mencionado. Contudo é tolice afirmar que *supostamente* não há relação entre o primeiro desaparecimento de Marie e o segundo. Admitamos que a primeira fuga tenha resultado numa briga entre o casal e na volta da moça traída ao lar. Podemos agora encarar a segunda *fuga* (se *de fato* houve uma segunda fuga) como a indicação de uma tentativa do namorado em reatar com a moça, e não como consequência da participação de um segundo pretendente. Ou seja, podemos encarar como uma reconciliação, e não como o início de um novo relacionamento. São de dez para um as chances de que a nova fuga fora proposta pelo antigo namorado e não por um novo indivíduo. E quero chamar a atenção para o fato de que o período que discorreu entre a primeira e a suposta segunda fuga é alguns meses mais longo do que o período que em geral os navios de guerra cruzam os mares. O namorado fora interrompido, na primeira investida contra Marie, pela necessidade de sair em serviço? Aproveitara a primeira oportunidade, ao retornar, de renovar seus desígnios ainda não realizados – ou ainda não realizados *por ele*? Nada sabemos sobre isso.

"No entanto, você dirá que o segundo desaparecimento *não foi* uma fuga, como se imagina. Certamente não foi. Mas podemos afirmar que a intenção de Marie não era fugir? Além de St. Eustache, e talvez Beauvais, não encontramos nenhum pretendente de Marie digno de nota. Nada foi dito sobre nenhum outro. Quem é então o amante secreto, sobre quem os familiares (*ou a maioria deles*) nada sabem, que Marie encontra nas manhãs de domingo e que desfruta de sua confiança a ponto de ela não hesitar em ficar com ele até o cair da noite nos bosques ermos do Barrière du Roule? Quem é o amante secreto, pergunto eu, sobre quem *a maioria* dos familiares nada sabe? E o que significa a estranha profecia da sra. Rogêt na manhã do desaparecimento da jovem, 'receio que nunca mais verei Marie'?

"Mas se não podemos imaginar que a sra. Rogêt estivesse a par das intenções de fuga, não podemos ao menos supor que fosse essa a intenção da moça? Ao sair de casa, ela avisou que visitaria a tia na Rue des Drômes, e St. Eustache ficou encarregado de buscá-la ao entardecer. À primeira vista, isso depõe contra o que sugeri. Porém, reflitamos. *Sabe-se* que ela encontrou-se com alguém e cruzou o rio com esse acompanhante, chegando à margem do Barrière du Roule mais tardar às três horas da tarde. Mas, ao consentir acompanhar esse cavalheiro (*por qualquer motivo que fosse, com ou sem o conhecimento da mãe*), ela deve ter levado em consideração que informara seu paradeiro ao sair de casa e que causaria surpresa e despertaria suspeitas em St. Eustache, que, ao buscá-la no horário combinado na Rue des Drômes, descobriria que ela não havia estado lá. Além disso, retornando à pensão com essa alarmante notícia, ele tomaria conhecimento de que ela continuava ausente. Ela deve ter pensado nessas coisas, acredito. Deve ter previsto a decepção de St. Eustache, as suspeitas de todos. Ela não deve ter pensado em retornar para enfrentar as suspeitas, as quais teriam pouca importância se supusermos que ela não *pretendia* retornar.

"Podemos imaginar que ela pensou o seguinte: 'Fugirei para encontrar uma pessoa com quem pretendo casar em segredo, ou para outros fins conhecidos apenas por mim mesma. É preciso que não haja interferências. Preciso dispor de tempo suficiente para evitar que me procurem. Farei com que saibam que visitarei e passarei o dia com minha tia na Rue des Drômes. Pedirei a St. Eustache que não me busque antes do anoitecer. Desse modo, terei uma desculpa para justificar minha ausência pelo maior período possível sem levantar suspeitas nem causar preocupação, e assim ganharei mais tempo. Se eu pedir a St. Eustache que me busque ao anoitecer, ele certamente não irá antes disso. Mas se não lhe pedir que me busque, terei menos tempo para fugir, uma vez que me esperariam em casa mais cedo e minha ausência não tardaria em causar preocupação. Agora, se minha intenção é voltar para casa após um breve passeio com o indivíduo em questão, não seria conveniente solicitar que St. Eustache me buscasse. Ao me buscar, ele verificaria que eu havia mentido, o que poderia ser evitado se eu saísse de casa sem avisá-lo aonde iria, voltasse antes do anoitecer e dissesse que visitara minha tia na Rue des Drômes. Mas como *jamais* pretendo retornar, ou pelo menos não nas próximas semanas, até que eu possa evitar que alguns fatos venham à tona, ganhar tempo é a única coisa com que tenho de me preocupar.'

"Você deve ter percebido em seus apontamentos que a opinião geral sobre o crime, desde o início, é de que a moça foi vítima de uma *gangue* de vândalos. A opinião pública, sob certas condições, não deve ser desconsiderada. Quando surge por si mesma – nas ocasiões em que se manifesta de maneira estritamente espontânea – devemos considerá-la análoga à *intuição* característica dos formadores de opinião. Em 99 casos entre cem eu acataria seu julgamento. Porém é importante que não se encontrem rastros de *sugestionamento*. A opinião deve ser rigorosamente a do *público*. E muitas vezes é difícil perceber e sustentar tal distinção. Nesse caso específico, parece-me que a 'opinião pública', no que diz respeito à gangue, foi induzida pelo evento paralelo descrito no terceiro artigo que lhe mostrei. Paris inteira está agitada em função da descoberta do cadáver da bela, jovem e popular Marie. O cadáver mostra marcas de violência ao ser encontrado flutuando no rio. Surge a informação de que naquele mesmo horário em que supostamente a moça foi assassinada uma selvageria de natureza semelhante ao que a falecida sofreu, mas de menor grau, foi cometida contra uma segunda moça por uma gangue de vândalos. Não é de espantar que o segundo crime influencie o julgamento da opinião pública a respeito do primeiro. Tal julgamento aguardava uma direção, e o crime contra a segunda moça parecia tão oportunamente oferecer-lhe um rumo! Marie fora encontrada no rio, e naquele mesmo rio registrou-se a ocorrência de um segundo crime. A conexão entre os dois crimes era tão evidente que seria estranho que a opinião pública não a percebesse e explorasse. Na verdade, a maneira brutal com que um dos crimes foi cometido é evidência de que o outro crime, ocorrido quase ao mesmo tempo, *não foi* cometido da mesma forma. Teria sido um milagre que uma gangue de vândalos perpetrasse em um determinado local um crime sem precedentes e que uma gangue similar, numa região próxima, na mesma cidade, sob as mesmas circunstâncias e com os mesmos meios e instrumentos estivesse cometendo um crime da mesma natureza, no mesmo horário! Ainda assim, no que senão nessa impressionante cadeia de coincidências a opinião pública, acidentalmente sugestionada, nos apela a acreditar?

"Antes de prosseguir, consideremos a cena do assassinato nos bosques fechados do Barrière du Roule. O bosque, apesar de denso, localiza-se nas redondezas de uma via pública. Havia ali três ou quatro grandes pedras, formando uma espécie de assento, com encosto para as costas e descanso para os pés. Na pedra de cima encontraram-se as anáguas brancas; na segunda pedra, a manta de seda. A sombrinha, as luvas e o lenço também foram achados ali. No lenço estava escrito o nome de Marie Rogêt. Fragmentos do vestido foram vistos nos galhos ao redor. O solo estava pisoteado, os arbustos estavam quebrados e havia todos os sinais de uma luta violenta.

"Apesar da excitação com que a descoberta do bosque foi recebida pela imprensa e da unanimidade em supor que aquele era o local do crime, é preciso admitir que resta espaço para dúvidas. Eu poderia acreditar ou não que aquele *era* o local exato do crime, mas havia excelentes razões para duvidar. Se o *verdadeiro* cenário, como sugeriu o *Le Commerciel*, fosse nas redondezas da Rue Pavée St. Andrée, os criminosos, supondo que morassem em Paris, ficariam aterrorizados ao perceber que a atenção pública se dirigia com tanta precisão àquele local. Em certas pessoas, isso faria com que surgisse a necessidade de empenhar-se em criar fatos que desviassem a atenção. Desse modo, diante das suspeitas sobre Barrière du Roule, a ideia de colocar os itens no local onde foram encontrados poderia ter sido concebida. Não há evidência real, apesar da suposição do *Le Soleil*, de que os objetos descobertos tenham estado mais do que poucos dias na mata, ao passo que há diversas provas circunstanciais de que eles não poderiam ter ficado ali sem chamar atenção durante os vinte dias transcorridos entre o domingo fatídico e a tarde em que foram encontrados pelos meninos.

"Todos os objetos 'estavam muito mofados', diz o *Le Soleil*, 'pela ação da chuva e como que grudados por causa do mofo. A grama cresceu em volta e sobre alguns dos itens. A seda da sombrinha era forte, mas seus fios criaram nós. A parte de cima, onde ela havia sido dobrada, estava toda embolorada e apodrecida e se rasgou quando a sombrinha foi aberta.' O fato de a grama ter crescido 'em volta e sobre alguns dos itens' obviamente só pode ser confirmado a partir das palavras e da memória de dois meninos, uma vez que eles mexeram nos objetos e levaram alguns para casa antes que terceiros os vissem. A grama cresce, especialmente em climas quentes e úmidos (como o do período em que ocorreu o assassinato), oito a dez centímetros em um só dia. Uma sombrinha pousada sobre a relva poderia, em uma só semana, ficar totalmente oculta pelo crescimento da grama. E no que se refere ao *mofo* sobre o qual o jornalista do *Le Soleil* tanto insiste, referindo-se a ele não menos do que três vezes no curto parágrafo citado, ele conhece a natureza desse *mofo*? Ele não sabe que se trata de uma variedade de fungo cuja principal característica é nascer e morrer no prazo de um dia?

"Vemos assim, de relance, que o que foi alegado de modo triunfal em apoio à ideia de que os objetos ficaram ali 'por três ou quatro semanas no mínimo' não tem validade alguma. Por outro lado, é muito custoso acreditar que os objetos ficaram no bosque por um período superior a uma semana – de um domingo a outro. Quem conhece a periferia de Paris sabe o quão difícil é encontrar locais *ermos*, a não ser muito longe dos subúrbios. Nem por um momento se imagina a possibilidade de haver recessos não explorados ou pouco frequentados entre bosques e alamedas. Considere um amante da natureza, preso pelo dever à poeira e ao calor desta grande metrópole, que tente saciar sua sede de isolamento, até mesmo em dias úteis, entre os encantos naturais que nos rodeiam. A cada passo seu encantamento será interrompido pelas vozes e pela intrusão de baderneiros ou pela farra de vândalos. Procurará privacidade nos bosques mais densos em vão. É exatamente nesses retiros que a ralé se encontra; são esses os templos mais profanados. Enojado, baterá em retirada de volta à imunda Paris, que lhe parecerá um sumidouro menos repulsivo. Se os arredores da cidade são assim frequentados em dias úteis, imagine aos domingos! É sobretudo nesse dia que o vândalo, liberado do trabalho ou privado de oportunidades de cometer crimes, irá à periferia da cidade – não por amor à vida campestre, que seu íntimo despreza, mas sim como meio de escapar do controle e das convenções sociais. Deseja menos ar fresco e árvores verdejantes do que a extrema *licenciosidade* do campo. Na pensão de beira de estrada ou sob a densa folhagem dos bosques, entrega-se, despercebido por todos que não seus parceiros de farra, aos excessos delirantes da falsa alegria, a qual é fruto da liberdade e do rum. Quando repito que seria um milagre que os objetos em questão tenham permanecido ocultos por mais de uma semana em *qualquer* bosque nas imediações de Paris não digo nada mais do que o óbvio a qualquer observador imparcial. E há muitos outros motivos para suspeitar que os objetos foram deixados no bosque com a intenção de desviar a atenção da cena real do crime.

"Em primeiro lugar, repare na *data* em que os objetos foram achados. Confira esta data com a do quinto artigo de jornal que selecionei. Você verá que tal descoberta se seguiu, quase imediatamente, às informações urgentes recebidas pelo jornal. Tais informações, embora em grande número e à primeira vista provenientes de diversas fontes, levavam ao mesmo ponto, ou seja, de que fora uma *gangue* quem perpetrara o delito e que a cena do crime era o Barrière du Roule. Sem dúvida, o que devemos observar aqui é que os objetos não foram encontrados pelos meninos em consequência de tais informações ou pela atenção do público que elas provocaram, mas sim que os garotos não os encontraram *antes* em função de que os objetos não estavam lá; foram depositados no bosque somente naquela data ou no dia anterior pelos criminosos, que são eles mesmos os autores dos comunicados à imprensa.

"O bosque é peculiar, muitíssimo peculiar. É anormalmente denso. Dentro de suas muralhas naturais há três extraordinárias pedras *formando um banco com encosto e descanso para os pés*. E esse gracioso bosque fica nas imediações, *a apenas poucos metros*, da residência da sra. Deluc, cujos filhos tinham o hábito de procurar incansavelmente cascas de sassafrás por entre os arbustos das redondezas. Seria insensato apostar – em um lance de mil contra um – que *sequer um dia* se passou sem que algum dos meninos adentrasse aquele sombrio ambiente e se apossasse de seu trono natural? Quem quer que hesite em fazer tal aposta nunca foi criança ou esqueceu-se da natureza da infância. Repito: é muito difícil compreender como os objetos ficaram ocultos no bosque por um período superior a um ou dois dias. E a partir disso há bons indícios para suspeitar que, a despeito da dogmática ignorância do *Le Soleil*, tais objetos foram, em uma data posterior, depositados onde foram encontrados.

"Mas há razões ainda mais fortes para acreditar nisso do que as que sugeri. Agora, peço-lhe que observe a disposição altamente artificial dos objetos. Na *primeira* pedra jaz a anágua; na *segunda*, a manta de seda; espalhados ao redor estavam a sombrinha, as luvas e um lenço com a inscrição 'Marie Rogêt'. Eis um arranjo *naturalmente* feito por uma pessoa pouco perspicaz cujo intuito era espalhar os objetos *com naturalidade*. Mas o arranjo não é *de fato* natural. Seria mais provável encontrar *todos* os objetos jogados no chão e pisoteados. Naquele caramanchão, teria sido quase impossível que a anágua e a manta pudessem permanecer sobre a pedra durante o roçar de corpos de muitas pessoas em plena briga. Foi dito que havia evidências de luta e que a terra estava pisoteada e os arbustos estavam quebrados, mas a anágua e a manta estavam como se tivessem sido colocadas em prateleiras. 'Os pedaços do vestido que foram rasgados pelos espinhos dos arbustos tinham cerca de oito centímetros de largura e quinze de comprimento. Pareciam faixas que tivessem sido rasgadas.' Aqui, por descuido, o *Le Soleil* empregou uma frase inadvertidamente suspeita. Os retalhos, como foi descrito, realmente 'pareciam faixas que tivessem sido rasgadas', mas de propósito e à mão. É um acidente dos mais raros que um retalho de um traje como a vestimenta em questão seja 'rasgado' por *espinhos*. Pela própria natureza do tecido, um espinho ou um prego que se prendesse à roupa a rasgaria retangularmente, dividindo o tecido em duas fendas longitudinais, em ângulo reto uma com a outra, as quais se encontrariam na extremidade onde o espinho entrou. Mas dificilmente se pode conceber que o tecido tenha sido 'arrancado'. Nunca vi nada assim, nem você. Para arrancar um pedaço do tecido, duas forças distintas, em direções diferentes, serão necessárias em quase todos os casos. Se o tecido tem duas extremidades, como um lenço, e se deseja arrancar-lhe uma tira, então, e somente então, uma só força será requerida. Porém trata-se de um vestido com uma só extremidade. Somente por milagre um espinho poderia arrancar um pedaço da parte interna da roupa, e *um só* espinho jamais chegaria a tanto. Mesmo quando há extremidades seriam necessários dois espinhos, puxando em sentidos opostos. Isso se a extremidade não tiver bainha.

Se houver, não há qualquer possibilidade de arrancar-lhe um pedaço. Assim, podemos perceber os inúmeros e enormes obstáculos que impedem que retalhos de tecido sejam 'arrancados' por simples 'espinhos'. No entanto, somos solicitados a acreditar que mais de um retalho foi arrancado desse modo. E 'um dos retalhos era parte da bainha'! Outro retalho *'era parte do corpo da saia, e não da bainha'* – o que significa dizer que o retalho fora arrancado da parte interna do vestido, a qual não possui extremidades! É perfeitamente perdoável que não se acredite nessas coisas. Contudo, tomadas todas juntas, elas criam menos pretextos aceitáveis de suspeita do que a circunstância extraordinária de que os objetos tenham sido deixados no bosque por quaisquer *assassinos* que tenham sido cuidadosos o suficiente para pensar em remover o corpo. Entretanto, você não terá me compreendido corretamente se supuser que minha intenção é *negar* que o bosque tenha sido a cena do crime. Pode ter ocorrido um delito ali, ou mais provavelmente na casa da sra. Deluc. Mas trata-se, na verdade, de um ponto de menor importância. Não estamos tentando descobrir a cena, mas sim os perpetradores do crime. Minhas alegações, apesar de minuciosas, têm em vista mostrar, antes de mais nada, o disparate das declarações absolutas e precipitadas do *Le Soleil* e, principalmente, levá-lo, seguindo o caminho mais natural possível, a contemplar de outro modo a dúvida sobre o assassinato ter sido obra de uma *gangue* ou não.

"Reiteraremos esse assunto com a mera alusão aos detalhes fornecidos pelo legista interrogado no inquérito. Basta dizer que, após publicadas, as *inferências* dele a respeito do número de perpetradores foram devidamente ridicularizadas e consideradas injustificadas e infundadas pelos melhores anatomistas de Paris. Não que o crime *não pudesse* ter ocorrido como ele inferiu, mas ele não deixou espaço para a possibilidade de outras inferências.

"Reflitamos agora sobre 'os sinais de luta'. E permita-me indagar o que tais sinais supostamente demonstram. Uma gangue. Mas não demonstrariam, ao contrário, a ausência de uma gangue? Que espécie de *luta* pode ter ocorrido – que luta tão violenta e tão longa pode ter deixado 'sinais' por todo lado – entre uma moça indefesa e a suposta *gangue* de bandidos? Bastaria o silencioso aperto de braços fortes e estaria tudo terminado. A vítima ficaria totalmente subjugada. Neste ponto, leve em consideração que os argumentos incitados contra a ideia de que o bosque é a cena do crime se aplicam, em particular, apenas à ideia de que o bosque constitui a cena de um crime cometido por *mais de um indivíduo*. Somente se imaginarmos *um só* criminoso – e somente então – poderemos conceber uma luta de natureza tão violenta e obstinada que deixasse 'sinais' aparentes.

"E mais. Já mencionei a suspeita incitada pelo fato de que os objetos encontrados no bosque em *nenhuma hipótese* foram deixados ali. É quase impossível que essas evidências de culpa tenham sido acidentalmente deixadas no local. Houve suficiente presença de espírito, supõe-se, para remover o cadáver; ainda assim, uma evidência mais explícita do que o próprio cadáver (cujas características poderiam ser rapidamente obliteradas pela decomposição) é deixada exposta na cena da tragédia – refiro-me ao lenço com o *nome* da falecida. Se foi acidental, não se trata de obra de uma *gangue*. Só podemos imaginar que foi descuido de somente uma pessoa. Vejamos. Um indivíduo comete o crime. Ele fica sozinho com o fantasma da morta. Apavorado diante do corpo inerte à sua frente. O ímpeto da fúria passional acabou, e em seu coração abre-se espaço para o horror de sua façanha. Não tem a confiança que a presença de outros indivíduos inevitavelmente inspira. Está *a sós* com a morta. Trêmulo e desnorteado. No entanto, precisa livrar-se do cadáver. Carrega-o até o rio, deixando para trás as outras evidências de sua culpa, pois é difícil, senão impossível, transportar toda a carga de uma só vez, e será fácil retornar para buscar o que deixou. Mas na penosa caminhada até a água seus temores redobram. Os ruídos da vida o perseguem em seu trajeto. Várias vezes ouve ou imagina ouvir os passos de um observador. Mesmo as luzes da cidade o atemorizam. Contudo, após longas e constantes pausas de pura agonia, ele alcança a margem do rio e desfaz-se da sinistra carga – talvez com a ajuda de um barco. Que vantagens haveria – que punições o esperariam – fortes o bastante para fazer com que o assassino solitário retornasse pelo mesmo penoso e perigoso caminho até o bosque e ao encontro de suas horripilantes recordações? Ele *não* retorna, fossem quais fossem as consequências. Não voltaria nem mesmo se *quisesse*. Seu único pensamento é escapar imediatamente. Dá as costas àquela mata apavorante *para sempre* e foge dali como o diabo da cruz.

"Uma gangue faria o mesmo? O grupo lhes teria inspirado confiança, se é que vândalos contumazes precisam de confiança. E é somente de vândalos contumazes que as *gangues* se constituem. Estar em grupo, afirmo, teria prevenido os temores e o terror irracional que acredito ter paralisado o indivíduo sozinho. Supondo que um, dois ou três deles se descuidassem, um quarto cúmplice remediaria a situação. Não deixariam nada para trás, pois poderiam carregar *tudo* de uma só vez. Não haveria necessidade de *retornar*.

"Considere agora a circunstância em que 'da parte exterior das roupas, um retalho de cerca de trinta centímetros de largura fora rasgado para cima a partir da bainha inferior até a cintura, mas não foi arrancado. Ele dava três voltas ao redor da cintura e estava preso por uma espécie de laço nas costas.' Isso foi feito com a óbvia intenção de criar uma *alça* para arrastar o cadáver. Mas um *grupo* de homens cogitaria recorrer a tal expediente? Para um grupo de três ou quatro, carregar o corpo segurando-o pelos membros teria sido não só suficiente como mais fácil. Criar uma alça foi o artifício usado por um só homem, o que nos leva ao fato de que 'no caminho entre o bosque cerrado e o rio, as cercas foram derrubadas e o solo apresentava evidências de que algo pesado fora arrastado por ali.' Um *grupo* de criminosos iria dar-se ao trabalho inútil de derrubar uma cerca para arrastar um cadáver que eles poderiam levantar e *passar por cima* de qualquer obstáculo num instante? Um grupo de homens *arrastaria* um corpo de modo a deixar *rastros* evidentes?

"Devemos nos remeter a uma observação do *Le Commerciel*; uma observação sobre a qual em certa medida já comentei. 'Um pedaço das anáguas da pobre moça', afirma o jornal, 'de sessenta centímetros de comprimento e trinta de largura, foi rasgado, enlaçado ao redor do pescoço e amarrado na nuca, provavelmente para impedir gritos. Isso foi feito por indivíduos que não traziam lenços consigo.'

"Sugeri anteriormente que um arruaceiro genuíno *nunca* anda sem um lenço. Mas não é a isso que agora me refiro. Que a atadura não foi feita por falta de um lenço e pelas razões sugeridas pelo *Le Commerciel* fica aparente pela presença de um lenço entre os objetos achados no bosque. E que não se destinava a 'impedir gritos' nota-se a partir do fato de que a atadura foi usada em lugar daquilo que teria cumprido tal proposta de modo mais satisfatório. Contudo, no inquérito fala-se que o retalho em questão 'circundava o pescoço, bastante frouxo e preso por um nó firme'. São palavras bastante vagas, mas diferem muito do que disse o *Le Commerciel*. O retalho tinha 45 centímetros de comprimento; por isso, mesmo sendo de musselina, criaria uma atadura forte quando enrolado ou dobrado longitudinalmente sobre si. E foi encontrado assim. Minha dedução é a seguinte. O assassino solitário, após carregar o corpo até uma certa distância (do bosque ou de outro lugar) por meio da alça *amarrada* na cintura, percebeu que não tinha forças para carregar o cadáver. Resolveu então arrastá-lo – e as evidências mostram que o corpo *foi* arrastado. Com isso em mente, ele precisou atar algo como uma corda a uma das extremidades. O melhor lugar seria o pescoço, pois a cabeça impediria que o laço se desprendesse. E foi então que o criminoso pensou em usar a faixa amarrada ao redor da cintura. Ele a teria usado se esta não estivesse enrolada em volta do cadáver, se não estivesse atada por um *nó* e se tivesse sido 'rasgada' do vestido. O mais fácil era arrancar mais um pedaço das anáguas. Ele rasgou as anáguas, amarrou a tira rasgada em torno do pescoço da vítima e a *arrastou* até a margem do rio. O fato de que essa 'atadura' – feita com dificuldade e após contratempos, e cumprindo sua finalidade apenas parcialmente – foi empregada demonstra que a necessidade de usá-la surgiu no momento em que o assassino não dispunha mais de um lenço, ou seja, após deixar o bosque (se de lá o criminoso partiu), tal como imaginamos, no caminho entre o bosque e o rio.

"Você dirá que o depoimento da sra. Deluc (!) aponta especialmente para a presença de uma *gangue* nas redondezas do bosque mais ou menos na época em que o crime foi cometido. Concordo. Duvido que não houvesse pelo menos uma *dúzia* de gangues nas redondezas do Barrière du Roule no período em que a tragédia ocorreu. Mas a gangue que foi alvo de atenção – apesar do depoimento tardio e bastante suspeito da sra. Deluc – foi a *única* que esta honesta e escrupulosa senhora relatou ter consumido bolos e bebidas sem se dar ao trabalho de pagar-lhe. *Et hinc illae irae*?*

"Qual *é*, no entanto, o depoimento exato da sra. Deluc? 'Apareceu um bando de cafajestes, os quais se comportaram ruidosamente, comeram e beberam sem pagar, pegaram a mesma estrada que o rapaz e a moça, retornaram à pensão *perto do entardecer* e cruzaram o rio aparentando muita pressa.'

"Ora, essa 'pressa' muito possivelmente pareceu, aos olhos da sra. Deluc, uma pressa *maior* que a de fato ocorreu, pois ela vinha ruminando com rancor e desolação o roubo de seus bolos e bebidas – e é possível que ela nutrisse a esperança de que ainda viesse a ser compensada. Por que, senão por isso, uma vez que estava *entardecendo*, a sra. Deluc mencionaria a *pressa* da gangue? Não causa nenhuma surpresa que mesmo uma gangue de arruaceiros se *apresse* em voltar para casa quando é preciso cruzar um rio extenso em barcos minúsculos, há ameaça de tempestade e está *anoitecendo*.

---

* "Por isso sua indignação?" Em latim no original. (N.T.)

"Digo *anoitecendo* porque *não era noite* ainda. Foi ao entardecer que a pressa indecente dos 'cafajestes' escandalizou os olhos cândidos da sra. Deluc. Mas foi dito que naquela mesma noite ela e seu filho mais velho 'ouviram os gritos de uma mulher nas cercanias da pensão'. E com que palavras a sra. Deluc designa o período da noite em que os gritos foram escutados? 'Foi *logo após cair a noite*', ela disse. No entanto, 'logo *após* cair a noite' já é *noite*. E '*ao entardecer*' certamente ainda é dia. Assim fica claríssimo que a gangue deixou Barrière du Roule *antes* que os gritos fossem ouvidos por acaso (?) pela sra. Deluc. E ainda que nos relatórios dos depoimentos as expressões em questão são distinta e invariavelmente empregadas da forma como as empreguei nesta conversa, nenhum dos jornais diários e nenhum policial observaram as óbvias discrepâncias.

"Acrescentarei mais um argumento contra a possibilidade de uma *gangue*. Mas *este* argumento tem, segundo me parece, um peso totalmente irresistível. Diante da oferta de uma enorme recompensa e do perdão ao cúmplice que delatasse seus comparsas, nem por um momento podemos conceber a ideia de que algum membro da gangue – ou de qualquer bando semelhante – já não teria há muito tempo traído seus companheiros. O integrante de uma quadrilha sob suspeita *teme mais uma possível traição* do que deseja impunidade ou recompensa. Delata seus cúmplices assim que possível para que ele mesmo não seja delatado. Que o segredo não tenha sido divulgado é exatamente a prova de que se trata, de fato, de um segredo. Os horrores dessa façanha perversa são conhecidos por apenas *um* ou no máximo dois seres humanos, e por Deus.

"Recapitulemos agora os escassos, porém indiscutíveis, frutos de nossa análise. Chegamos à conclusão de que houve um acidente fatal sob o teto da sra. Deluc ou de que um assassinato foi cometido nos bosques cerrados do Barrière du Roule, perpetrado por um namorado ou no mínimo por alguém íntima e secretamente associado à falecida. Esse sujeito tem a tez morena. Sua tez, o nó feito na atadura e o 'nó de marinheiro' nas alças do sutiã apontam para um marinheiro. Sua amizade com a vítima – uma moça festeira mas não degradada – indica que ele não era um simples marinheiro. As bem-escritas denúncias mandadas aos jornais corroboram esse dado. A circunstância da primeira fuga, como mencionada pelo *Le Mercurie*, tende a conectar esse marinheiro com o 'oficial da Marinha', que foi o primeiro a induzi-la ao erro.

"E aqui, com mais propriedade, surge a consideração da ausência desse sujeito de tez morena. Não seria uma tez morena comum o que constituiria o *único* aspecto de que tanto Valence e a sra. Deluc recordariam. Mas por que esse homem está afastado? Foi assassinado pela *gangue*? Caso tenha sido, por que há somente *vestígios* da *moça* assassinada? A cena dos assassinatos seria supostamente a mesma. E onde está o cadáver dele? Os criminosos teriam se livrado de ambos os corpos da mesma maneira. Mas podemos presumir que esse homem está vivo, e que o temor de ser acusado do crime o impede de aparecer. Isso poderia influenciar o comportamento dele agora, nesta fase das investigações, uma vez que testemunhas alegaram tê-lo visto com Marie, mas não o influenciaria na época do crime. O primeiro impulso de um inocente seria anunciar a tragédia e ajudar a identificar os assassinos. Tal seria a *conduta* recomendável. Ele fora visto com a moça. Cruzara o rio com ela em uma balsa a céu aberto. Até para um idiota denunciar os assassinos pareceria a maneira mais segura de livrar-se de suspeitas. Não podemos considerá-lo inocente e ao mesmo tempo desinformado, na noite do domingo fatídico, sobre a ocorrência de um crime naquela região. No entanto somente nesse caso é possível imaginar que, se estivesse vivo, ele deixaria de denunciar os criminosos.

"E que meios temos para chegar à verdade? Veremos à medida que prosseguirmos. Analisemos a fundo a questão do primeiro desaparecimento de Marie. Examinemos a história completa do 'oficial', incluindo sua situação presente e seu paradeiro no período do crime. Comparemos cuidadosamente as várias denúncias enviadas ao *Evening Paper*, cujo objetivo era incriminar uma *gangue*. Isso feito, comparemos essas denúncias, tanto no que diz respeito ao estilo como à caligrafia, às enviadas ao *Morning Paper* em uma data anterior e que insistiam tão veementemente na culpa de Mennais. Então, comparemos as várias denúncias com a caligrafia do oficial. Empenhemo-nos em averiguar, por meio dos interrogatórios da sra. Deluc e de seus filhos, bem como do motorista, Valence, algo mais sobre a aparência e o comportamento do 'homem de tez morena'. Interrogatórios dirigidos com habilidade não falharão em extrair das testemunhas informações a respeito desse aspecto particular (ou de outros) – informações que as próprias testemunhas talvez não saibam que possuem. E sigamos os rastros do *barco* resgatado pelo balseiro na manhã de 23 de junho e que foi removido das docas alfandegárias sem o conhecimento do funcionário em serviço e *sem o leme*, antes da descoberta do cadáver. Com a precaução e a perseverança apropriadas, infalivelmente encontraremos o barco, pois o balseiro não apenas pode indentificá-lo, como o *leme está por perto*. O leme de um *barco à vela* não seria abandonado sem hesitação por alguém com a consciência limpa. E neste ponto deixe-me fazer uma pausa para insinuar uma dúvida. Não se *divulgou* que o barco fora removido. Ele foi levado sem alarde até a doca, e dali retirado da mesma forma. Mas como é que seu dono ou usuário poderia saber sobre o paradeiro do barco recolhido no dia anterior, tão cedo na manhã de terça-feira, sem dispor de nenhuma informação, a não ser que imaginemos uma conexão com a *Marinha* – alguma ligação pessoal contínua que permitisse acesso aos mínimos eventos e acontecimentos internos?

"Ao me referir ao assassino solitário carregando o corpo até a margem, sugeri que ele pode ter feito uso de *um barco*. Podemos agora deduzir que Marie *foi* jogada de um barco.

Naturalmente, é isso que deve ter acontecido. O cadáver não podia ser confiado às águas rasas das margens. As peculiares marcas nas costas e nos ombros da vítima remetem às balizas da superfície inferior do barco. O fato de o cadáver ter sido encontrado sem um peso preso a si também corrobora essa ideia. Se tivesse sido jogado da margem haveria necessidade de incorporar um peso ao corpo. Podemos explicar sua ausência apenas pela suposição de que o assassino se esqueceu de providenciar um peso antes de zarpar. Ao lançar o corpo ao rio ele sem dúvida percebeu seu equívoco, mas não dispunha de meios para remediá-lo. Qualquer risco teria sido preferível a voltar àquela execrável praia. Após livrar-se do aterrador fardo, o assassino apressa-se em dirigir-se à cidade. Ali, em algum cais obscuro, desembarca. Mas e o barco: o assassino o teria prendido? Estaria muito apressado para preocupar-se com algo como atracar um barco. Além disso, atracá-lo ao cais poderia parecer ao criminoso estar garantindo provas contra si. Seu pensamento natural seria livrar-se, o mais longe possível, de tudo que tivesse ligação com o crime. Ele não apenas se apressaria em deixar o cais, como não permitiria que *o barco* ali permanecesse. Com certeza soltaria o barco à deriva. Prossigamos com nossas suposições. Pela manhã, o infeliz é tomado por um indescritível horror ao descobrir que o barco fora encontrado e levado a uma localidade a qual frequenta diariamente – talvez um lugar ao qual sua ocupação o obrigue a frequentar. Na noite seguinte, *sem ousar perguntar sobre o leme*, ele remove o barco. Ora, *onde* está o barco sem leme? Descobrir seu paradeiro é um dos nossos principais propósitos. Ao primeiro sinal dele, a aurora de nosso sucesso terá início. O barco nos conduzirá, com uma rapidez surpreendente, àquele que o utilizou à meia-noite do fatal domingo. As corroborações se somarão umas às outras, e o assassino será encontrado."

[Por razões que não especificaremos, mas que parecerão óbvias a muitos leitores, tomamos a liberdade de omitir, dos originais que possuíamos em mãos, o *seguimento* da pista aparentemente insignificante indicada por Dupin. Julgamos oportuno declarar, em poucas palavras, que se atingiu o resultado almejado. E o delegado cumpriu fielmente, embora com certa relutância, os termos de seu acordo com o *Chevalier*. O conto de Poe é concluído nos parágrafos seguintes.]*

É evidente que falo de coincidências e *nada mais*. O que eu afirmei anteriormente a respeito deste tópico deve bastar. Em meu íntimo não há espaço para a fé no sobrenatural. Que a Natureza e Deus são entidades distintas ninguém inteligente negará. Que Deus, por ter criado a Natureza, pode, a seu bel-prazer, controlá-la ou modificá-la é também inquestionável. Digo "a seu bel-prazer" porque a questão é a vontade, e não, como a insanidade da lógica supõe, o poder. Não que a Divindade *não possa* modificar Suas próprias leis, mas sim que A insultamos ao imaginar a necessidade de tal mudança. Em sua origem essas leis foram engendradas com o intuito de acolher *todas* as contingências que o futuro *poderia* oferecer. Para Deus, tudo é *Presente*.

Repito, então, que falo dessas coisas como meras coincidências. E mais: em meus relatos será percebido que entre o destino da infeliz Mary Cecilia Rogers, até onde se sabe, e o de Marie Rogêt – até certo ponto de sua trajetória – existe um paralelo de exatidão tão extraordinária que, ao contemplá-lo, a razão acaba por confundir-se. Afirmo que tudo isso será percebido. Mas nem por um instante se suponha que, ao dar prosseguimento à triste narrativa de Marie, desde a época mencionada, e ao levar a um desfecho o mistério que a cercava, minha intenção velada tenha sido sugerir um prolongamento desse paralelo, nem sugerir que as medidas adotadas em Paris para encontrar o assassino de uma moça, ou medidas baseadas em um raciocínio parecido, produziriam resultados semelhantes. Deve-se ter em conta, no que diz respeito à última parte da suposição, que mesmo a mínima variação entre os fatos dos dois casos poderia levar

---

* O parágrafo entre colchetes é uma observação do editor da revista em que o conto foi originalmente publicado. (N.T.)

aos maiores equívocos ao desviar completamente o curso dos dois eventos. Isso corresponde, na matemática, a um erro de natureza insignificante que produz, por meio da multiplicação ao longo de todos os passos do processo, um resultado muitíssimo distante da verdade. E, em respeito à primeira parte da suposição, não podemos deixar de lembrar que o próprio Cálculo das Probabilidades a que me referi impede qualquer possibilidade de prolongamento do paralelo – com uma convicção forte e categórica proporcional à exatidão há muito já estabelecida desse mesmo paralelo. Trata-se de uma daquelas proposições anômalas que, mesmo aparentemente solicitando o pensamento não matemático, somente o raciocínio matemático pode plenamente cogitar. Por exemplo, nada é mais difícil do que convencer o leitor comum de que se um jogador de dados obtém o mesmo número duas vezes seguidas isso é suficiente para apostar na probabilidade maior de que aquele número não será obtido na terceira tentativa. O intelecto costuma rejeitar prontamente qualquer sugestão nesse sentido. Não fica evidente que os dois lançamentos feitos, e que agora pertencem ao Passado, podem influenciar um lançamento que existe apenas no Futuro. A probabilidade de lançar números idênticos aos dos primeiros dois lançamentos parece ser a mesma em qualquer momento, ou seja, parece estar sujeita somente à influência dos vários lançamentos que podem ser obtidos. É uma reflexão tão óbvia que qualquer tentativa de contradizê-la é recebida antes com desdenho do que com interesse respeitoso. Não pretendo expor tal equívoco – um erro crasso que beira o ridículo – dentro dos limites deste meu presente relato. E a teorização dispensa a necessidade de exposição. É suficiente afirmar aqui que esse equívoco constitui parte de uma série infinita de erros que surgem no caminho da Razão por meio de sua tendência a buscar a verdade *minuciosamente.*

O CORAÇÃO DELATOR

Verdade! Nervoso – eu estivera muito, muito nervoso, pavorosamente; e ainda estou. Mas por que *dirá* você que estou louco? A doença tinha aguçado meus sentidos – não os destruíra – não os embaçara. Acima de todos os sentidos, estava a audição afiada. Eu ouvia todas as coisas no céu e na terra. Eu ouvia muitas coisas no inferno. De que forma, então, estou louco? Ouça bem! E observe com que sanidade – com que calma eu posso lhe contar a história toda.

É impossível dizer de que maneira a ideia invadiu minha mente; uma vez concebida, porém, ela me assombrou dia e noite. Não havia propósito. Não havia paixão. Eu adorava o velho. Ele nunca me fizera mal. Ele nunca tinha me insultado. De sua riqueza eu não queria saber. Acho que era o olho dele! Sim, era isso! Ele tinha o olho de um abutre – um olho azul-claro, com uma membrana por cima. Sempre que o olho recaía em mim, meu sangue gelava; e assim, por etapas – muito gradualmente –, tomei a decisão de acabar com a vida do velho, para me ver livre do olho para sempre.

Ora, o ponto é o seguinte. Você supõe que sou louco. Loucos não sabem de nada. Mas você devia ter visto. Você devia ter visto com que sagacidade eu procedi – com que prudência – com que previdência – com que dissimulação me pus a trabalhar! Nunca fui mais afável com o velho do que na semana que se passou antes de que eu o matasse. E todas as noites, por volta da meia-noite, eu girava o trinco de sua porta e a abria – ah, tão devagar! E então, quando a abertura era suficiente para a minha cabeça, eu introduzia uma lanterna furta-fogo, fechada, bem fechada, de forma que nenhuma luz saísse, e então impelia minha cabeça para dentro. Ah, você riria se visse como eu a impelia com astúcia! Eu a movia devagar – muito, muito devagar, para não perturbar o sono do velho. Eu levava uma hora para passar toda a cabeça pela abertura até o ponto em que pudesse vê-lo estirado em sua cama. Ah! Um louco teria sido tão sensato? E então, quando minha cabeça ficava bem para dentro do quarto, eu abria a lanterna cautelosamente, ah, tão cautelosamente – cautelosamente (pois as dobradiças rangiam) –, eu a abria apenas o suficiente para que um único raio fino recaísse sobre o olho de abutre. E fiz isso por sete longas noites – todas as noites, bem à meia-noite –, mas encontrava o olho sempre fechado; e dessa forma era impossível levar o trabalho a cabo; pois não era o velho quem me atormentava, e sim o seu olhar maligno. E todas as manhãs, quando o dia rompia, eu entrava audaciosamente no aposento e conversava com ele cheio de coragem, chamando-o pelo nome num tom cordial, perguntando como tinha passado a noite. Portanto, veja, ele teria que ter sido um velho muito perspicaz, de fato, para suspeitar que todas as noites, à meia-noite em ponto, eu o espiava enquanto ele dormia.

Quando chegou a oitava noite, eu estava mais cauteloso do que nunca no ato de abrir a porta. O ponteiro de minutos de um relógio se move mais rápido do que a minha mão se movia. Nunca antes daquela noite eu *sentira* o alcance dos meus poderes – da minha sagacidade. Eu mal podia conter minha sensação de triunfo. Pensar que eu estava ali, abrindo a porta, pouco a pouco, e ele sem sequer sonhar com aquilo, com meus atos secretos, com meus pensamentos. Essa ideia me fez rir furtivamente; e acho que ele me ouviu, pois se mexeu na cama de repente, como que assustado. Agora você pode pensar que recuei – mas não recuei. Com a escuridão espessa, o quarto estava negro como piche (pois as venezianas estavam cerradas e trancadas, por medo de ladrões), e por isso eu sabia que ele não poderia ver a abertura da porta, e continuei empurrando-a com firmeza, com firmeza, no mesmo ritmo.

Minha cabeça já estava do lado de dentro, e eu estava prestes a abrir a lanterna quando meu polegar esbarrou na presilha de latão e o velho ergueu-se de um salto na cama, gritando:

– Quem está aí?

Mantive-me bem quieto e não disse nada. Ao longo de uma hora inteira não movi um músculo e, nesse meio-tempo, não o ouvi deitar-se. Ele permanecia sentado na cama, escutando; tal como eu fizera, noite após noite, ouvindo os besouros na parede.

Em seguida, ouvi um leve gemido e percebi que era um gemido de terror mortal. Não era um gemido de dor ou de aflição – ah, não! –, era o som abafado e baixo que se eleva do fundo de uma alma impregnada de espanto. Eu conhecia bem o som. Noites a fio, bem à meia-noite, quando o mundo todo dormia, o som brotou do meu próprio peito, intensificando, com seu eco tenebroso, os terrores que me acossavam. Estou dizendo que conhecia bem o som. Sabia o que o velho sentia, e lastimava por ele, embora no íntimo eu tivesse vontade de rir. Sabia que ele estava ali acordado desde o primeiro barulhinho, desde quando se virou na cama. Seus temores se agravavam desde então. Ele tentara supô-los infundados, mas não pudera. Ele estivera dizendo a si mesmo: "Isso nada mais é do que o vento na chaminé, é só um camundongo atravessando o assoalho", ou "É apenas um grilo que emitiu um único cri-cri". Sim, ele tentara achar consolo com essas suposições; tinha sido tudo em vão. *Tudo em vão*, porque a Morte, chegando perto, com sua sombra negra, andou à espreita diante dele, e envolveu a vítima. E foi a pesarosa influência dessa sombra despercebida o que o fez sentir – sem nada ver ou ouvir –, *sentir* a presença da minha cabeça dentro do quarto.

Quando eu já tinha esperado por um longo tempo, com muita paciência, sem ouvi-lo se deitar, resolvi abrir uma fresta da lamparina – uma fresta pequena, bem pequenina. Então abri a lamparina – você não pode imaginar com que sutileza, com que sutileza –, até que, depois de um tempo, um único raio, turvo como o fio de uma teia de aranha, projetou-se da fresta e recaiu sobre o olho de abutre.

O olho estava aberto – totalmente aberto, arregalado –, e fui me enfurecendo à medida que o encarava. Eu o via com perfeita nitidez – todo ele de um azul embaçado, coberto por um véu repulsivo que gelava meus ossos até a medula; mas não conseguia ver nada mais da face ou da figura; pois tinha direcionado o raio, como que por instinto, precisamente para o ponto maldito.

E eu não lhe disse que o que você toma por loucura não passa de um aguçamento extremo da percepção? Ora, estou dizendo, chegou-me aos ouvidos um som baixo, abafado, ligeiro, como o som de um relógio envolvido em algodão. *Esse* som eu também conhecia bem. Era o coração do velho batendo. O som ampliou minha fúria, como o bater de um tambor infunde coragem a um soldado.

Mas mesmo então eu me contive e parei quieto. Eu quase nem respirava. Segurei sem movimento a lanterna. Experimentei ver com que firmeza eu conseguia manter o raio em cima do olho. Enquanto isso, o tamborilar infernal do coração aumentava. Ficava mais e mais rápido, e mais e mais alto a cada instante. O terror do velho *deve* ter sido extraordinário! Ficava mais e mais alto, repito, mais alto a cada momento! Você está reparando bem? Eu disse a você que estou nervoso: assim estou. E agora, na hora morta da noite, em meio ao silêncio tenebroso da casa velha, um som estranho assim me agitava num terror incontrolável. Por mais alguns minutos, porém, eu me contive e parei quieto. Mas o batimento ficava mais alto, mais alto! Eu pensei que o coração estouraria. E agora uma nova ansiedade se apoderava de mim – o som seria ouvido por um vizinho! A hora do velho tinha chegado! Com um grito alto, escancarei a lanterna e saltei para dentro do quarto. Ele berrou uma vez – uma vez apenas. Num instante, eu o arrastei para o chão e empurrei a cama pesada sobre ele. Então sorri jubilosamente, de ver o feito até ali cumprido. Contudo, por vários minutos, o coração seguiu batendo com um som sufocado. Isso, entretanto, não me incomodava; não era algo que pudesse ser ouvido através da parede. Por fim cessou. O velho estava morto. Removi a cama e examinei o cadáver. Sim, ele estava morto, completamente inerte. Coloquei minha mão sobre o coração e a deixei ali por vários minutos. Não havia pulsação. Ele estava completamente morto. Seu olho não me perturbaria mais.

Se você ainda me considera louco, não pensará mais assim quando eu descrever as sábias precauções que tomei para o ocultamento do corpo. A noite esmorecia, e eu trabalhei às pressas, mas em silêncio. Antes de tudo, desmembrei o cadáver. Cortei fora a cabeça e os braços e as pernas.

Ergui três tabuões do piso do quarto e depositei tudo entre os caibros. Depois repus as tábuas no lugar tão engenhosamente, tão ardilosamente, que nenhum olho humano – nem mesmo *o dele* – poderia detectar algo errado. Não havia nada para limpar – nenhuma mancha de espécie alguma – nenhuma marca de sangue de qualquer tipo. Eu tinha agido com muita precaução. Uma banheira se encarregara de tudo – ha, ha!

Quando terminei esses afazeres, eram quatro da manhã – ainda escuro como à meia-noite. Enquanto o sino indicava a hora, surgiram batidas na porta da rua. Desci para abri-la com o coração tranquilo – pois o que teria a temer *agora*? Entraram três homens que se apresentaram, com perfeita delicadeza, como oficiais de polícia. Um vizinho ouvira um grito durante a noite; levantou-se a suspeita de um crime de morte; houve queixa na polícia; e eles (os policiais) tinham sido enviados para examinar o local.

Sorri – pois *o que* teria a temer? Dei boas-vindas aos cavalheiros. O grito, eu disse, era meu mesmo, de um sonho. O velho, mencionei, estava fora, no campo. Conduzi minhas visitas por toda a casa. Convidei-os a investigar – investigar *bem*. Levei-os, por fim, ao aposento *dele*. Mostrei os bens do velho, seguros, intactos. No entusiasmo da minha confiança, trouxe cadeiras para o quarto, e roguei a eles que aliviassem suas fadigas *ali*, ao passo que eu mesmo, na audácia selvagem do meu perfeito triunfo, coloquei meu próprio assento no exato ponto embaixo do qual repousava o cadáver da vítima.

Os policiais estavam satisfeitos. Minha *conduta* os convencera. Eu estava excepcionalmente à vontade. Eles ficaram ali sentados e, enquanto eu respondia bastante animado, falaram de coisas familiares. Porém, não muito depois, me senti empalidecendo, e desejei que eles sumissem. Minha cabeça doía, e meus ouvidos pareciam vibrar num som: mas eles permaneciam sentados, permaneciam falando. A vibração se tornou mais nítida – continuava, e se tornava mais nítida: para afastar a sensação, passei a falar mais e mais: mas ela continuava e aumentava – até que, por fim, descobri que o ruído *não* estava em meus ouvidos.

Eu empalidecera *muito* agora, sem dúvida; mas falava com mais fluência, e com mais força na voz. No entanto, o som aumentava – e o que eu podia fazer? Era *um som baixo, abafado, ligeiro – muito semelhante ao som que sai de um relógio envolvido em algodão*. Eu ofegava – e no entanto os policiais não ouviam nada. Eu falava mais rápido – com mais veemência; mas o ruído aumentava de forma constante. Levantei-me, discorri sobre banalidades, num tom elevado e com gesticulações violentas; mas o ruído aumentava de forma constante. Por que eles *não sumiam*? Andei para lá e para cá pelo piso, com passadas pesadas, como que agitado até a fúria pelas observações dos homens, mas o ruído aumentava de forma constante. Ah, Deus! O que eu *podia* fazer? Eu espumei – delirei – praguejei! Girei a cadeira em que estava sentado, arranhei as tábuas com ela, mas o ruído se sobrepunha a tudo e aumentava continuamente. Ele ficava mais alto – mais alto – *mais alto*! E os homens ainda falavam aprazivelmente, sorriam. Era possível que não ouvissem? Deus todo-poderoso! Não, não! Estavam ouvindo! Suspeitavam! *Sabiam*! Estavam zombando do meu horror! Foi o que pensei, é o que penso. Mas qualquer coisa era melhor do que essa agonia! Qualquer coisa era mais tolerável do que esse escárnio! Eu não podia mais suportar aqueles sorrisos hipócritas! Senti que precisava gritar ou morrer! E agora – de novo –, ouça! Mais alto! Mais alto! Mais alto! *Mais alto*!

– Patifes! – gritei. – Parem de disfarçar! Eu admito o que fiz! Arranquem as tábuas! Aqui, aqui! Ouçam a batida do seu horrendo coração!

O ESCARAVELHO DE OURO

Eia! Eia! O sujeito dança como louco!
Ele foi picado pela Tarântula.
*Tudo às avessas**

Muitos anos atrás, adquiri intimidade com um certo sr. William Legrand. Ele vinha de uma antiga família huguenote e chegou a ser muito próspero; mas uma série de infortúnios o levou à penúria. Para escapar das mortificações causadas por seus desastres, ele saiu de Nova Orleans, a cidade de seus antepassados, e estabeleceu residência em Sullivan's Island, perto de Charleston, Carolina do Sul.

Essa ilha é bastante peculiar. Consiste de pouco mais do que areia do mar e tem cerca de cinco quilômetros de comprimento. Em nenhum ponto sua largura passa de quinhentos metros. Ela é separada do continente por um canal que mal se percebe e que escoa seu caminho por um ermo de juncos e limo, o refúgio predileto da galinha-d'água. A vegetação, como se pode supor, é escassa, ou ao menos nanica. Não se vê nenhuma árvore de magnitude. Perto da extremidade oeste, onde fica o Forte Moultrie, e onde existem umas miseráveis construções de madeira, ocupadas durante o verão pelos fugitivos do alvoroço febril de Charleston, podem ser encontradas, de fato, eriçadas palmeiras; mas a ilha inteira, com exceção desse ponto ocidental e de uma linha branca e compacta de praia na costa do mar, é coberta em vegetação densa e baixa pela doce murta, tão estimada pelos horticultores da Inglaterra. É comum, aqui, que o arbusto de murta atinja uma altura de cinco ou seis metros e que forme um matagal quase impenetrável, saturando o ar com sua fragrância.

---

* Poe atribui a epígrafe a *All in the Wrong*, comédia de 1761 do irlandês Arthur Murphy, mas não há nada que se assemelhe a esse trecho nas edições da peça. (N.T.)

Nos recessos mais internos desse matagal, não longe da ponta oriental ou mais remota da ilha, Legrand construíra para si uma pequena cabana, já habitada por ele quando por mero acidente o conheci. Nossa amizade amadureceu logo – pois o recluso tinha qualidades dignas de interesse e de estima. Ele me pareceu muito educado e dotado de poderes intelectuais incomuns, mas contaminado por misantropia e sujeito a perversas alterações de comportamento, entre o entusiasmo e a melancolia. Tinha consigo muitos livros, mas raramente fazia uso deles. Seus principais divertimentos eram caçar e pescar, ou vaguear pela praia e entre as murtas em busca de conchas ou de espécimes entomológicos – sua coleção de insetos causaria inveja a um Swammerdamm.*
Nessas excursões ele geralmente era acompanhado por um velho negro, chamado Jupiter, que fora alforriado antes dos revezes da família mas não pôde ser induzido, nem por ameaças nem por promessas, a abandonar o que considerava ser seu direito de prestar assistência a cada passo de seu jovem "sinhô Will". Não é improvável que os parentes de Legrand, julgando que seu intelecto fosse meio desregulado, tivessem maquinado para insuflar essa obstinação em Jupiter, com vistas à supervisão e à guarda do jovem errante.

Os invernos na latitude de Sullivan's Island quase nunca são severos, e no outono é até raro que seja necessário fazer fogo. Pela metade de outubro de 18... houve, contudo, um dia notavelmente frio. Pouco antes do pôr do sol, trilhei pela vegetação até a cabana do meu amigo, que eu não visitava havia várias semanas – naquela época eu residia em Charleston, a uma distância de quinze quilômetros da ilha, e os meios de ida e volta eram muito mais precários do que os atuais. Chegando à cabana, bati à porta como de costume e, não obtendo resposta, encontrei a chave onde sabia que ela estava escondida, destranquei a porta e entrei. Um belo fogo ardia na lareira. Era uma novidade, e de modo nenhum

---

* Poe se refere ao naturalista holandês Jan Swammerdam (1637-1680). (N.T.)

desagradável. Tirei o sobretudo, sentei numa cadeira de braço perto da lenha crepitante e aguardei com paciência a chegada de meus anfitriões.

Eles chegaram pouco depois do cair da noite, e me saudaram do modo mais caloroso. Jupiter, sorrindo de uma orelha a outra, apressou-se em preparar galinhas d'água para o jantar. Legrand estava num de seus espasmos – de que outra maneira posso defini-los? – de entusiasmo. Ele tinha encontrado uma concha bivalve desconhecida, afigurando um novo gênero e, mais do que isso, tinha perseguido e apanhado, com a assistência de Jupiter, um escaravelho que ele acreditava ser totalmente novo, a respeito do qual queria ouvir minha opinião no dia seguinte.

– E por que não hoje? – perguntei, esfregando as mãos em cima da chama e desejando que fosse ao diabo toda a tribo dos escarabeídeos.

– Ah, se eu soubesse que você estaria aqui! – disse Legrand. – Mas faz tanto tempo que não nos vemos; e como eu poderia prever que você me faria uma visita justo esta noite, entre tantas outras? Vindo para casa, encontrei o tenente G..., do forte, e cometi a tolice de emprestar-lhe o inseto; então será impossível que você o veja antes do amanhecer. Fique aqui esta noite, e eu mandarei Jup atrás dele ao nascer do sol. É a coisa mais linda de toda a criação!

– O quê? O nascer do sol?

– Que nada! Não! O inseto. É de uma cor de ouro brilhante, mais ou menos do tamanho de uma noz grande, com duas manchas negras perto de uma extremidade das costas e outra, mais espichada, na outra extremidade. A coloração cobre as antenas...

– Não tem cobre *nenhum* nele, sinhô Will, tô dizendo pro sinhô – interrompeu Jupiter –, o bicho é inseto de oro, puro, toda parte dele, dentro e tudo, só não a asa. Nunca na vida eu segurei um inseto tão pesado desse.

– Bem, vamos supor que sim, Jup – retrucou Legrand, com mais seriedade, me pareceu, do que seria necessário –, isso por acaso é motivo para você deixar as aves queimarem? A cor – aqui ele se voltou para mim – realmente é quase suficiente para autorizar a ideia de Jupiter. Você nunca terá visto um lustro mais metálico e brilhante na irradiação das escamas... Mas você não pode julgar nada disso até amanhã. Por enquanto, eu posso lhe dar uma ideia do formato.

Dizendo isso, sentou-se a uma mesinha sobre a qual havia pena e tinta mas não havia papel. Procurou por algum numa gaveta, mas não achou nada.

– Não faz mal – disse, por fim –, isto vai dar conta – e sacou do bolso de seu casaco um pedaço do que eu pensei ser um papel de ofício muito sujo, e desenhou nele um esboço com a pena.

Ficou desenhando, e eu me mantive sentado junto ao fogo, ainda sentindo frio. Finalizou o esboço e o passou para mim sem se levantar. Nesse momento se ouviu um rosnado alto, seguido de um arranhar na porta. Jupiter abriu-a e o enorme cão terra-nova de Legrand correu para dentro, pulou nos meus ombros e me cobriu de carinhos; eu tinha dedicado muita atenção a ele em visitas anteriores. Quando o cão deu por encerrados os folguedos, olhei para o papel e, para falar a verdade, vi-me não pouco intrigado com o que o meu amigo traçara.

– Bom – falei, depois de contemplar aquilo por alguns minutos –, este *é* um escaravelho estranho, devo confessar. É novo para mim; nunca vi nada igual antes, a não ser um crânio ou uma caveira, que o desenho lembra mais do que qualquer outra coisa que já tenha passado pelos *meus* olhos.

– Uma caveira! – repetiu Legrand. – Ah... Sim... Ele tem algo dessa aparência no papel, sem dúvida. As manchas negras de cima parecem olhos, não? E a mancha mais longa embaixo parece uma boca, e além disso a forma toda é oval.

– Talvez – eu disse. – Mas, Legrand, temo que você não seja exatamente um artista. Vou esperar até que possa ver o escaravelho de verdade, se for para formar alguma ideia de sua aparência.

– Bem, não sei – respondeu, um pouco exasperado –, eu desenho razoavelmente bem, ou *deveria* desenhar, no mínimo. Tive bons mestres, e me orgulho de não um pateta.

– Mas, meu caro, então você está brincando – eu disse –, esta é uma *caveira* bem aceitável. Na verdade, posso dizer que é uma caveira *excelente*, de acordo com as noções mais vulgares sobre o corpo humano; e o seu escaravelho, se tem semelhança com isto, deve ser o escaravelho mais extravagante do mundo. Ora, podemos criar um tanto de superstição sensacional com essa alusão. Presumo que você vá chamar o inseto de *scarabaeus caput hominis**, ou algo do gênero; existem muitas denominações como essa nos livros de história natural. Mas onde estão as antenas das quais você falou?

– As antenas! – disse Legrand, que parecia estar ficando inexplicavelmente acalorado com o assunto. – Tenho certeza de que você consegue ver as antenas. Meu desenho as reproduz tal como elas são no inseto original, e presumo que isso seja suficiente.

– Muito bem – eu disse –, talvez seja, mas ainda não vejo as antenas.

E devolvi o papel para ele sem comentário adicional, para não encrespar ainda mais seu humor; mas eu estava bastante surpreso com o rumo que as coisas tomaram; o enervamento de Legrand me intrigava – e, quanto ao desenho do besouro, era certo que não havia antena visível, e o conjunto *tinha* forte semelhança com os contornos comuns de uma caveira.

Ele tomou o papel de mim, muito irritado, e estava a ponto de amassá-lo, aparentemente para jogá-lo no fogo, quando uma olhadela casual no desenho pareceu fixar sua atenção. Num instante seu rosto ficou violentamente vermelho, no outro ficou pálido na mesma medida. Por alguns minutos ele continuou a escrutinar o esboço com muito

---

* Em latim, "escaravelho cabeça de homem" ou "escaravelho caveira". (N.T.)

cuidado, em sua cadeira. Depois de um tempo, levantou-se, pegou uma vela da mesa e foi sentar num baú de navio no canto mais distante do aposento. De novo ele se pôs numa verificação ansiosa, virando o papel em todas as direções. Porém, não disse nada, e sua conduta me deixou atônito; mesmo assim, achei prudente não exacerbar seu mau humor crescente com qualquer comentário. Em seguida, tirou do bolso do casaco uma carteira, enfiou nela o papel, com cuidado, e guardou a carteira numa escrivaninha, chaveando a gaveta. Seu comportamento parecia agora mais tranquilo, mas seu entusiasmo original tinha desaparecido no ar. Ele parecia mais abstraído do que zangado. A noite ia passando e ele ficava mais e mais absorto em devaneios, dos quais nenhum gracejo meu o arrancava. Era minha intenção passar a noite na cabana, como já fizera tantas vezes, mas, vendo meu anfitrião nesse ânimo, julguei que era mais apropriado partir. Ele não me pressionou a ficar, porém, à minha saída, despediu-se de mim com uma cordialidade maior do que a de sempre.

Foi mais ou menos um mês depois disso (e durante o intervalo nem cheguei a ver Legrand) que recebi uma visita, em Charleston, de seu braço direito, Jupiter. Eu nunca tinha visto o bom e velho negro tão abatido e temi que algum desastre sério tivesse recaído sobre meu amigo.

– Bem, Jup – eu disse –, qual é o assunto agora? Como vai o seu patrão?

– Olha, pra falá de verdade, sinhô, ele não tá tão bom como devia.

– Ele *não está* bem! Fico realmente triste de saber disso. Do que ele anda reclamando?

– Pois não é! É isso! Ele nunca tá reclamando de nada, mas ele muito doente daquilo tudo.

– *Muito doente*, Jupiter! Por que você não disse de uma vez? Ele está acamado?

– Não, isso ele não tá! Ele não tá acalmado nunca, isso é onde o calo dói, minha cabeça tá muito pesada de triste pelo sinhô Will.

— Jupiter, eu gostaria de entender do que é que você está falando. Você diz que o seu mestre está doente. Ele não lhe contou o que o incomoda?

— Olha, sinhô, não vale pena ficá indo atrás do assunto. Sinhô Will não fala nada de nada do assunto que ele tem. Mas daí como é que ele sai em volta olhando pra esse lado daqui, com cabeça pra baixo e o ombro pra cima e branco que nem o fantasma? E daí ele tem uma cifa todo tempo...

— Ele tem o quê, Jupiter?

— Uma cifa com as figura que ele fica escrevendo, as figura mais estranha que eu nunca vi. Tô começando a ficá com medo, de verdade. Preciso ficá de olho nele onde ele vai. Otro dia ele escapô de mim antes do sol e me sumiu o dia intero. Eu já tava com pedaço de vara pronto pra ele apanhá mas ele veio e eu não tenho a coragem pois ele não parece nada bom.

— Hã? O quê? Ah! Antes de mais nada, acho que será melhor você não ser muito duro com o pobre homem. Não bata nele, Jupiter, ele não está na melhor forma. Mas será que você não consegue ter uma ideia do que causou esse adoecimento ou essa mudança de comportamento? Ocorreu algo desagradável desde a minha última visita?

— Não sinhô, não teve nada desgradável *desde* lá. Foi *antes*, eu tô achando, foi no dia que o sinhô foi de visita.

— Como? O que você quer dizer?

— Olha, sinhô, quero dizê o inseto, pois sim.

— O quê?

— O inseto. Eu tenho muita certeza que sinhô Will ganhô picada na cabeça daquele inseto de oro.

— E no que você se agarra, Jupiter, para uma conclusão dessas?

— Ele tem garra sim sinhô, e boca também. Nunca que eu vi um bicho maldito assim, ele chuta e morde tudo que ele chega perto. Sinhô Will prendeu ele primeiro, mas daí ele soltô ele bem logo, de verdade, foi daí que ele deve ter ganhado picada. Eu não gostei de olhá pra boca do bicho, jeito nenhum, daí não pego ele com meu dedo, mas seguro ele com pedaço de papel que eu achei, embrulho ele no papel e enfio um poco na boca dele, assim que foi.

– E você realmente pensa, então, que o seu patrão foi mordido pelo escaravelho, e que a mordida o deixou doente?

– Eu não penso nada disso. Eu sei isso. Por que ele só sonha tanto com inseto de oro, se não é que ele foi picado pelo inseto de oro? Eu já ouvi antes sobre esse inseto de oro.

– Mas como você sabe que ele sonha com ouro?

– Como que eu sei? É porque ele fala disso dormindo, assim como eu sei.

– Bem, Jup, talvez você esteja certo; mas a que boa circunstância devo atribuir a honra de uma visita sua hoje?

– Como é, sinhô?

– Você trouxe alguma mensagem do sr. Legrand?

– Não sinhô, eu tenho aqui essa carta.

E então Jupiter me entregou um bilhete em que se lia:

Meu caro,
   Por que não o vi mais por todo esse tempo? Espero que você não tenha sido tolo a ponto de se ofender com alguma *rispidez* minha; não, isso é improvável.

   Desde que nos vimos ganhei grandes motivos para me inquietar. Tenho algo para lhe contar, só que mal sei como fazê-lo, ou se deveria mesmo contar.

   Não tenho estado muito bem nos últimos dias, e o pobre Jup fica me aborrecendo, até o limite do suportável, com suas atenções bem-intencionadas. Outro dia ele arranjou uma vara comprida para me castigar (você acredita?), porque eu escapei de sua vigilância e passei o dia *sozinho* nas colinas do continente. Creio que minha aparência doentia me salvou do açoite.

   Não fiz nenhum acréscimo à minha coleção desde que nos encontramos.

   Se você puder vir de alguma maneira, se for conveniente, venha com Jupiter. *Venha*. Gostaria de vê-lo *hoje à noite*. O assunto é importante. Asseguro a você que é da *mais alta* importância.

Sempre seu,
William Legrand

Algo no tom do bilhete me causou grande desconforto. Tudo diferia substancialmente do estilo de Legrand. Com o que ele estaria sonhando? Que novo capricho dominava sua mente emotiva? Que "assunto da mais alta importância" *ele* poderia ter para compartilhar? Pelo relato de Jupiter, não seria de se esperar nada de bom. Eu receava que a contínua pressão dos infortúnios tivesse, por fim, desfigurado o raciocínio do meu amigo. Sem hesitar um momento, portanto, preparei-me para acompanhar o negro.

Chegando ao embarcadouro, notei, no chão do barco que íamos tomar, a presença de uma foice e de três pás, todas pareciam novas.

– Qual é o propósito disso tudo, Jup? – perguntei.

– Pá e foice do mestre, sinhô.

– É o que se vê, mas o que elas estão fazendo aqui?

– Pá e foice sinhô Will me pede a comprá pra ele na cidade, e elas custa um dinheiro do diabo que eu tive que pagá.

– Mas, por tudo que é misterioso neste mundo, o que o seu "sinhô Will" vai fazer com foices e pás?

– Daí é mais do que *eu* sei, e o diabo me leve se eu não acho que é mais do que sinhô Will sabe também. Mas é tudo coisa do inseto.

Vendo que eu não obteria nada satisfatório de Jupiter, cujo intelecto inteiro parecia absorvido pelo "inseto de ouro", entrei no barco e icei vela. Com vento forte e constante, logo fomos dar na pequena enseada ao norte do Forte Moultrie, e uma caminhada de uns três quilômetros nos levou até a cabana. Chegamos pelas três da tarde. Legrand nos esperava numa expectativa impaciente. Ele agarrou minha mão com uma *pressão* nervosa que me alarmou e que aumentou a suspeita que eu já alimentava. Seu semblante estava pálido, espectral, e seus olhos fundos emitiam um brilho esquisito. Depois de algumas indagações sobre sua saúde, perguntei, sem ter nada melhor para dizer, se ele retomara do tenente G... o escaravelho.

– Ah, sim – ele respondeu, corando violentamente –, peguei-o de volta na manhã seguinte. Nada me afastaria desse escaravelho. Você sabe que Jupiter tinha um tanto de razão a respeito dele?

– Em que sentido? – perguntei, com um pressentimento triste no coração.

– Na suposição de que seja de *ouro verdadeiro*.

Ele disse isso com um ar de profunda seriedade, e eu me senti indescritivelmente chocado.

– Esse inseto vai fazer minha fortuna – continuou, com um sorriso triunfante –, vai me reintegrar as posses da minha família. É de surpreender, então, que eu tenha apreço por ele? Já que a Fortuna decidiu confiá-lo a mim, é meu dever fazer uso apropriado dele, e assim vou chegar ao ouro para o qual ele aponta. Jupiter, traga aqui o escaravelho!

– Quê! O inseto, sinhô? Prefiro não incomodá aquele inseto. O senhor que vai pegá.

Aqui Legrand se levantou, com ar grave e imponente, e foi tirar o escaravelho de uma caixa de vidro em que estava encerrado. Era um escaravelho magnífico, desconhecido, à época, pelos naturalistas – sem dúvida um grande troféu num ponto de vista científico. Havia duas manchas negras redondas perto de uma extremidade das costas e uma mancha comprida perto da outra. As escamas eram extremamente duras e lustrosas, com toda a aparência de um ouro polido. O peso do inseto era notável, e, levando tudo em consideração, era difícil repreender Jupiter por sua opinião a respeito dele; quanto à concordância de Legrand com essa opinião, no entanto, eu não sabia, com todo o meu ser, o que pensar.

– Chamei você – disse ele, num tom grandiloquente, quando terminei de examinar o besouro –, chamei você para pedir conselho e assistência, para aprofundar considerações sobre o Destino e sobre o inseto...

– Meu caro Legrand – exclamei, interrompendo-o –, você certamente não está bem, e seria melhor que tomasse algumas pequenas precauções. Vá para a cama, eu fico com você por uns dias, até que supere isso. Você está febril e...

– Tome meu pulso – disse ele.

Assim fiz e, para dizer a verdade, não encontrei nem o mais leve indício de febre.

– Mas você pode estar doente mesmo sem ter febre. Permita que só desta vez eu lhe faça uma prescrição. Em primeiro lugar, vá para a cama. Em segundo...

– Você está enganado – ele interveio –, estou tão bem quanto poderia estar, na sofreguidão em que estou. Se você realmente me quer bem, vai me ajudar a aliviar esta sofreguidão.

– E como vou fazer isso?

– É simples. Jupiter e eu vamos fazer uma expedição pelas colinas, no continente, e nessa expedição vamos precisar da ajuda de uma pessoa em quem possamos confiar. É só com você que podemos contar. Mesmo que não tenhamos sucesso, a sofreguidão que agora você vê em mim vai se atenuar.

– Estou pronto a lhe prestar auxílio – respondi –, mas você está querendo dizer que esse besouro infernal tem alguma conexão com sua expedição pelas colinas?

– Ele tem.

– Então, Legrand, não vou tomar parte num procedimento tão absurdo.

– Eu sinto, sinto muito, porque teremos de tentar só nos dois.

– Só vocês dois! O homem com certeza está louco! Mas espere; por quanto tempo você pretende se ausentar?

– Talvez a noite inteira. Devemos partir imediatamente e estar de volta, aconteça o que acontecer, ao nascer do sol.

– E você vai me prometer, pela sua honra, que quando essa extravagância sua estiver terminada, e o assunto do inseto, por Deus!, resolvido a contento, você vai voltar para casa e seguir meus conselhos sem restrições, como se eu fosse seu médico?

– Sim, eu prometo. E agora vamos sair, porque não temos tempo a perder.

Acompanhei meu amigo com uma sensação ruim no coração. Saímos pelas quatro horas – Legrand, Jupiter, o cachorro e eu. Jupiter tinha com ele a foice e as pás – insistia em carregar tudo, mais por medo, me pareceu, de deixar uma das ferramentas perto de seu amo do que por algum excesso de zelo ou de complacência. Suas atitudes mostravam-se mais teimosas do que nunca, e "esse inseto maldito" eram as únicas palavras que saíam de seus lábios durante a jornada. De minha parte, eu carregava duas lanternas furta-fogo, ao passo que Legrand se contentava com o escaravelho, que levava preso na ponta de um cordão de chicote. Caminhava rodando o cordão, com ares de ilusionista. Quando observei essa última evidência da perturbação mental de meu amigo, estive perto de chorar. Pensei que seria melhor, no entanto, condescender com sua fantasia, pelo menos no momento ou até que eu pudesse adotar medidas mais enérgicas e efetivas. No meio-tempo eu me empenhava em sondar (em vão) qual seria o objetivo da expedição. Tendo obtido sucesso em me induzir a acompanhá-lo, ele parecia não ter interesse em conversar sobre tópicos de menor importância, e a todos os meus questionamentos não concedia resposta que não fosse apenas "veremos!".

Cruzamos a enseada na frente da ilha por meio de um esquife e, subindo os pontos altos da costa do continente, prosseguimos em direção noroeste, através de terrenos excepcionalmente selvagens e desolados, nos quais não se encontrava rastro nenhum de passagem humana. Legrand indicava o caminho com decisão, fazendo apenas pausas momentâneas, aqui e ali, para consultar o que pareciam ser pontos de referência que ele mesmo tivesse marcado no passado.

Desse modo, caminhamos por cerca de duas horas, e o sol estava se pondo quando ingressamos numa região ainda mais lúgubre do que as outras. Era uma espécie de platô, perto do cume de uma colina quase inacessível, fechada por mata da base até o pico, entremeada de rochedos enormes que aparentavam estar soltos no solo e, em muitos casos, só não se precipitavam vale abaixo porque contavam com o suporte das árvores em que se recostavam. Em várias direções, ravinas profundas deixavam o cenário ainda mais solene e austero.

A plataforma natural até a qual tínhamos escalado estava infestada de plantas espinhosas, pelas quais, logo descobrimos, jamais abriríamos passagem sem a foice; e Jupiter, orientado por seu amo, clareou caminho até o pé de um tulipeiro colossal, muito mais alto que os oito ou dez carvalhos que lhe faziam companhia na planície e, na beleza de sua folhagem, na ramificação ampla, na majestade de sua aparência, mais imponente que todas as árvores que eu já vira. Chegando perto da árvore, Legrand se virou para Jupiter e perguntou se ele achava que conseguiria subir nela. O velho pareceu um pouco estonteado pela pergunta, e por instantes não deu resposta. Por fim, se aproximou do vasto tronco, caminhou devagar em torno dele e o analisou com a máxima atenção. Ao terminar seu exame, limitou-se a dizer:

– Sim, sinhô, Jup sobe qualqué árvore que ele vê.

– Então se ponha lá em cima o quanto antes, porque logo estará escuro demais para podermos ver.

– Subo quanto, sinhô? – indagou Jupiter.

– Suba o tronco principal, primeiro, e aí eu digo por onde você pode ir. Aqui, espere! Leve o besouro com você.

– O inseto, sinhô Will! O inseto de oro! – gritou o negro, recuando com desgosto. – O quê que ele vai fazê em cima da árvore? Não levo, que diabo!

– Se você, Jup, um negro grande e forte como você, tem medo de segurar um besourinho morto e inofensivo, leve-o então neste cordão. Mas se você não der jeito de levá-lo de alguma maneira, eu me verei obrigado a dar com esta pá na sua cabeça.

– Que foi agora, sinhô? – disse Jup, claramente cedendo. – Sempre implicando com o nego velho. Tava só brincando. *Eu*, tê medo do inseto! Grande coisa esse inseto.

Jupiter pegou a ponta do cordão com bastante cuidado e, mantendo o inseto tão longe de si quanto as circunstâncias permitiam, preparou-se para escalar a árvore.

Quando jovem, o tulipeiro, ou o *liriodendron tulipiferum*, a mais magnífica das árvores de floresta da América, tem um tronco peculiarmente liso, e costuma alcançar grandes alturas sem ramificações laterais; em sua idade madura, no entanto, a casca se torna nodosa e irregular, e muitos galhos pequenos vão aparecendo no caule. Assim, neste caso, a dificuldade da escalada diz mais respeito à aparência do que à realidade. Abraçando o mais que podia o enorme corpo cilíndrico, as pernas abertas, as mãos agarrando algumas saliências, os pés descalços se apoiando em outras, Jupiter, depois de quase cair duas vezes, alçou-se até a primeira grande forquilha e pareceu considerar que o negócio todo estava virtualmente executado. Os *riscos* da façanha tinham de fato passado, embora seu protagonista estivesse a uns vinte metros do chão.

– Que caminho eu vô agora, sinhô Will? – ele perguntou.

– Vá pelo galho maior, o deste lado aqui – disse Legrand.

O negro o obedeceu de pronto, aparentemente sem maiores transtornos; ascendeu mais e mais alto, até que não se pôde mais ter vislumbre nenhum de sua figura agachada, envolvida pela densa folhagem. Logo a seguir sua voz se fez ouvir numa espécie de exclamação.

– Quanto mais que tem que avançá?

– Em que altura você está? – perguntou Legrand.

– Muito alto – respondeu o negro. – Dá pra vê o céu em cima da ponta da árvore.

– Esqueça o céu e preste atenção no que eu vou dizer. Olhe para o tronco e conte os galhos abaixo de você neste lado. Por quantos galhos você passou?

– Um, dois, três, quatro, cinco... Passei cinco galho grande nesse lado, sinhô.

– Então suba mais um galho.

Em poucos minutos a voz se fez ouvir de novo, anunciando que o sétimo galho fora alcançado.

– Agora, Jup – gritou Legrand, mostrando grande excitação –, quero que você dê um jeito de avançar por esse galho o máximo que puder. Se enxergar alguma coisa estranha, me avise.

A essa altura já estavam liquidadas quaisquer dúvidas que eu ainda tivesse quanto à insanidade do meu amigo. Não havia como não concluir que ele fora acometido por alguma demência, e levá-lo para casa passou a ser minha maior preocupação. Enquanto eu pensava em como agir, a voz de Jupiter se fez ouvir mais uma vez.

– Muito medo de me arriscá mais pra frente nesse galho. Galho bem morto.

– Você disse que o galho está *morto*, Jupiter? – gritou Legrand, com voz trêmula.

– Sim sinhô, morto que nem pedra, acabado com certeza, sem nem sinal de vida.

– Céus, o que eu vou fazer? – indagou Legrand, na maior aflição possível.

– O que fazer! – eu disse, feliz pela oportunidade de fazer uma sugestão. – Voltar para casa e ir para a cama. Vamos lá, faça a coisa certa. Está ficando tarde. Lembre o que você me prometeu.

– Jupiter – ele gritou, sem me dar a menor atenção –, você está me ouvindo?

– Tô sim, sinhô Will.

– Examine bem a madeira, então, com sua faca, e veja se ela está *muito* podre.

– Madera podre, sinhô, com muita certeza – retrucou o negro instantes depois –, mas não tão podre quanto podia. Posso me arriscá sozinho um pouco mais pra frente no galho, de verdade.

– Sozinho! Como assim?

– O inseto, ora. Esse *pesadão* desse inseto. Eu podia largá ele pra baixo primeiro, e daí o galho não vai quebrá com o peso dum nego só.

– Patife do inferno! – gritou Legrand, parecendo mais aliviado. – O que você quer dizendo uma bobagem dessas? Deixe o escaravelho cair e eu quebro o seu pescoço. Olhe aqui, Jupiter, você está me ouvindo?

– Sim sinhô, não precisa gritá com o pobre nego desse jeito.

– Muito bem! Ouça! Se você avançar nesse galho até onde achar seguro, vai ganhar um dólar de prata assim que descer.

– Tô indo, sinhô Will, tô sim – retrucou o negro de imediato –, bem pra ponta agora.

– *Bem pra ponta*! – exclamou com força Legrand. – Você está dizendo que vai alcançar o fim do galho?

– Logo eu tô no fim, sinhô... Aaaahh! Deus-tem-piedade! O que é *isso* aqui na árvore?

– Pois bem! – gritou Legrand, com grande satisfação. – O que é?

– Olha, nada mais que uma cavera. Alguém botô a cabeça em cima da árvore e os corvo comeram a carne todinha dela.

– Uma caveira! Muito bem, como ela está presa no galho? O que segura a caveira no galho?

– Certo, sinhô, vamo vê. Olha uma circustância curiosa, dô minha palavra: tem um enorme dum prego na cavera, isso que segura ela na árvore.

– Pois agora, Jupiter, faça exatamente o que vou dizer, está ouvindo?

– Sim sinhô.

– Então preste atenção: identifique o olho esquerdo da caveira.

– Hmm! Ooh! Essa é boa! Não ficô olho nenhum na cavera.

– Deixe de ser idiota! Você sabe qual é a sua mão esquerda e qual é a direita?

– Sei sim, sei bem sobre isso, é a minha mão esquerda que eu racho a madera.

– Para termos certeza: você usa a mão esquerda, e seu

olho esquerdo fica no lado em que está sua mão esquerda. Agora, acho, você pode identificar o olho esquerdo da caveira, ou o lugar onde costumava ficar o olho esquerdo. Identificou?

Aqui houve uma longa pausa. Por fim o negro perguntou:

– O olho esquerdo da cavera tá no mesmo lado que a mão esquerda da cavera também? Porque a cavera não tem nada de mão nenhuma... não faz mal! Eu sei o olho esquerdo agora, aqui ele tá! Fazê o quê com ele?

– Deixe o besouro descer através dele até onde a corda chegar, mas cuide para não deixar cair a corda.

– Tudo feito, sinhô Will. Fácil demais de enfiá o inseto pelo dentro do buraco... Procura ele aí debaixo!

Durante esse diálogo a figura de Jupiter permaneceu completamente fora de vista; mas o escaravelho, que ele conseguira fazer descer, estava visível agora na ponta da corda, e resplandecia como ouro polido nos últimos raios do sol poente, alguns dos quais iluminavam de leve, ainda, a elevação em que nos encontrávamos. O escaravelho pendia num espaço livre de galhos e, se caísse, cairia aos nossos pés. Legrand pegou a foice sem perder tempo e abriu com ela um espaço circular, de uns três metros de diâmetro, bem abaixo do inseto. Feito isso, ordenou a Jupiter que soltasse a corda e descesse da árvore.

Com grande precisão, meu amigo cravou uma estaca no chão bem no ponto em que o besouro caiu, e então tirou do bolso uma trena. Prendendo uma extremidade dela no ponto do tronco que mais se aproximava do marco, ele a desenrolou até a estaca e a partir dali, na direção já estabelecida pelos pontos da árvore e da estaca, puxou-a até uma distância de dezesseis metros – enquanto Jupiter ia clareando o espinhal com a foice. Uma segunda estaca foi cravada no ponto a que Legrand chegou e em torno dele se descreveu um círculo rudimentar de cerca de um metro de diâmetro. Empunhando uma pá e entregando outra para Jupiter e outra para mim, Legrand pediu que cavássemos com a maior rapidez possível.

Para falar a verdade, nunca tive grande inclinação para divertimentos dessa espécie, e naquele momento em particular teria rejeitado o convite com determinação, pois a noite estava chegando e eu me sentia exausto de tanta atividade física; mas não via como escapar, e temia perturbar a serenidade do meu pobre amigo com uma recusa. Se pudesse contar com a ajuda de Jupiter, eu não teria hesitado em tentar arrastar o lunático para casa à força; mas a disposição de ânimo do velho negro era evidente, e não havia esperança alguma de que ele fosse ficar do meu lado numa confrontação com o seu amo. Eu já tinha certeza de que este último estava contaminado por alguma das inumeráveis superstições, típicas do Sul, sobre dinheiro enterrado, e de que sua fantasia fora confirmada pela descoberta do escaravelho, ou, talvez, pela obstinação com que Jupiter dizia que se tratava de um "inseto de ouro verdadeiro". Uma mente com tendência à insanidade é facilmente vencida por sugestões desse tipo – ainda mais quando sugestões e ideias preconcebidas se combinam; então me veio à mente a declaração do pobre homem de que o besouro iria "fazer sua fortuna". A soma de tudo me deixou incomodado e confuso, mas por fim decidi fazer da necessidade uma virtude – cavar com vontade para convencer o visionário, por demonstração ocular, da falácia de suas convicções.

Acesas as lanternas, todos nos lançamos ao trabalho com um zelo digno de uma causa mais racional; e, no clarão que incidia sobre nós e sobre as ferramentas, não pude deixar de pensar que formávamos um grupo muito pitoresco, e que nossa atividade pareceria muito estranha e suspeita a um intruso que topasse conosco por acaso.

Cavamos no mesmo ritmo por duas horas. Pouco se disse; nosso maior estorvo eram os ganidos do cão, que demonstrava interesse excessivo em nossos procedimentos. Seu estrépito se tornou tão alarmante que passamos a temer que algum caminhante das redondezas pudesse ser atraído por ele – ou melhor, esse era o medo de Legrand; quanto a mim, qualquer interrupção que me permitisse levar o errante para casa seria um regozijo. Por fim, o ruído foi silenciado com muita eficiência por Jupiter, que, saindo do buraco com deliberação feroz, amarrou o focinho do animal com um de seus suspensórios e então retomou sua tarefa, dando uma risada seca.

Quando o tempo mencionado expirou, tínhamos atingido uma profundidade de um metro e meio, e não se via nenhum sinal de tesouro. Seguiu-se uma boa pausa, e comecei a acreditar que a farsa estava chegando ao fim. Legrand, no entanto, apesar de seu desconcerto evidente, limpou a testa com calma e recomeçou. Tínhamos escavado todo o círculo de um metro de diâmetro, e agora alargamos um pouco o limite e avançamos mais meio metro para baixo. Mais uma vez, nada apareceu. O caçador de ouro, por quem eu sinceramente me compadecia, saiu por fim do fosso, com as feições tomadas pelo desapontamento mais amargo, e, lento e relutante, foi vestir seu casaco, que ele havia tirado no início do trabalho. Nesse meio-tempo não abri a boca. Jupiter, a um sinal de seu patrão, começou a recolher os instrumentos. Feito isso, com o cachorro já livre da focinheira, dirigimo-nos em profundo silêncio para casa.

Tínhamos dado, talvez, doze passos nessa direção quando, praguejando alto, Legrand voou até Jupiter e o agarrou pela gola. O estupefato negro abriu os olhos e a boca o mais que podia, deixou cair as pás e ficou de joelhos.

– Seu miserável! – disse Legrand, cuspindo as sílabas por entre os dentes cerrados. – Patife preto infernal! Fale, vamos! Responda neste instante, sem rodeios! Qual? Qual é o seu olho esquerdo?

– Ai meu Deus, sinhô Will! Não é esse meu olho esquerdo com certeza? – berrou Jupiter, aterrorizado, colocando a mão direita sobre seu órgão de visão *direito*, e mantendo-a no lugar com uma obstinação desesperada, como que apavorado com a possibilidade de que o amo fosse arrancar o seu olho.

— Bem que pensei! Eu sabia! Viva! – vociferou Legrand, soltando o negro e executando uma série de saltinhos e curvetas, para grande estupefação de seu criado, que, pondo-se de pé, mudo, olhava ora para mim, ora para o seu patrão.

— Venham! Precisamos voltar! – disse Legrand. – O jogo ainda não acabou – e de novo nos levou para o tulipeiro.

— Jupiter – ele disse, quando chegamos ao pé da árvore –, venha aqui! A caveira estava pregada ao galho com o rosto virado para o galho ou para cima?

— O rosto tava pra cima, sinhô, pros corvo chegá nos olho fácil, sem nenhum problema.

— Bem, e foi através deste olho ou do outro que você jogou o besouro? – Legrand, aqui, tocou os dois olhos de Jupiter.

— Foi esse olho aqui, sinhô, o olho esquerdo, bem como sinhô me falô – e aqui foi o olho direito que o negro indicou.

— Já basta. Vamos tentar outra vez.

Então meu amigo, em cuja loucura eu agora via, ou imaginava que via, certos indícios de método, transferiu a estaca que marcava o lugar em que o besouro caíra para um ponto a uns dez centímetros na direção oeste. Levando a trena, agora, até o ponto do tronco que mais se aproximava da estaca, como antes, e estendendo a fita em linha reta até uma distância de dezesseis metros, fez um novo marco, afastado vários metros do ponto em que estivéramos cavando.

Em torno dessa nova posição riscamos um círculo, um pouco maior do que o anterior, e de novo nos lançamos ao trabalho com as pás. Eu estava muito cansado, mas, sem compreender bem o que havia alterado minha maneira de pensar, não sentia mais muita aversão ao trabalho forçado. Eu me vi inexplicavelmente interessado – mais do que isso, até empolgado. Talvez houvesse algo na conduta extravagante de Legrand – algum ar de premeditação, de deliberação – que me impressionasse. Cavei com ímpeto, e aqui e ali cheguei a me surpreender procurando, com algo que só podia ser expectativa, pelo tesouro imaginário cuja visão enlouquecera meu desafortunado companheiro. A certa altura, quando essas fantasias ocupavam com mais força do que nunca o meu pensamento, e quando já estávamos trabalhando havia talvez uma hora e meia, mais uma vez fomos interrompidos pelos violentos uivos do cachorro. Sua inquietação, na primeira ocasião, evidentemente não passara de brincadeira ou capricho, mas agora sua entonação era mais séria e áspera. Ele ofereceu furiosa resistência à tentativa de Jupiter de amordaçá-lo e, pulando para dentro do buraco, remexeu a terra freneticamente com suas garras. Em segundos desenterrou uma boa quantidade de ossos humanos, que formavam dois esqueletos completos e entre os quais se viam vários botões metálicos e restos do que parecia ser tecido de lã decomposto. Uns dois golpes de pá trouxeram à tona a lâmina de uma grande adaga espanhola, e à medida que fomos cavando vieram à luz três ou quatro fragmentos esparsos de moedas de ouro e de prata.

A alegria de Jupiter com a descoberta das peças mal podia ser contida, mas a fisionomia de seu amo expressava um ar de desapontamento extremo. Ele nos instou, contudo, a prosseguir com empenho, e sequer trocamos palavras quando tropecei e caí para a frente depois de prender a ponta da bota numa grande argola de ferro, ainda enterrada pela metade.

Agora trabalhávamos com a maior determinação, e nunca em minha vida passei dez minutos em excitação tão intensa. Nesse intervalo, já tínhamos desenterrado por completo um baú retangular de madeira que, pelo estado de preservação notável e pela solidez assombrosa, claramente havia sofrido algum processo de mineralização – talvez por ação do bicloreto de mercúrio. A caixa tinha um metro de comprimento, noventa centímetros de largura e 75 centímetros de altura. Era firmada por tiras rebitadas de ferro trabalhado que formavam uma espécie de treliça aberta em todo o conjunto. Em cada lado do baú, perto da tampa, havia três argolas de ferro – seis no total – por meio das quais ele podia ser erguido com firmeza por seis pessoas. Nossos maiores esforços não fizeram mais do que mover a arca muito de leve em seu leito. De imediato vimos que seria impossível remover um peso tão grande. Por sorte, as presilhas da tampa se restringiam a duas travas de correr. Puxamos as travas – tremendo e ofegando de ansiedade. Num instante, um tesouro de valor incalculável cintilava diante de nós. Os raios das lanternas iluminavam o chão do fosso, e uma incandescência de luz e brilho, deslumbrante aos nossos olhos, projetou-se de um amontoado confuso de ouro e de joias.

Não tenho a pretensão de descrever os sentimentos que experimentei. Perplexidade era, claro, um sentimento predominante. Legrand parecia exausto de tanta excitação, e pouco dizia. O semblante de Jupiter se cobriu, por alguns minutos, da palidez mais cadavérica que pudesse transparecer, pela natureza das coisas, no rosto de um negro. Ele parecia estupefato – atingido por um raio. Num instante caiu de joelhos no fosso e, enterrando os braços nus até os cotovelos no ouro, deixou-os afundados ali, como que desfrutando o conforto de um banho. Por fim, com um suspiro profundo, exclamou, falando consigo:

– Tudo isso vem do inseto de oro! O lindo do inseto de oro! O pobrezinho do inseto de oro, que eu maltratei com a minha raiva! Nego não tá com vergonha não? Me diz!

Foi necessário, finalmente, que eu alertasse tanto o amo quanto o criado sobre a conveniência de remover o tesouro. Estava ficando tarde e convinha que nos empenhássemos para levar tudo para casa antes do raiar do dia. Era difícil definir o que devia ser feito, e muito tempo foi gasto em deliberações – de tão confusas que estavam nossas ideias. Afinal aliviamos o peso da caixa, retirando dois terços de seu conteúdo, e então conseguimos, com alguma dificuldade, tirá-la do buraco. As peças retiradas foram depositadas entre a vegetação, e ao cão coube zelar por elas, sob ordens de Jupiter de que não deveria, em hipótese alguma, nem se mexer do lugar e nem abrir a boca até que voltássemos. Então tomamos às pressas o caminho de casa; chegamos à cabana em segurança, mas depois de labuta pesada, à uma da manhã. Esgotados como estávamos, era humanamente impossível que fizéssemos qualquer outro esforço de imediato. Descansamos por uma hora e jantamos; partimos para as colinas logo a seguir, empunhando três sacos grossos que, para nossa sorte, estavam à disposição na casa. Chegamos ao fosso um pouco antes das quatro, dividimos entre nós o restante das peças em partes mais ou menos iguais e, deixando os buracos como estavam, tomamos de novo o caminho da cabana, na qual outra vez depositamos nossas cargas de ouro – no momento em que os fracos feixes de luz do amanhecer começavam a raiar por entre os topos das árvores.

Estávamos fisicamente destroçados, mas a intensa excitação da experiência nos negava repouso. Depois de um sono inquieto que durou três ou quatro horas, levantamo-nos como se tivéssemos combinado algo de antemão e fomos examinar nosso tesouro.

O baú transbordava de riquezas quando o desenterramos, de modo que passamos o dia todo, e uma grande parte do dia seguinte, averiguando seu conteúdo. Seu arranjo não obedecera nenhuma espécie de ordem. Tudo fora amontoado promiscuamente. Tendo agrupado tudo com cuidado, vimos que estávamos em posse de uma fortuna ainda mais vasta do que supusemos de início. Em moeda, havia bem mais do que 450 mil dólares – estimamos o valor das peças, com a maior precisão possível, pelas cotações da época. Não havia uma partícula de prata sequer. Era tudo ouro antigo, muito variado – dinheiro francês, espanhol e alemão, guinéus ingleses e algumas moedas de uma espécie que jamais víramos. Havia várias moedas muito grandes e pesadas, tão gastas que não podíamos ter nenhuma ideia do que diziam suas inscrições. Não havia moeda americana. O valor das joias foi mais difícil de estimar. Havia diamantes, alguns deles extremamente grandes e refinados, 110 no total, nenhum deles pequeno; dezoito rubis de notável brilho; 310 esmeraldas, todas belíssimas; 21 safiras e uma opala. Todas essas pedras tinham sido arrancadas de seus engastes e atiradas a esmo no baú. Os engastes que encontramos entre o ouro pareciam ter sido batidos com martelos, como que para evitar identificação. Além de tudo isso havia uma vasta quantidade de ornamentos de ouro maciço; imponentes brincos e anéis, quase duzentos; opulentas correntes, trinta delas, se bem me lembro; 83 crucifixos enormes, pesados; cinco incensórios de ouro de grande valor; uma prodigiosa tigela de poncho dourada, ornada com folhas de videira suntuosamente gravadas e figuras de bacantes; dois punhos de espada trabalhados primorosamente e muitos outros artigos menores dos quais não me lembro. O peso dessas peças excedia 150 quilos e, nessa estimativa, não incluí 197 soberbos relógios de ouro, três dos quais valiam quinhentos dólares cada, no mínimo. Muitos deles eram velhos demais, tinham as engrenagens mais ou menos arruinadas pela corrosão e não serviriam para marcar o tempo – mas todos eram ornados com joias e tinham estojos muito valiosos. Calculamos naquela noite que todo o conteúdo do baú valia um milhão e meio de dólares, e depois da classificação subsequente de adornos e joias (separamos algumas dessas peças para nosso próprio uso) descobrimos que o tesouro valia muito mais.

Quando concluímos, por fim, nossa avaliação, a intensa exaltação que havíamos vivenciado tinha em certa medida diminuído, e Legrand, percebendo que eu morria de impaciência para ver solucionado o extraordinário enigma, começou a fazer um relato detalhado de todas as circunstâncias da história.

– Você deve se lembrar – disse ele – da noite em que lhe mostrei o esboço que fiz do escaravelho. Você também recorda que me irritei com sua insistência em dizer que o meu desenho lembrava uma caveira. Quando você fez essa afirmação eu pensei que era zombaria; mas em seguida me vieram à lembrança as peculiares manchas no dorso do inseto, e passei a admitir que sua asseveração tinha um pouquinho de fundamento. Mesmo assim, a galhofa com minhas habilidades gráficas me aborrecia (porque me tomam por bom artista) e, por isso, quando você me devolveu o fragmento de pergaminho, eu estava a ponto de amassá-lo e jogá-lo com raiva no fogo.

– O fragmento de papel, você quer dizer – falei.

– Não; a aparência era de papel, e de início supus que fosse mesmo papel, mas quando fui desenhar nele descobri de imediato que era um pedaço de um velino muito fino. Estava bem sujo, como você lembra. Bem, minhas mãos estavam prontas para amassá-lo quando meu olhar passou pelo esboço que você estivera observando, e não é difícil imaginar o assombro que senti quando identifiquei, de fato, a figura de uma caveira exatamente onde, me parecia, eu tinha desenhado o besouro. Por um momento fiquei pasmo demais para pensar com clareza. Eu sabia que meu desenho era diferente daquilo em muitos detalhes, embora houvesse uma certa semelhança nos contornos. Virando o pergaminho, vi meu próprio esboço no reverso, bem como eu o fizera. Minha primeira sensação, agora, era de pura surpresa diante da similaridade dos contornos, diante da coincidência singular que havia no fato de que, sem meu conhecimento, havia uma caveira no outro lado do pergaminho, exatamente embaixo da minha figura do escaravelho, e de que essa caveira, não apenas na aparência geral, mas também no tamanho, tivesse tanta semelhança com meu desenho. Como eu disse, a peculiaridade da coincidência me deixou absolutamente estupefato por um tempo. É o efeito usual de coincidências desse tipo. A mente se esforça para estabelecer uma conexão, uma sequência de causa e efeito, e, sendo incapaz de fazê-lo, passa por uma espécie de paralisia temporária. Porém, quando me recuperei do estupor, ganhou força em meu pensamento uma convicção ainda mais espantosa do que a coincidência. Comecei a lembrar com muita clareza que não havia nenhum *desenho* no pergaminho quando fiz meu esboço do escaravelho. Eu tinha certeza absoluta; pois lembrava ter examinado primeiro um lado e depois o outro para utilizar o que estivesse menos sujo. É obvio que a caveira não poderia passar despercebida se ela estivesse ali. Para mim era um mistério impossível de explicar; no entanto, mesmo naquele primeiro momento, parecia tremeluzir, nos recessos mais secretos e escuros do meu pensamento, como um vaga-lume, um indício da verdade que a nossa aventura confirmou de forma tão magnífica. Levantei-me, guardei o pergaminho em lugar seguro e decidi que voltaria a refletir sobre o assunto só quando estivesse sozinho.

"Quando você já tinha partido – prosseguiu Legrand – e Jupiter já estava em sono alto, pude me lançar numa investigação mais metódica. Em primeiro lugar, atentei para a maneira com que o pergaminho chegara às minhas mãos. O local em que encontramos o escaravelho ficava na costa do continente, mais ou menos um quilômetro e meio a leste da ilha, e pouco acima do nível do mar. Quando peguei o escaravelho, ele me deu uma picada dolorida e o deixei cair. Jupiter, com a precaução de costume, antes de apanhar o inseto, que voara até ele, procurou em volta de si por algo, como uma folha, com que pudesse segurá-lo entre os dedos. Foi nesse instante que seus olhos, e os meus também, localizaram o fragmento de pergaminho, que na hora julguei ser papel. Estava meio enterrado, com uma ponta fora da areia. Perto dali notei a presença da carcaça do que parecia ter sido um dia o escaler de um navio. A embarcação naufragada devia estar ali havia muitos e muitos anos, pois não restava nela quase nada que fosse reconhecível. Bem, Jupiter recolheu o pergaminho, embrulhou o besouro e o entregou para mim. Logo a seguir fomos para casa, e no caminho encontramos o tenente G., para quem mostrei o inseto. G. implorou para levar o besouro consigo para o forte. Com meu consentimento, ele o enfiou sem demora no bolso do colete, sem o embrulho do pergaminho, que segurei enquanto G. fazia seu exame. Quem sabe ele temeu que eu fosse mudar de ideia e tratou de assegurar a posse do troféu o quanto antes; você sabe como ele se entusiasma com tudo que diz respeito à história natural. Ao mesmo tempo, num movimento involuntário, devo ter colocado o pergaminho em meu próprio bolso.

"Você lembra – continuou meu amigo – que quando sentei à mesa com a intenção de desenhar o besouro não encontrei nada onde costumo guardar papel. Procurei na gaveta e nada achei. Examinei meus bolsos, esperando encontrar alguma carta velha, e minha mão tocou o pergaminho. Estou detalhando em minúcias de que maneira ele chegou a mim, porque as circunstâncias me impressionaram com uma força especial. Você vai pensar que era pura fantasia, sem dúvida, mas eu já tinha estabelecido uma espécie de *conexão*. Eu unira dois elos de uma grande corrente. Havia um barco naufragado na costa do mar, e não longe do barco havia um pergaminho (*não um papel*) com uma caveira representada nele. Você vai perguntar, é claro, "onde está a conexão?". Respondo-lhe que a caveira é o reconhecido emblema dos piratas. A bandeira com a caveira é içada em todos os combates. Como eu disse, o fragmento era de pergaminho, e não de papel. O pergaminho é duradouro, quase imperecível. Questões de pouca importância quase nunca são confiadas ao pergaminho, já que para o propósito ordinário de desenhar ou escrever ele não serve tão bem quanto o papel. Essa reflexão sugeriu que havia algum significado, alguma relevância, na caveira. Também não deixei de dar atenção à *forma* do pergaminho. Embora um de seus cantos tivesse sido destruído por algum acidente, era visível que a forma original era retangular. Era uma peça meio comprida, que bem poderia ter sido escolhida para um memorando, para o registro de algo que deveria ser lembrado e cuidadosamente preservado por muito tempo."

– Mas você está dizendo – interrompi – que a caveira *não* aparecia no pergaminho quando você fez o desenho do besouro. De que maneira, então, você identifica qualquer conexão entre o barco e a caveira, já que esta, segundo você mesmo admite, deve ter sido desenhada (sabe Deus como ou por quem) em algum momento subsequente ao seu esboço do escaravelho?

– Ah, é a partir daqui que se esclarece todo o mistério, se bem que, a essa altura, eu já tivesse muito menos dificuldade em resolver o enigma. Meus passos eram firmes e só poderiam alcançar um único ponto de chegada. Eu raciocinava, por exemplo, assim: quando rabisquei o escaravelho, não aparecia caveira nenhuma no pergaminho. Quando lhe entreguei o desenho, não tirei os olhos de você até pegá-lo de volta. *Você*, portanto, não desenhou a caveira, e não havia ninguém mais ali que pudesse tê-la desenhado. Não foi obra de ação humana. Mas a caveira foi feita. Nesse estágio das minhas reflexões fiz esforço para lembrar, e *consegui* lembrar, com clareza absoluta, cada acontecimento que se passou nesse período. Fazia frio (ah, que acaso raro e feliz!), e um fogo queimava na lareira. Eu estava aquecido pelo exercício recente e sentei perto da mesa. Você, no entanto, tinha puxado uma cadeira para perto do calor. Quando entreguei o pergaminho em suas mãos e você ia começar a examiná-lo, Wolf, o terra-nova, entrou e pulou nos seus ombros. Com a mão esquerda você a acariciou e o afastou um pouco, enquanto sua mão direita, que segurava o pergaminho, pendeu frouxa entre os joelhos, bem próxima do fogo. A certa altura pensei que a chama tivesse alcançado o fragmento, e estava prestes a alertá-lo, mas antes que eu pudesse falar você já tinha erguido de novo a mão e começado a fazer sua avaliação. Quando considerei todos esses incidentes, não duvidei nem por um minuto de que o *calor* havia sido o responsável por trazer à luz, no pergaminho, a caveira que eu via desenhada nele. Você tem perfeita noção de que existem, há mais tempo que se possa imaginar, preparações químicas com as quais se pode escrever tanto em papel quanto em velino de modo que as letras só se tornem visíveis quando sujeitas à ação do fogo. Pode-se usar óxido de cobalto, preparado com água-régia e diluído em quatro vezes seu volume de água. O resultado é uma tinta verde. O régulo do cobalto, dissolvido em solução de salitre, dá uma tinta vermelha. Essas cores desaparecem em intervalos de tempo variáveis depois que o material em que se escreveu esfria, mas voltam a aparecer quando expostas ao calor.

"Eu examinava a caveira com cuidado agora – continuou Legrand. – Os traços mais próximos da extremidade do velino estavam bem mais *distintos* do que os outros. Estava claro que a ação do calor fora imperfeita ou desigual. Imediatamente acendi um fogo e submeti todo o pergaminho ao calor das chamas. De início, o único efeito que obtive foi o reforço das linhas menos visíveis da caveira; prosseguindo com o experimento, contudo, tornou-se aparente, no canto diagonalmente oposto àquele em que estava delineada a caveira, uma figura que primeiro supus ser um bode. Uma observação mais atenta, entretanto, revelou que a figura representava um cabrito."

– Ha, ha! – interrompi. – É certo que não tenho direito de rir de você (um milhão e meio de dólares não são motivo de troça), mas assim não pode haver um terceiro elo na sua corrente. Você não vai encontrar nenhuma conexão especial entre os seus piratas e um bode; piratas, você sabe, não têm nada a ver com bodes; bodes pertencem ao ramo da agricultura.

– Mas acabei de dizer que a figura *não* era um bode.

– Bem, que fosse um cabrito então; praticamente a mesma coisa.

– Praticamente, mas não a mesma coisa – disse Legrand. – Você já deve ter ouvido falar do Capitão Kidd. Logo tomei a figura do *cabrito* [kid] como uma espécie de trocadilho ou assinatura cifrada. Digo assinatura porque sua posição no pergaminho sugeria essa ideia. A caveira do canto oposto tinha, do mesmo modo, uma aparência de estampa ou de selo. Mas eu estava transtornado pela ausência de todo o resto, do corpo do meu instrumento imaginário, do texto no meu contexto.

– Presumo que você esperava encontrar uma carta entre a estampa e a assinatura.

– Algo do tipo. O fato é que eu me sentia irresistivelmente afetado pelo pressentimento de que uma bela e vasta fortuna pairava sobre mim. Mal posso dizer por quê. Talvez, na verdade, fosse mais um desejo do que uma convicção real. Mas você imagina que as tolas ideias de Jupiter, de que o inseto era de ouro puro, exerceram um efeito fora do comum nas minhas fantasias? E depois a série de incidentes e coincidências; era tudo *tão* extraordinário. Você se dá conta do acaso de que todos esses eventos ocorreram no *único* dia de todo o ano que foi ou podia ser frio o bastante para exigir um fogo, e que sem a intervenção do cachorro no momento exato eu jamais teria tomado conhecimento da caveira, e portanto jamais tomaria posse do tesouro?

– Prossiga. Sou todo impaciência.

– Bem. Você já ouviu, com certeza, as inúmeras histórias que correm por aí, os mil rumores vagos que circulam fazendo referência a dinheiro que foi enterrado, em algum ponto da costa do Atlântico, por Kidd e seus companheiros. Esses rumores devem ter tido algum fundamento. E o fato de que os rumores existiam há tanto tempo e permanecessem sempre circulando só podia ser explicado pela circunstância de que o tesouro *continuasse* sepultado. Se Kidd tivesse escondido sua pilhagem por um tempo e a resgatado depois, os rumores dificilmente teriam nos alcançado em seu padrão uniforme atual. Observe que as histórias dão conta de caçadores de dinheiro, e não de descobridores de dinheiro. Se o pirata tivesse recuperado seu dinheiro, o assunto estaria encerrado. Parecia a mim que algum acidente, digamos que a perda de um memorando que indicava a localização, tivesse privado Kidd dos meios para resgatar o tesouro, e que esse acidente tivesse chegado ao conhecimento de seus seguidores, que de outra maneira nunca teriam sequer ouvido falar que o tesouro fora escondido, e que os seguidores, empregando esforços para resgatá-lo (em tentativas vãs, pela falta de um guia), tivessem originado e com isso espalhado em grande escala os boatos que hoje são tão comuns. Você já ouviu falar de algum tesouro importante sendo desenterrado ao longo da costa?

– Nunca.

– Que Kidd acumulou riquezas imensas, todos sabem. Eu estava seguro, por isso, de que elas continuavam enterradas; e você nem vai ficar surpreso quando eu lhe contar que senti uma esperança, quase certeza, de que o pergaminho, encontrado em circunstâncias tão estranhas, dizia respeito a um registro perdido do local do esconderijo.

– Mas como você procedeu?

– Aproximei o velino do calor outra vez, depois de reanimar o fogo, mas nada apareceu. Pensei que a sujeira do material pudesse ter algo a ver com meu fracasso: então lavei o pergaminho cuidadosamente, derramando água morna sobre ele, e, feito isso, coloquei-o dentro de uma frigideira de latão, com a caveira virada para baixo, e botei a frigideira sobre uma fornalha com carvão aceso. Em alguns minutos, com a frigideira já bastante aquecida, retirei o fragmento e, para minha indescritível felicidade, ele estava pontilhado, em vários lugares, pelo que pareciam ser figuras ordenadas em linhas. Coloquei-o na frigideira de novo e o deixei aquecer por mais um minuto. Quando o tirei, ele já mostrava tudo que você pode ver agora.

Aqui Legrand submeteu o pergaminho, reaquecido, à minha análise. Os seguintes caracteres estavam rudemente traçados, em tinta vermelha, entre a caveira e o bode:

5 3 ‡ ‡ + 3 0 5)) 6 * ; 4 8 2 6) 4 ‡ .) 4 ‡) ;
8 0 6 * ; 4 8 + 8 q 6 0)) 8 5 ; 1 ‡ (; : ‡ * 8 +
8 3 (8 8) 5 * + ; 4 6 (; 8 8 * 9 6 * ? ; 8) * ‡ (; 4 8 5) ;
5 * + 2 : * ‡ (; 4 9 5 6 * 2 (5 * — 4) 8 q 8 * ;

4 0 6 9 2 8 5) ;) 6 + 8) 4 ⊤⊤ ; 1 (⊤ 9 ; 4 8 0 8 1 ;
8 : 8 ⊤ 1 ; 4 8 + 8 5 ; 4) 4 8 5 + 5 2 8 8 0 6 * 8 1 (⊤ 9 ;
4 8 ; (8 8 ; 4 (⊤ ? 3 4 ; 4 8) 4 ⊤ ; 1 6 1 ; : 1 8 8 ; ⊤ ? ;

– Mas estou mais no escuro do que nunca – eu disse, devolvendo-lhe o fragmento. – Se todas as joias de Golconda* fossem o meu prêmio pela solução desse enigma, tenho certeza de que não conseguiria obtê-las.

– E no entanto – disse Legrand –, a solução não é de maneira alguma tão difícil quanto o exame apressado dos caracteres pode levá-lo a acreditar. Esses caracteres, como qualquer um pode logo adivinhar, formam uma cifra, ou seja, transmitem um significado; porém, pelo que se sabe de Kidd, não seria de se esperar dele a capacidade de criar criptogramas complexos. Concluí de imediato que esta era uma cifra do tipo mais simples, que aos olhos simplórios de um marinheiro, no entanto, pareceria absolutamente indecifrável sem o código.

– E você o decifrou?

– Já sem dificuldade; decifrei criptogramas dez mil vezes mais complexos. Circunstâncias da vida e uma certa inclinação de temperamento me fizeram ter profundo interesse por tais charadas, e sempre se pode duvidar de que o engenho humano possa criar um enigma que o engenho humano não consiga, com o empenho necessário, resolver. Na verdade, depois de ter identificado letras conectadas e legíveis, nem cheguei a pensar em ter qualquer dificuldade para descobrir o significado da mensagem. Neste caso, e em todos os casos de escrita em código, a primeira questão é considerar a *linguagem* da cifra; pois os fundamentos da solução, especialmente no que diz respeito aos códigos mais simples, são variáveis e dependem das características de cada idioma. Em geral, não há alternativa para o decifrador a não ser testar, a partir de probabilidades, cada língua que ele conhece. Na cifra que temos conosco, porém, a assinatura

---

* Antiga cidade indiana, célebre por seus diamantes. (N.T.)

elimina todas as dificuldades. O trocadilho com a palavra "Kidd" sucede apenas na língua inglesa. Não fosse essa consideração, eu teria iniciado minhas tentativas pelo espanhol e pelo francês, que são as línguas em que um pirata do Caribe costuma escrever. Graças ao trocadilho, concluí que o criptograma estava escrito em inglês.

"Observe – prosseguiu – que não há divisões entre palavras. Com divisões a tarefa teria sido muito mais fácil. Se fosse esse o caso eu teria começado com cotejos e análises das palavras menores e, na ocorrência de alguma palavra de uma letra, como *a*, ou *I* *, a solução estaria garantida. Como não havia divisão, meu primeiro procedimento foi determinar as letras predominantes, bem como as menos frequentes. Contando todas, elaborei uma tabela assim:

Do caractere	8	existem	33.
Do caractere	;	existem	26.
Do caractere	4	existem	19.
Do caractere	‡	existem	16.
Do caractere	)	existem	16.
Do caractere	*	existem	13.
Do caractere	5	existem	12.
Do caractere	6	existem	11.
Do caractere	(	existem	10.
Do caractere	+	existem	8.
Do caractere	1	existem	8.
Do caractere	0	existem	6.
Do caractere	9	existem	5.
Do caractere	2	existem	5.
Do caractere	:	existem	4.
Do caractere	3	existem	4.
Do caractere	?	existem	3.
Do caractere	q	existem	2.
Do caractere	—	existe	1.
Do caractere	.	existe	1.

---

* Em inglês, *a* significa "um" ou "uma"; *I* significa "eu". (N.T.)

"Ora, no inglês, a letra que ocorre com mais frequência é a letra *e*. Depois dela, a sucessão é: *a o i d h n r s t u y c f g l m w b k p q x z*. O *e* prevalece de tal maneira que quase nunca se vê uma frase isolada em que ele não seja predominante. Aqui nós temos, portanto, bem no início, uma base que permite mais do que um mero palpite. O uso que se pode fazer da tabela é óbvio, mas, neste criptograma em particular, não precisamos nos valer dela por inteiro. Como nosso caractere dominante é o 8, começaremos assumindo que este é o *e* do alfabeto normal. Para validar a suposição, observemos se o 8 aparece em duplas, já que o *e* duplicado é muito comum em inglês, em palavras como, por exemplo, "meet" [encontrar, travar conhecimento], "fleet" [frota, correr velozmente], "speed" [velocidade], "seen" [visto], "been" [sido], "agree" [concordar] etc. No nosso caso, nós o vemos duplicado nada menos que cinco vezes, embora o criptograma seja breve. Digamos, então, que o caractere 8 é *e*. Bem, de todas as *palavras* da língua, "the" [artigo definido] é a mais comum; vejamos, então, se não existem repetições de três caracteres, na mesma ordem de disposição, em que o último é o 8. Se localizarmos repetições de letras nesse arranjo, é muito provável que representem a palavra "the". Fazendo a verificação, encontramos nada menos que sete arranjos do mesmo tipo, os caracteres sendo ;48. Podemos, por isso, considerar que o caractere ; representa *t*, 4 representa *h* e 8 representa *e*, este último estando mais do que confirmado. Com isso, demos um grande passo.

"Tendo reconhecido uma única palavra – continuou Legrand –, estamos aptos a atingir um patamar importantíssimo, pois podemos desvendar começos e fins de outras palavras. Vejamos, por exemplo, o penúltimo caso em que a combinação ;48 ocorre, não longe do fim da cifra. Sabemos que o caractere ; que se segue é o começo de uma palavra, e, dos seis caracteres que sucedem esse "the", conhecemos nada menos que cinco. Podemos traduzir esses caracteres, então, para as letras que sabemos que eles representam, deixando espaço para a letra desconhecida:

t eeth.

"Aqui, logo temos condições de descartar que o *"th"* faça parte da palavra que começa com o primeiro *t*, já que, buscando em todo o alfabeto por uma letra que se encaixe no espaço vazio, vemos não há como formar nenhuma palavra que inclua esse *"th"*. Assim ficamos reduzidos a

t ee

e, percorrendo todo o alfabeto como antes, se necessário, chegamos à palavra "tree" [árvore] como a única leitura possível. Assim ganhamos mais uma letra, o *r*, representado por (com as palavras "the tree" em justaposição. Olhando um pouco além dessas palavras, nós vemos mais uma vez a combinação ;48, e por ela determinamos o *fim* da palavra que a precede. Temos então o seguinte arranjo:

the tree ;4(∓ ?34 the.

"Com as letras já conhecidas, temos:

the tree thr ∓ ?3h the.

"Bem, se deixarmos espaços em branco ou pontos no lugar dos caracteres desconhecidos, teremos

the tree thr...h the,

e a palavra *"through"* [através] fica evidente no ato. Essa descoberta nos dá três novas letras, *o*, *u* e *g*, representadas pelos caracteres ‡, ? e 3. Passando os olhos pela cifra, agora, em busca de combinações de caracteres conhecidos, encontramos, não longe do começo, o arranjo

83(88, ou egree,

que só pode ser a palavra "degree" [grau] e nos dá mais uma letra, *d*, representada por †. Quatro letras antes da palavra "grau" podemos notar a combinação

;46(;88.

"Traduzindo os caracteres conhecidos e substituindo o desconhecido por um ponto, lemos

th.rtee,

um arranjo que sugere imediatamente a palavra "thirteen" [treze] e também fornece dois caracteres novos, *i* e *n*, representados por 6 e *. Observando, agora, o início do criptograma, encontramos a combinação

53 ‡ ‡ +.

"Traduzindo como antes, vamos obter

.good,

o que assegura que a primeira letra do texto é *A*, e que as duas primeiras palavras são "A good" [Um bom]. Nesta altura devemos organizar nossa tabela com as descobertas já feitas, para evitar confusão. Ela fica assim:

5	representa	a
†	representa	d
8	representa	e
3	representa	g
4	representa	h
6	representa	i
*	representa	n
‡	representa	o
(	representa	r
;	representa	t
?	representa	u.

"Temos representadas, portanto, nada menos que onze das mais importantes letras, e não é necessário prosseguir com os detalhes da solução do enigma. Eu disse o suficiente para que você se convencesse de que cifras dessa natureza são fáceis de solucionar e para que você tivesse uma boa noção da *lógica* da criação delas. Fique seguro de que o exemplo que temos diante de nós pertence à espécie mais simples de criptografia. Agora só resta lhe apresentar a tradução completa dos caracteres do pergaminho, todos decifrados. Aqui está:

> Um bom vidro no hotel do bispo na cadeira do diabo quarenta e um graus e treze minutos nordeste para norte tronco principal sétimo galho lado leste atirar do olho esquerdo da caveira uma linha de abelha desde a árvore através do tiro dezesseis metros adiante.*

– Mas o enigma me parece pior do que nunca – eu disse. – Como é possível extrair um sentido de todo esse jargão de "cadeiras do diabo", "caveiras" e "hotéis do bispo"?

– Confesso – retrucou Legrand – que a questão, vista superficialmente, ainda tem uma aparência complicada. A primeira coisa que fiz foi separar a frase nas divisões corretas da mensagem.

– Pontuar a frase, você quer dizer?

– Algo do tipo.

– Mas como isso foi possível?

– Imaginei que tivesse sido uma *intenção* do escritor dispor as palavras sem divisão, para dificultar mais a decifração. Mesmo um homem não muito arguto, porém, tem grandes chances de resolver a questão, com algum esforço. Quando, no decorrer de sua composição, o autor chegasse a uma quebra de tópico que pedisse pausa ou ponto, tenderia a dispor os caracteres com mais proximidade do que no decorrer normal da mensagem. Se observar o nosso manuscrito, você vai detectar com facilidade cinco casos desse ajuntamento incomum. Seguindo esse palpite, fiz a divisão assim:

---

* A good glass in the bishop's hostel in the devil's seat forty-one degrees and thirteen minutes northeast and by north main branch seventh limb east side shoot from the left eye of the death's-head a bee-line from the tree through the shot fifty feet out. (N.T.)

Um bom vidro no hotel do bispo na cadeira do diabo–quarenta e um graus e treze minutos–nordeste para norte–tronco principal sétimo galho lado leste–atirar do olho esquerdo da caveira–uma linha de abelha desde a árvore através do tiro dezesseis metros adiante.*

– Continuo no escuro mesmo com a divisão – disse eu.

– Também fiquei no escuro – retrucou Legrand – por alguns dias; enquanto isso me dediquei a buscas, nos arredores de Sullivan's Island, por algum prédio que tivesse por nome "Bishop's Hotel" [Hotel do Bispo]; eu descartara, claro, o termo obsoleto "hostel" [hospedaria, albergue]. Não obtendo nenhuma informação, eu estava a ponto de estender minha área de pesquisa e de começar a agir de maneira mais sistemática quando, certa manhã, subitamente me veio à cabeça que esse "Bishop's Hotel" podia ter alguma ligação com uma antiga família de nome Bessop, que, muitos e muitos anos atrás, possuíra um velho solar cerca de seis quilômetros ao norte da ilha. Fui até a propriedade e retomei minhas investigações conversando com os negros mais velhos do lugar. Por fim, uma das mulheres mais idosas disse que ouvira falar de um certo *Bessop's Castle* ["Castelo do Bispo"] e achou que pudesse me levar até lá, embora não se tratasse nem de castelo e nem de estalagem, e sim de uma rocha alta. Ofereci um bom pagamento pelo transtorno e, depois de alguma indecisão, ela aceitou me acompanhar. Chegamos ao local sem maiores dificuldades e, dispensando a senhora, tratei de examinar a área. O "castelo" era um agrupamento irregular de penhascos e rochedos, e uma rocha se destacava tanto pela altura quanto por sua aparência isolada e artificial. Subi até seu cume e me senti perdido quanto ao que fazer a seguir.

– Enquanto ia refletindo – prosseguiu Legrand –, de repente, vi uma pequena saliência na face leste da rocha,

---

* A good glass in the bishop's hostel in the devil's seat–forty-one degrees and thirteen minutes–northeast and by north–main branch seventh limb east side–shoot from the left eye of the death's-head–a bee-line from the tree through the shot fifty feet out. (N.T.)

mais ou menos um metro abaixo do topo em que eu me encontrava. A saliência se projetava por cerca de meio metro e não tinha mais do que trinta centímetros de largura. Um vão bem acima dela, na rocha, fazia o conjunto lembrar uma daquelas antigas cadeiras de encosto côncavo que nossos antepassados usavam. Não tive dúvida de que ali estava a "cadeira do diabo" referida no manuscrito, e o segredo do enigma parecia estar ao alcance das minhas mãos. O "bom vidro", eu sabia, só poderia fazer referência a um telescópio; o termo "glass" raramente é empregado em outro sentido pelos marinheiros. Percebi que tínhamos agora um telescópio para utilizar e um ponto de vista definido e *invariável* a partir do qual devíamos usá-lo. Também concluí de imediato que as passagens "41 graus e 13 minutos" e "nordeste para norte" eram indicações para o posicionamento da lente. Muito entusiasmado pelas descobertas, corri para casa, peguei um telescópio e voltei para a rocha.

"Desci até a saliência e vi que só existia uma única posição em que se podia sentar nela, o que confirmou minha ideia inicial. A seguir, fiz uso do telescópio. Era certo que "41 graus e 13 minutos" indicava a elevação a partir do horizonte, já que a direção horizontal estava claramente indicada pelas palavras "nordeste para norte". Estabeleci essa direção com o auxílio de um compasso de bolso. Então, apontando a lente no que calculei ser uma elevação próxima a 41 graus, movi o telescópio cuidadosamente para cima e para baixo até que uma abertura circular na folhagem de uma árvore enorme, mais alta do que as outras, chamou minha atenção ao longe. No centro da brecha vi um ponto branco, mas de início não consegui distinguir o que era. Ajustando o foco do telescópio, pude enxergar que se tratava de um crânio humano. Com esta descoberta, fiquei tão confiante que dei o enigma por solucionado; porque o trecho "tronco principal, sétimo galho, lado leste" só podia se referir à posição do crânio em cima da árvore, enquanto que "atirar do olho esquerdo da caveira" também só admitia uma interpretação no que diz respeito à busca de um tesouro enterrado. Percebi que o esquema consistia em deixar cair uma bala pelo olho esquerdo do crânio, e que uma linha de abelha, ou seja, uma linha reta, traçada a partir do ponto mais próximo do tronco e passando pelo "tiro" (ou pelo lugar em que o projétil caísse), e dali estendida até uma distância de dezesseis metros, indicaria um ponto preciso... E considerei que era no mínimo *possível* que embaixo desse ponto estivesse ocultado um depósito valioso."

– Tudo isso é extremamente claro – falei –, simples e explícito, apesar de engenhoso. Quando saiu do "Hotel do Bispo", o que você fez?

– Ora, fui para casa depois de anotar com cuidado as direções da árvore. No instante em que levantei da "cadeira do diabo", no entanto, a brecha circular desapareceu; não consegui mais vislumbrar a abertura depois, por mais que eu mudasse de posição. Acho que a maior engenhosidade de todas está no fato, e repetidos testes me mostraram que *é* um fato, de que a abertura circular em questão não pode ser vista de nenhum ponto de vista disponível que não seja o que é proporcionado pela estreita saliência na face da rocha. Nessa expedição ao "Hotel do Bispo" contei com a ajuda de Jupiter, que sem dúvida vinha observando meu comportamento abstraído nas últimas semanas e se empenhava em não me deixar sozinho. No dia seguinte, porém, acordei muito cedo, dei um jeito de escapar dele e fui procurar a árvore nas colinas. Encontrei-a depois de muita procura. Quanto voltei para casa, à noite, meu criado quis me açoitar. Creio que o resto da aventura você conhece tão bem quanto eu.

– Suponho que, na primeira tentativa de escavação – comentei –, você errou de posição graças à estupidez de Jupiter, que fez o inseto cair pelo olho direito da caveira, e não pelo olho esquerdo.

– Exato. Esse engano gerou um afastamento de cerca de sete centímetros no "tiro", quer dizer, na posição da estaca perto da árvore. Se o tesouro estivesse *ali*, embaixo do "tiro", o erro teria feito pouca diferença; mas o "tiro" e o ponto mais próximo da árvore eram apenas dois pontos para o estabelecimento de uma linha de direção. Por mais trivial que tivesse sido no início, o erro aumentava à medida que seguíamos com a linha, e quando chegamos aos dezesseis metros estávamos bem longe da pista correta. Não fosse meu firme sentimento de que o tesouro estava de fato enterrado em algum lugar perto de nós, poderíamos ter desperdiçado todo o nosso trabalho.

– Presumo que a extravagância da *caveira*, de deixar uma bala cair pelo olho da caveira, tenha sido sugerida a Kidd pela bandeira pirata. Ele sem dúvida via alguma coerência poética em recuperar seu dinheiro através da insígnia agourenta.

– Pode ser, mas não consigo deixar de pensar que o bom senso tivesse tanta relação com o assunto quanto qualquer coerência poética. Para ser visível desde a cadeira do diabo, o objeto, se fosse pequeno, precisaria ser *branco*; e não há nada como o crânio humano que retenha e até reforce a cor branca quando exposto a todas intempéries.

– Mas e a sua grandiloquência, e o seu jeito de balançar o besouro... que excentricidade! Eu tinha certeza de que você estava louco. E por que insistiu em fazer o inseto cair da caveira, e não uma bala?

– Ora, para ser franco, fiquei um tanto aborrecido com suas suspeitas manifestas sobre minha sanidade, e então resolvi punir você aos poucos, ao meu modo, com um pouco de mistificação racional. Por isso fiquei balançando o besouro, e por isso o fiz cair da árvore. Uma observação sua a respeito do peso considerável do escaravelho me sugeriu essa última ideia.

– Entendo. Agora só há uma questão que ainda me intriga. O que dizer dos esqueletos que encontramos no buraco?

– É uma questão que você teria tantas condições de responder quanto eu. Entretanto, parece existir apenas uma explicação plausível, e é aterrador acreditar na atrocidade que minha hipótese implica. É óbvio que Kidd, se de fato escondeu seu tesouro, e estou certo de que escondeu, é óbvio que ele não pode ter trabalhado sozinho. Concluído o trabalho, porém, ele deve ter considerado conveniente eliminar todos os conhecedores do segredo. Talvez dois golpes de picareta tenham bastado, enquanto seus assistentes estavam ocupados no fosso. Talvez uma dúzia. Quem pode saber?

Um conto das Montanhas Escabrosas

Durante o outono do ano de 1827, quando eu morava perto de Charlottesville, na Virginia, conheci por acaso o sr. Augustus Bedloe. Este jovem cavalheiro era notável em todos os aspectos, e me despertava profundo interesse e curiosidade. Era impossível, para mim, compreender suas referências morais e suas condições físicas. Não tive notícia satisfatória de sua família. De onde ele veio eu nunca soube ao certo. Mesmo a respeito de sua idade – embora eu o chame de jovem cavalheiro – havia algo que me deixava não pouco perplexo. Ele sem dúvida *parecia* jovem – e fazia questão de falar de sua juventude –, no entanto havia ocasiões em que eu teria pouca dificuldade em imaginá-lo um homem de cem anos de idade. Mas em nenhum aspecto era ele mais peculiar do que em sua aparência. Era singularmente alto e magro. Andava sempre curvado. Seus membros eram demasiado longos e emaciados. Sua testa era larga e estreita. Sua fisionomia era absolutamente descorada. Sua boca era grande e flexível, e seus dentes, embora saudáveis, eram os dentes mais irregulares que eu já vira num ser humano. A expressão do sorriso, contudo, não era de modo algum desagradável, como seria de se esperar; mas não tinha nenhuma variação. Era um sorriso de profunda melancolia – de um abatimento disforme e ininterrupto. Seus olhos eram grandes e anormais, redondos como os de um gato. Além disso, as pupilas não se contraíam nem dilatavam quando submetidas a mais ou menos luz, bem como ocorre com a tribo felina. Em momentos de entusiasmo as órbitas brilhavam numa intensidade quase inconcebível, parecendo emitir raios luminosos que eram menos reflexos do que fulgurações intrínsecas, como se dá com uma vela ou com o sol; e, no entanto, a aparência costumeira dos olhos era tão apagada, turva e sombria que passava a ideia de um cadáver enterrado.

Essas peculiaridades pessoais pareciam ser motivo de muito aborrecimento para Bedloe, e ele ficava sempre se referindo a elas num discurso às vezes explanatório e às vezes apologético que, de início, deixou-me uma impressão dolorosa. Porém, logo me acostumei com isso e meu desconforto passou. Parecia ser uma intenção de sua parte insinuar, mais do que afirmar, que fisicamente ele não fora sempre assim – que uma longa série de ataques nevrálgicos reduzira a isso que eu via uma aparência que um dia já fora bastante harmoniosa e bela. Havia muitos anos ele vinha sendo atendido por um médico, de nome Templeton – um senhor de idade, talvez setenta anos –, com quem travara conhecimento em Saratoga e de cujo atendimento, na ocasião, ele obteve, ou imaginou obter, grandes benefícios. Resultou que Bedloe, que era abastado, fez um acordo com o dr. Templeton pelo qual este, em troca de um generoso subsídio anual, aceitou devotar seu tempo e sua experiência médica, com exclusividade, ao tratamento do inválido.

O doutor Templeton fora um viajante na juventude e em Paris se convertera com fervor às doutrinas de Mesmer.* Foi por meio de tratamento magnético, e com nada mais, que ele tivera sucesso em aliviar as dores agudas de seu paciente; e esse sucesso naturalmente incutira em Bedloe uma boa dose de confiança nos conceitos que deram origem a tal tratamento. O doutor, entretanto, como todos os entusiastas, empenhou-se com todas as forças para fazer de seu pupilo um convertido total, e afinal cumpriu seu objetivo de tal maneira que induziu o doente a se submeter a inúmeros experimentos. Com intensa repetição destes, obteve-se um resultado que ultimamente é tão comum que desperta pouca ou nenhuma atenção, mas que na época sobre a qual escrevo era praticamente desconhecido na América. O que quero dizer é que entre o doutor Templeton e Bedloe surgiu, pouco a pouco,

---

* Franz Anton Mesmer (1734-1815), médico alemão, pai do mesmerismo, que trata doenças por meio de magnetismo animal e hipnotismo. (N.T.)

de forma única e distinta, uma forte *conexão*, ou relação magnética. Não tenho condições de afirmar, no entanto, que essa *conexão* ultrapassava os limites de um simples método de indução ao sono; mas o método em si tinha muito poder. Na primeira tentativa de induzir a sonolência magnética, o mesmerista falhou por completo. Na quinta ou na sexta, teve êxito parcial, após esforços intensos e continuados. O triunfo completo só chegou com a décima segunda tentativa. Depois disso, os interesses do paciente sucumbiram rapidamente às vontades do médico, de modo que, quando os conheci, o sono era produzido de maneira quase instantânea, por mero arbítrio do operador, mesmo quando o inválido não tinha ciência do procedimento. É apenas agora, em 1845, quando milagres similares são testemunhados aos milhares todos os dias, que me arrisco a registrar esta aparente impossibilidade como um assunto que pode ser encarado a sério.

O temperamento de Bedloe era, no mais alto grau, sensível, excitável, entusiástico. Sua imaginação era singularmente vigorosa e criativa e sem dúvida ganhava impulso adicional com o uso rotineiro de morfina, que ele consumia em grande quantidade e sem a qual a existência lhe seria inviável. Era seu costume tomar uma dose enorme logo depois do café da manhã, todos os dias – ou melhor, logo depois de uma xícara de café forte, pois ele não comia nada antes do almoço –, e então partir sozinho, ou acompanhado apenas por um cachorro, para uma longa perambulação pela soturna cadeia de colinas selvagens que se estende a oeste e ao sul de Charlottesville – os montes conhecidos pelo imponente título de Montanhas Escabrosas.*

Num dia sombrio, quente e enevoado, perto do fim de novembro e durante o estranho *interregno* entre estações que é o veranico de outono da América, o sr. Bedloe tomou o caminho das colinas, como de costume. O dia passou e ele ainda não tinha retornado.

---

* As "Ragged Mountains", escarpadas e pedregosas, estendem-se por uma área de quatro quilômetros quadrados na região. (N.T.)

Por volta das oito da noite, estávamos seriamente alarmados com sua ausência prolongada e nos preparávamos para sair em sua busca quando de súbito ele reapareceu, sem dar sinais de abalo físico e numa vivacidade pouco comum. O relato que fez de sua expedição e dos acontecimentos que o detiveram foi algo mais do que singular.

– Vocês devem lembrar – disse ele – que saí de Charlottesville por volta das nove da manhã. Dirigi-me direto para as montanhas e, pelas dez, entrei por um estreito que era totalmente novo para mim. Avancei pelas curvas desse vão com muito interesse. O cenário que se apresentava por todos os lados, embora não pudesse ser descrito como grandioso, tinha um indescritível e delicioso feitio de desolação sombria. O ermo parecia absolutamente virgem. Não pude deixar de crer que a relva verde e o pedregulho cinza em que eu pisava jamais tinham sido tocados pelos pés de um ser humano. A ravina, de fato, só é acessível por um caminho muito acidentado, e sua entrada é tão isolada que é bem possível que eu tenha sido o primeiro aventureiro, o primeiro e único entre todos os aventureiros, a penetrar em seus recessos.

"A névoa espessa e peculiar, quase uma fumaça, tão típica do nosso veranico de outono, e que então pairava pesadamente sobre tudo que se via, contribuía sem dúvida para aprofundar a estranha impressão que eu tinha de tudo ao redor. Essa agradável neblina estava tão densa que em momento algum eu conseguia enxergar mais do que dez metros do caminho à frente. O caminho era sinuoso ao extremo e, como não se podia ver o sol, logo perdi qualquer noção da direção em que eu seguia. Enquanto isso, a morfina produzia seu efeito costumeiro: o de dotar todo o mundo externo de uma quantidade inesgotável de coisas interessantes. No balançar de uma folha; na coloração de uma lâmina de grama; no formato de um trevo; no zumbir de uma abelha; na cintilação de uma gota de orvalho; na respiração do vento; nos cheiros suaves que vinham da floresta; disso tudo vinha um mundo de sugestões – uma sucessão festiva e colorida de pensamentos rapsódicos e desordenados.

"Com a mente ocupada, caminhei por várias horas, e a névoa se adensou em torno de mim numa intensidade tal que por fim fui obrigado a tatear pelo caminho. E então, um incômodo indescritível me assaltou, uma espécie de hesitação nervosa, um tremor. Temi dar sequer um passo, porque achei que me precipitaria em algum abismo. Lembrei, também, de histórias estranhas sobre as Montanhas Escabrosas e sobre as tribos bravias e ferozes que habitavam seus bosques e suas cavernas. Mil fantasias obscuras me oprimiam e me desconcertavam, as mais perturbadoras fantasias – porque obscuras. De repente minha atenção foi atraída pelo bater barulhento de um tambor.

"Meu assombro foi extremo, claro. Um tambor nessas colinas era algo desconhecido. O som da trombeta de um arcanjo não me causaria um sobressalto maior. Mas uma fonte de interesse e perplexidade ainda mais espantosa apareceu. Comecei a ouvir um som de chocalho, algo como o retinir de um molho de grandes chaves, e nesse instante, gritando, passou por mim um homem carrancudo e seminu. Passou tão perto que senti seu hálito quente no meu rosto. Numa das mãos ele carregava um instrumento composto de vários anéis de aço. Enquanto corria, agitava os anéis com vigor. Ele mal tinha desaparecido na névoa em frente e uma besta enorme passou voando no seu encalço, de boca aberta e com um brilho nos olhos. A figura do animal era inconfundível. Era uma hiena.

"A visão desse monstro mais aliviou do que intensificou meus terrores – porque agora eu tinha certeza de que estava sonhando, e tentei acordar, voltar à consciência. Com energia e coragem, dei um passo à frente. Esfreguei os olhos. Soltei uma exclamação. Belisquei meus braços. A nascente de um curso de água surgiu à minha vista, e me abaixei e molhei as mãos e a cabeça e a nuca. Com isso tive a impressão de que haviam se dissipado as sensações equívocas que me perturbavam. Fiquei de pé e senti que era um novo homem. Prossegui, firme e confiante, em meu caminho desconhecido.

"Por fim, bastante esgotado pelo esforço e por um abafamento da atmosfera, sentei embaixo de uma árvore. Pouco depois a luz do sol começou a brilhar aos poucos, e a sombra das folhas da árvore ganhou nitidez na relva. Deixei meu olhar correr pela sombra por vários minutos. Fiquei estupefato com a forma que ela tomava. Olhei para cima. A árvore era uma palmeira.

"Levantei-me num salto, com medo, agitado – a hipótese de que eu estivera sonhando não me serviria mais. Percebi, senti que tinha perfeito controle sobre os meus sentidos – e esses sentidos encheram minha alma com um mundo de sensações novas e singulares. O calor se tornou de repente intolerável. Um cheiro estranho impregnava a brisa. Um murmúrio baixo e contínuo, como o correr de um grande rio vagaroso, soava em meus ouvidos, misturado ao rumor de inúmeras vozes humanas.

"Enquanto ouvia aquilo, num assombro extremo que nem preciso tentar descrever, uma rajada de vento forte e breve levou embora a névoa que cobria tudo, como que através da ação de uma vara mágica.

"Eu me encontrava ao pé de uma alta montanha e numa vasta planície mais abaixo serpenteava um rio majestoso. À margem do rio se via uma cidade de aparência oriental, como as cidades sobre as quais lemos nas *Mil e Uma Noites*, mas com uma configuração ainda mais singular do que qualquer uma delas. De minha posição, muito acima do nível da cidade, pude enxergar cada recanto e cada esquina, como se tudo estivesse delineado num mapa. As ruas eram inumeráveis e se cruzavam de forma irregular e em todas as direções, mas pareciam mais vielas sinuosas do que ruas, e fervilhavam de habitantes. As casas eram incrivelmente pitorescas. Por todos os cantos havia uma vastidão de sacadas, varandas, minaretes, santuários, vitrais com imagens fantásticas. Abundavam bazares nos quais estavam expostas mercadorias opulentas, em profusão, em variedade infinita: sedas, musselinas, a cutelaria mais deslumbrante, as joias e as pedras mais magníficas. Além disso tudo era possível ver, em todos os lados, estandartes e palanquins, liteiras veladas em que circulavam damas imponentes, elefantes com suntuosos ornamentos de montaria, ídolos de talhe grotesco, tambores, bandeiras e gongos, lanças, bastões prateados e dourados. E entre a multidão, no clamor, na confusão e no emaranhado geral, entre os milhares de homens negros e amarelos, paramentados e de turbante, com suas barbas ondulantes, vagavam incontáveis touros em adornos santos. E macacos, imundos mas sagrados, em legiões, tagarelando e guinchando, escalavam as cornijas das mesquitas ou penduravam-se dos minaretes e das sacadas. Das ruas fervilhantes às margens do rio, inúmeras escadarias desciam até os locais de banho, e o próprio rio parecia forçar uma passagem entre as várias frotas de navios sobrecarregados que ocupavam a vasta superfície. Além dos limites da cidade erguiam-se, em grupos majestosos, palmeiras e cacaueiros, em meio a outras árvores gigantescas e esquisitas, muito velhas. Aqui e ali viam-se uma plantação de arroz, a cabana de sapê de um camponês, uma cisterna, um templo isolado, um acampamento cigano ou ainda uma donzela graciosa, com um cântaro na cabeça, seguindo seu caminho até as margens do rio magnífico.

"Agora vocês vão dizer, é claro, que eu estava sonhando. Não. No que vi, no que ouvi, no que senti, no que pensei – em nada havia aquela inconfundível idiossincrasia do sonho. Tudo era rigorosamente consistente em si. No começo, duvidando que pudesse estar acordado, fiz uma série de testes e logo me convenci de que de fato estava. Ora, quando alguém sonha e, no sonho, suspeita estar sonhando, a suspeição *jamais deixa de se confirmar*, e a pessoa desperta quase que imediatamente. Por isso, Novalis[*] não erra em dizer que 'estamos a ponto de acordar quando sonhamos que sonhamos'. Se a visão tivesse me ocorrido como descrevi sem que eu suspeitasse estar sonhando, então era possível que fosse mesmo um sonho, mas, ocorrendo como ocorreu,

---

[*] Poeta romântico alemão (1772-1801). (N.T.)

e submetida a suspeições e testes, precisa ser tomada como outro tipo de fenômeno."

— Nisso, não creio que o senhor esteja errado — observou o dr. Templeton. Mas prossiga; o senhor se levantou e desceu até a cidade.

— Eu me levantei — continuou Bedloe, olhando para o doutor com um ar de profundo assombro —, eu me levantei, como o senhor disse, e desci até a cidade. No caminho, topei com uma turba imensa, uma multidão que enchia todas as avenidas e andava na mesma direção, exibindo em cada ação o entusiasmo mais selvagem. De súbito, e por um impulso inexplicável, eu me vi imbuído de interesse pessoal no que estava acontecendo. Tive a impressão de que tinha uma função importante a desempenhar, sem entender muito bem o que seria. Passei a sentir, no entanto, uma forte animosidade contra a massa que me rodeava. Recuei e me afastei deles. Com rapidez, por um caminho indireto, entrei na cidade. Ali, tudo era tumulto selvagem e discórdia. Uma pequena facção, com homens trajados com vestes em parte indianas, em parte europeias, e comandados por um senhor num uniforme parcialmente britânico, combatia, em grande desvantagem, a turba poderosa das vielas. Juntei-me ao grupo mais fraco, tomando para mim as armas de um oficial caído, e lutei não sei com quem num desespero feroz e nervoso. Fomos logo superados pela força mais numerosa e tivemos de nos refugiar numa espécie de quiosque. Construímos uma barricada ali e, de momento, estávamos seguros. De uma abertura no alto, perto da cúpula do quiosque, pude ver uma vasta multidão, em agitação furiosa, cercando e assaltando um vistoso palácio que se projetava sobre o rio. Logo a seguir, de uma das janelas mais altas do palácio, uma pessoa de aparência afeminada começou a descer por uma corda, feita com os turbantes de seus empregados. Havia um barco à disposição, no qual ele escapou para a margem oposta do rio.

"E então um novo propósito dominou minha alma. Proferi aos meus companheiros algumas poucas palavras, apressadas mas enérgicas, e, tendo conseguido convencer alguns deles a juntar-se a mim, saí do quiosque numa corrida desvairada. Investimos contra a massa que nos cercava. Os inimigos recuaram, a princípio, frente ao nosso ataque. Refizeram-se, revidaram como loucos e recuaram de novo. Nisso, acabamos nos afastando bastante do quiosque e nos vimos desnorteados e enredados nas ruas estreitas e entre as casas gigantescas, em recessos que a luz do sol jamais tocara. A turba nos pressionava com ímpeto, assediando-nos com suas lanças e nos cobrindo com chuvas de flechas. Estas últimas eram extraordinárias e de certa maneira lembravam a lâmina ondulada do cris usado pelos malaios. Elas eram feitas na imitação do corpo de uma serpente rastejante, e eram compridas e pretas, com ponta envenenada. Uma delas acertou minha têmpora direita. Cambaleei e caí. Uma tontura instantânea e pavorosa se apoderou de mim. Eu me debati – arquejei – e morri."

– Muito dificilmente o senhor vai insistir, *agora* – disse eu, sorrindo – em dizer que a sua aventura não foi, de todo, um sonho. Ou o senhor tem condições de sustentar que está morto?

Quando fiz esse comentário, esperei, é claro, que Bedloe fosse responder com algum gracejo espirituoso. Para meu espanto, porém, ele hesitou, estremeceu, ficou medonhamente pálido e não falou nada. Olhei para o dr. Templeton. Ele estava ereto em sua cadeira, rígido – seus dentes batiam, seus olhos saltavam das órbitas.

– Prossiga! – o doutor disse por fim, áspero.

– Por vários minutos – continuou Bedloe –, minha única sensação, meu único sentimento, era de escuridão e de não existência, com toda a consciência da morte. Depois de um tempo, senti um choque violento e súbito percorrer minha alma, como um choque elétrico. Com ele veio uma sensação de elasticidade e de luz. A luz eu não via – eu só sentia. Num instante tive a impressão de ter levantado do chão. Mas eu não tinha presença corpórea, nem visível, ou audível, ou palpável. A multidão tinha desaparecido. O tumulto cessara. A cidade estava agora em repouso. Abaixo de mim jazia meu cadáver, com a flecha na têmpora e a cabeça inchada e desfigurada. Mas tudo isso eu não via – eu sentia. Nada me interessava. Até o cadáver parecia ser algo que não me dizia respeito. Eu não tinha vontade nenhuma, mas parecia estar sendo impelido a me mover, e esvoacei como um balão para fora da cidade, refazendo o caminho indireto pelo qual entrara nela. Quando alcancei, nas montanhas, o trecho da ravina em que encontrara a hiena, mais uma vez sofri um choque galvânico; a sensação de peso, de arbítrio, de substância, voltou. Recuperei minha identidade e caminhei ansiosamente para casa. Mas o que se passou não perdeu a vivacidade do real, e até agora não consigo, nem por um instante, convencer minha mente de que foi tudo um sonho.

– Não foi – disse Templeton, com ar de profunda solenidade –, e no entanto seria difícil dizer de que outra maneira poderíamos classificar o que se passou. Podemos apenas supor que a alma humana dos dias de hoje está prestes a passar por descobertas psíquicas estupendas. Podemos nos contentar com essa suposição. Quanto ao resto, tenho esclarecimentos a fazer. Eis aqui uma pintura em aquarela que eu devia ter mostrado ao senhor antes. Não mostrei porque um inexplicável sentimento de terror me paralisava.

Examinamos a pintura. Não vi nada, nela, que fosse extraordinário; mas seu efeito em Bedloe foi prodigioso. Ele por pouco não desmaiou. E, no entanto, se tratava apenas de um retrato em miniatura – miraculosamente detalhado, para ser justo – de suas feições inconfundíveis. Ao menos foi isso o que pensei.

– Atentem – disse Templeton – para a data desta pintura. Está aqui, difícil de ver, neste canto: 1780. É o ano em que o retrato foi feito. É a imagem de um querido amigo, o sr. Oldeb, de quem me tornei muito próximo em Calcutá, durante a administração de Warren Hastings.* Eu tinha apenas vinte anos de idade na época. Quando o vi pela primeira

---

* Hastings (1732-1818) foi o primeiro governador-geral da Índia britânica, de 1773 a 1785. (N.T.)

vez, sr. Bedloe, em Saratoga, foi a similaridade miraculosa que existia entre o senhor e a pintura que me fez abordá-lo, conquistar sua amizade e firmar os arranjos com os quais me tornei seu companheiro constante. Nessa aproximação, fui impulsionado em parte, talvez em grande parte, pela memória penosa do falecido, mas também, parcialmente, por uma incômoda curiosidade, não desprovida de horror, sobre o senhor.

"No relato da visão que teve nas colinas, o senhor descreveu, com perfeição, a cidade indiana de Benares, localizada à margem do Rio Sagrado. Os distúrbios, os combates, o massacre aconteceram de verdade na insurreição liderada por Cheyte Sing* em 1780, quando a vida de Hastings ficou por um fio. O homem que escapou com a corda de turbantes era o próprio Cheyte Sing. O grupo do quiosque, comandado por Hastings, era formado por sipais** e oficiais britânicos. Eu integrava essa facção, e fiz tudo que podia para impedir a investida imprudente e fatal do oficial que foi abatido, nas vielas cheias de gente, pela flecha envenenada de um bengali. O oficial era o meu querido amigo. Era Oldeb. Pode ser constatado com estes manuscritos."

O doutor nos passou um caderno no qual várias páginas pareciam ter sido recém-escritas e continuou:

– No mesmo período em que o senhor fantasiava nas colinas eu me dedicava a detalhá-las no papel, aqui em casa.

Mais ou menos uma semana depois dessa nossa conversa, os seguintes parágrafos foram publicados no jornal de Charlottesville:

> Temos o doloroso dever de anunciar a morte do sr. Augustus Bedlo, um cavalheiro de modos amáveis e muitas virtudes que os cidadãos de Charlottesville há muito admiravam.
>
> O sr. B., já por alguns anos, vinha sofrendo de nevralgia, que muitas vezes ameaçou ser fatal; mas ela deve ser enca-

---

* Rajá indiano. (N.T.)

** Soldados nativos. (N.T.)

rada como apenas uma causa indireta de seu falecimento. A causa mais imediata foi algo especialmente singular. Numa excursão às Montanhas Escabrosas, dias atrás, ele contraiu um resfriado leve e febre, acompanhados de grande afluxo de sangue para a cabeça. Para aliviar o afluxo, o dr. Templeton recorreu a uma sangria tópica. Sanguessugas foram aplicadas nas têmporas. Num intervalo de tempo assustadoramente breve, o paciente morreu, e então se constatou que, na jarra que continha as sanguessugas, fora introduzido por acidente um dos espécimes vermiculares venenosos que vez por outra são encontrados nos açudes da vizinhança. A criatura se aferrou a uma pequena artéria na têmpora direita. Sua grande semelhança com a sanguessuga medicinal fez com que o engano passasse despercebido até que fosse tarde demais.

Nota: A sanguessuga venenosa de Charlottesville pode ser distinguida do espécime medicinal por sua cor preta e principalmente por seus movimentos ondulantes ou vermiculares, que se assemelham aos de uma cobra.

Eu conversava com o editor do jornal em questão, discutindo o incrível acidente, quando me ocorreu perguntar por que aconteceu de o nome do falecido ter sido referido como Bedlo.

– Presumo – eu disse – que o senhor tem mais autoridade do que eu quanto a essa grafia, mas sempre achei que o nome dele fosse escrito com um *e* no fim.

– Autoridade? Não – ele retrucou. – É só um erro tipográfico. O nome é Bedloe com *e*, em todo o mundo, e nunca na vida o vi escrito de outra maneira.

– Então – eu disse para mim mesmo resmungando, enquanto me virava para sair –, então chegamos ao ponto em que uma verdade é mais estranha do que qualquer ficção, porque Bedlo, sem *e*, o que é senão Oldeb ao contrário? E esse homem me diz que é um erro tipográfico.

O SEPULTAMENTO PREMATURO

Existem alguns temas que interessam e absorvem por si mesmos, mas que também são horríveis demais para os propósitos da ficção legítima. Se não quiser ofender ou enojar, o autor romântico comum deve fugir desses temas. Eles só são manejados com propriedade quando a severa e majestosa verdade os sustenta e santifica. Vibramos, por exemplo, na mais intensa "dor aprazível", com os relatos sobre a travessia do Rio Berezina, sobre o terremoto de Lisboa, sobre a peste de Londres, sobre o massacre de São Bartolomeu ou sobre a sufocação dos 123 prisioneiros do Buraco Negro de Calcutá. Nesses relatos, porém, o que é excitante é o fato, é a realidade, é a história. Quando inventados, eles são repugnantes aos nossos olhos.

Mencionei algumas das calamidades mais eminentes e augustas de que se tem registro; mas nelas é a amplitude, não menos que a característica da calamidade, o que impressiona de forma tão vívida a imaginação. Não preciso lembrar ao leitor que, no longo e estranho catálogo das misérias humanas, eu poderia selecionar vários exemplos individuais bem mais repletos de puro sofrimento do que qualquer uma dessas vastas generalidades de desastre. A verdadeira desgraça, de fato – o infortúnio máximo –, é particular, e não difuso. Que os extremos pavorosos da agonia sejam enfrentados pelo homem que é único, e não pelo homem que é massa – por esta dádiva manifestemos gratidão a um Deus piedoso!

Ser enterrado vivo é, sem qualquer dúvida, o mais aterrorizante dos extremos que já couberam por sina a um simples mortal. O fato de que esse extremo tenha ocorrido com muitíssima frequência dificilmente será negado por quem pensar. Os limites que separam a Vida da Morte são, na melhor das hipóteses, sombrios e vagos. Quem pode dizer onde uma acaba e onde a outra começa? Sabemos que existem doenças nas quais ocorre cessação total de todas as funções vitais aparentes e nas quais essa cessação, no entanto, não passa de uma suspensão, propriamente falando. São apenas pausas temporárias no mecanismo incompreensível. Um certo tempo decorre e então algum princípio misterioso e imperceptível põe em movimento novamente as engrenagens mágicas e a maquinaria enfeitiçada. O cordão de prata não estava rompido para sempre, e o cálice de ouro não estava irreparavelmente quebrado. Mas onde, nesse tempo, estava a alma?

Deixando-se de lado, entretanto, a inevitável conclusão, *a priori*, de que determinadas causas produzem determinados efeitos – de que a conhecida ocorrência de tais casos de animação suspensa deva naturalmente, aqui e ali, dar origem a enterros prematuros –, deixando-se de lado essa consideração, temos o testemunho direto de experiências médicas e corriqueiras para provar que enterros desse tipo realmente ocorrem e ocorreram, em vasto número. Posso citar de imediato, se necessário, cem ocorrências mais do que autênticas. Um caso notavelmente peculiar, cujas circunstâncias podem ainda estar frescas na memória de alguns dos meus leitores, ocorreu não muito tempo atrás na vizinha Baltimore, onde a história gerou uma excitação dolorosa, intensa e difundida em grande magnitude. A esposa de um dos mais respeitáveis moradores da cidade – um advogado eminente, membro do Congresso – foi acometida por uma enfermidade incompreensível, que aturdiu por completo o entendimento de seus médicos. Depois de muito sofrimento, morreu, ou foi tida como morta. Ninguém suspeitou, de fato, ou teve razões para suspeitar, que na verdade ela não estava morta. Ela apresentava todos os sinais comuns da morte. O rosto assumiu o característico aspecto comprimido e encovado. Os lábios exibiam a típica palidez marmórea. Os olhos não tinham brilho. Não havia calor. Não havia pulsação. Por três dias o corpo foi mantido insepulto e acabou adquirindo uma rigidez de pedra. O funeral, em resumo, foi organizado às pressas, devido ao rápido avanço do que se considerou ser decomposição.

A dama foi depositada no jazigo de sua família. A cripta permaneceu fechada por três anos; ao término desse período, foi aberta para que recebesse um sarcófago – mas um abalo medonho espreitava seu marido, que, ai dele!, abriu pessoalmente a porta. No instante em que puxou os portais para fora, uma coisa vestida de branco caiu chocalhando em seus braços. Era o esqueleto da esposa, em sua mortalha ainda não apodrecida.

Uma investigação cuidadosa demonstrou a evidência de que ela voltara à vida dois dias depois do sepultamento e de que sua luta dentro do caixão o fizera cair de uma espécie de prateleira e se espatifar no chão, permitindo que ela se libertasse. Uma lamparina que fora esquecida acidentalmente na tumba, cheia de óleo, foi encontrada vazia; o esvaziamento, contudo, pode ter ocorrido por evaporação. No mais alto dos degraus que desciam ao chão da catacumba horripilante, ficou deitado um grande fragmento do caixão, com o qual, ao que parecia, ela tentara chamar atenção golpeando a porta de ferro. Enquanto se ocupava disso, provavelmente desmaiou, ou até mesmo morreu, de puro terror; e, caindo, enganchou sua mortalha em alguma projeção interna da armação de ferro. Assim ela ficou, e assim apodreceu, ereta.

No ano de 1810, um caso de inumação em vida aconteceu na França, acompanhado de circunstâncias que vão longe o suficiente para autorizar a asserção de que a verdade é, de fato, mais estranha que a ficção. A heroína da história era uma mademoiselle Victorine Lafourcade, moça belíssima de uma família ilustre e abastada. Entre seus numerosos pretendentes figurava Julien Bossuet, pobre *litterateur*, ou jornalista, de Paris. Seus talentos e sua amabilidade com todos o tornaram atraente aos olhos da herdeira, por quem parecia ter se apaixonado de todo o coração; mas o orgulho da origem a fez tomar a decisão de rejeitá-lo e de se casar com um monsieur Renelle, banqueiro e diplomata que gozava de certo prestígio. Depois do casamento, contudo, este senhor a negligenciou e, mais do que isso, a maltratou abertamente. Tendo enfrentado alguns anos desditosos nas mãos do marido, ela morreu – ao menos, sua condição se assemelhava tanto à morte que enganou a todos que a viram. Foi enterrada não numa cripta, mas numa cova normal, no vilarejo em que nascera. Louco de desespero, e ainda inflamado pela memória de uma atração profunda, o amante parte da capital para a remota província em que se localiza o vilarejo, com o propósito romântico de desenterrar o corpo para tomar posse de seus cachos luxuriantes. Ele encontra o túmulo. À meia-noite, desenterra o caixão e remove a tampa. Quando começa a cortar o cabelo, percebe que os amados olhos não estão fechados. A verdade é que a senhora tinha sido enterrada viva. A vitalidade não abandonara de todo o corpo; e ela foi despertada, pelas carícias do amante, da letargia que fora interpretada como morte. Desvairado, ele a carregou para o seu alojamento. Ministrou certos tônicos vigorosos, baseado em conhecimento médico considerável. E ela acabou se recuperando. Reconheceu seu salvador. Permaneceu com ele até que, muito gradualmente, recuperou por completo a saúde. Seu coração de mulher não era de pedra, e essa lição de amor foi suficiente para amolecê-lo. Ela o entregou a Bossuet. Não retornou para o marido. Escondendo dele sua ressurreição, fugiu com o amante para a América. Vinte anos mais tarde, os dois retornaram à França, persuadidos de que o tempo tinha alterado de tal maneira as feições da senhora que seus amigos não seriam capazes de reconhecê-la. Estavam enganados, porém; pois no primeiro encontro monsieur Renelle a reconheceu e reivindicou a esposa. Ela resistiu à reivindicação; e um tribunal de justiça garantiu seu direito de resistir, julgando que a peculiaridade das circunstâncias, com o longo lapso dos anos, extinguira, não apenas em equidade, mas também na legalidade, a autoridade do marido.

O *Jornal Cirúrgico* de Leipzig, um periódico de mérito e alta autoridade, que algum editor americano faria bem em traduzir e republicar, registra, em um número recente, uma ocorrência muito perturbadora do fenômeno em questão.

Um oficial de artilharia, homem de estatura gigantesca e saúde robusta, é atirado de um cavalo ingovernável, sofre uma grave contusão na cabeça e perde os sentidos no ato; o crânio sofre leve fratura; mas não há perigo urgente a temer. Uma trepanação foi realizada com sucesso. O oficial também foi sangrado e vários outros métodos usuais de socorro foram adotados. Gradualmente, contudo, ele afundou num estado mais e mais irreversível de estupor e, por fim, foi dado como morto.

Fazia calor, e o oficial foi enterrado, com pressa indecente, em um dos cemitérios públicos. O funeral se deu numa quinta-feira. No domingo, o cemitério ficou, como de costume, apinhado de visitantes, e, por volta do meio-dia, uma intensa agitação foi provocada por um camponês que declarou que, sentado sobre a cova do oficial, sentiu nitidamente uma comoção na terra, como que ocasionada por algo que se debatia embaixo dela. De início, pouca atenção foi dada à afirmação do homem; mas o terror que se via em seu rosto e a obstinação teimosa com que ele insistia em sua história acabaram naturalmente impressionando a multidão. Pás foram providenciadas, e a cova, vergonhosamente rasa, foi reaberta em poucos minutos – o suficiente para que a cabeça de seu ocupante aparecesse. Ao que tudo indica, estava morto; mas, quase ereto, estava sentado no caixão, cuja tampa ele parcialmente levantara numa luta desesperada.

O oficial foi transportado sem demora para o hospital mais próximo, onde se constatou que ainda estava vivo, embora em condição de asfixia. Recobrou a consciência após algumas horas, reconheceu pessoas com quem se relacionava e, em frases truncadas, falou das agonias que experimentou na sepultura.

Pelo que relatou, ficou claro que deve ter permanecido consciente por mais de uma hora, enquanto era inumado, até submergir na insensibilidade. Frouxamente, sem cuidado, a cova foi tapada com uma terra muito porosa; e dessa maneira foi possibilitada a passagem de ar. O oficial ouviu a profusão de passos acima de si e tentou se fazer ouvir. O tumulto no terreno do cemitério, disse, foi o que deve tê-lo despertado de um profundo sono – mas no segundo em que acordou já estava totalmente ciente dos horrores tremendos de sua situação.

Esse paciente, está registrado, ia passando bem e parecia se encaminhar para uma recuperação completa, só que foi vitimado pelo charlatanismo das experimentações médicas. Correntes elétricas foram-lhe aplicadas, e ele expirou num desses paroxismos de êxtase a que o método às vezes induz.

Mas a menção do método galvânico me traz à memória um caso análogo, extraordinário e muito conhecido, em que sua aplicação se provou capaz de reanimar um jovem advogado, de Londres, que estava enterrado havia dois dias. O caso ocorreu em 1831 e criou, na época, enorme sensação, onde quer que tenha sido discutido.

O paciente, o sr. Edward Stapleton, morrera, aparentemente, de febre tifoide, acompanhada de alguns sintomas anômalos que estimularam a curiosidade dos médicos que o atenderam. Com o aparente falecimento, seus amigos foram chamados a sancionar um exame *post mortem*, mas se abstiveram da permissão. Como se dá com frequência quando tais recusas ocorrem, os clínicos resolveram exumar o corpo para dissecá-lo nas horas de folga, em segredo. Negociações foram efetivadas sem dificuldade com algum dos inúmeros grupos de violadores de túmulos que abundam em Londres, e, três dias depois do funeral, o suposto cadáver foi desenterrado de uma cova de dois metros e meio de profundidade e depositado na sala de operações de um hospital privado.

Uma incisão considerável chegou a ser feita no abdômen, e a aparência fresca e conservada do cadáver sugeriu a aplicação da corrente elétrica. Experiências se sucederam e os efeitos costumeiros transpareceram, com nada que os caracterizasse em específico, à exceção, em uma e outra ocasião, de uma manifestação de vitalidade algo incomum durante as convulsões.

Estava ficando tarde. O dia estava prestes a nascer, e os clínicos julgaram, por fim, que era conveniente prosseguir de uma vez com a dissecação. Um estudante, contudo, ansiava por testar uma teoria pessoal e insistia na ideia de aplicar a eletricidade num dos músculos peitorais. Fez-se um corte grosseiro no peito. Apressadamente, um fio foi colocado em contato com o talho. O paciente, num movimento rápido, não convulso, levantou da mesa, caminhou pela sala, olhou em volta com expressão de desconforto e então... falou. O que disse era ininteligível; mas palavras foram proferidas; a silabação era perceptível. Tendo falado, caiu pesadamente no chão.

Por alguns instantes todos ficaram petrificados de assombro – mas a urgência do caso logo os chamou à necessidade de agir. Foi constatado que o sr. Stapleton estava vivo, embora desfalecido. Com uso de éter, despertou, e rapidamente ele recuperou a saúde e voltou ao convívio de seus amigos – dos quais, no entanto, foi escondida a notícia da ressuscitação até que a chance de uma recaída pudesse ser descartada. Pode-se imaginar o espanto deles, a perplexidade extasiada.

A peculiaridade mais emocionante do incidente, entretanto, diz respeito ao que o sr. S. mesmo assevera. Ele declara que em nenhum momento perdeu por completo os sentidos – e que, num estado de torpor e confusão, esteve consciente de tudo que lhe aconteceu, do minuto em que foi declarado *morto* por seus médicos até o instante em que caiu desmaiado no chão do hospital. "Estou vivo" foram as palavras incompreensíveis que, quando percebeu estar numa sala de dissecação, tentara proferir no extremo de seu desespero.

Seria algo muito simples contar dezenas de histórias como essas, mas me detenho, já que não há necessidade de fazê-lo para provar o fato de que sepultamentos prematuros ocorrem. Quando pensamos em como é raro, pela natureza do fenômeno, que tenhamos capacidade de detectá-lo, precisamos admitir que eles devem ocorrer *frequentemente* sem que tomemos conhecimento. É invulgar, na verdade, que se devasse por algum motivo um cemitério, por menor que seja o terreno devassado, e não sejam encontrados esqueletos em posições que autorizam as suspeições mais medonhas.

Se a suspeição é medonha, muito mais medonha é a predestinação! Pode ser afirmado, sem hesitação, que *nenhum* acontecimento apresenta condições tão terríveis de inspirar a aflição mental e corporal mais extrema – nada se compara a ser enterrado antes de morrer. A opressão insuportável dos pulmões; os gases sufocantes do solo úmido; o aperto das vestes mortuárias; o abraço firme da habitação estreita; a escuridão da Noite absoluta; o silêncio como um mar que esmaga; a presença invisível mas palpável do Verme Conquistador; essas coisas, somadas à lembrança do ar puro e da grama, à memória de amigos queridos que correriam para nos salvar se tivessem a menor ideia do que nos esperava, e à consciência de que eles *jamais* saberão o que nos esperava – que nossa sina era estar junto aos mortos verdadeiros –, essas considerações, afirmo, carregam o coração, que ainda palpita, com um horror apavorante e intolerável que faz a imaginação mais ousada recuar. Não conhecemos nada tão agonizante sobre a Terra, não podemos sequer sonhar que exista algo tão horrendo nem mesmo nos domínios mais baixos do Inferno. E assim todas as narrativas em torno deste assunto interessam, profundamente; um interesse que, no entanto, pelo medo sagrado que o próprio assunto infunde, depende, de maneira muito apropriada e peculiar, de nossa convicção acerca da *verdade* do que é narrado. O que tenho para contar, agora, é de meu próprio conhecimento – de minha própria e verdadeira experiência.

Por muitos anos fui sujeito aos ataques da singular enfermidade que os médicos escolheram chamar de catalepsia, na falta de melhor definição. Embora as predisposições, as causas imediatas e até o próprio diagnóstico da doença ainda sejam um mistério, seus sintomas óbvios e aparentes são bem conhecidos. Suas variações dizem respeito principalmente à intensidade da manifestação. Às vezes o paciente repousa, por apenas um dia, ou mesmo por um período menor, numa espécie de letargia extremada. Ele não sente nada e não move nenhum músculo; mas a débil pulsação do coração pode ser percebida; indícios de calor permanecem no corpo; uma cor muito fraca não abandona as maçãs do rosto; e, se posicionarmos um espelho junto aos lábios, podemos detectar uma atividade pulmonar dormente, desigual, vacilante. E então pode haver um transe que dura semanas – até mesmo meses; e o exame mais cuidadoso e os testes médicos mais rigorosos falham em estabelecer qualquer diferença empírica entre o estado cataléptico e aquilo que consideramos ser a morte mais absoluta. Ocorre muito que o paciente só seja salvo do enterro prematuro porque seus amigos sabem que ele já teve um ataque de catalepsia, pela consequente suspeita que surge, e, acima de tudo, pela ausência de sinais de decomposição. Por sorte a progressão da doença é gradual. As primeiras manifestações, embora distintas, são inequívocas. Os acessos são cada vez mais nítidos e cada um dura mais do que o antecedente. Nisso reside a maior salvaguarda contra a inumação. O desventurado cujo primeiro ataque for do tipo mais grave, do tipo mais duradouro que vez ou outra se vê, será quase que inevitavelmente despachado vivo para a tumba.

Meu caso não diferia daqueles mencionados nos livros de medicina em nenhum detalhe importante. De vez em quando, sem causa aparente, eu afundava, pouco a pouco, numa condição de semissíncope, ou meio desmaio; e, nessa condição, sem dor, sem poder me mexer ou, literalmente, pensar, mas com consciência letárgica e entorpecida do sangue correndo e da presença dos que cercavam minha cama, eu permanecia, até que o ponto crítico do ataque me devolvia subitamente a sensação plena. Em outras ocasiões, eu era derrubado de forma rápida e impetuosa. Ficava nauseado, embriagado, sentia frio e tontura e aí caía prostrado num instante. Então, por semanas a fio, tudo era vazio, e negro, e quieto, e o Nada era o universo. A aniquilação total não podia ser mais do que isso. Eu acordava desses ataques, porém, numa gradação proporcional ao assalto súbito do acesso. Como o dia que nasce para o maltrapilho que percorre as ruas numa longa e desolada noite de inverno, com esse vagar, nessa exaustão – nessa mesma alegria a luz voltava à minha Alma.

À parte a inclinação para os transes, no entanto, minha saúde parecia boa; não havia indicativo de que ela fosse afetada de qualquer maneira pela enfermidade prevalecente – a não ser, claro, que uma idiossincrasia do meu *sono* normal pudesse ser tida como induzida. Ao acordar de uma noite de sono eu nunca recuperava de imediato meus sentidos, e sempre sentia, por vários minutos, perplexidade e espanto – as faculdades mentais em geral, e a memória em particular, permaneciam em suspensão absoluta.

Em tudo que enfrentei não havia um mínimo de sofrimento físico, mas havia uma aflição moral infinita. Minhas fantasias eram sepulcrais. Eu falava "de vermes, de tumbas e de epitáfios". Perdia-me em especulações de morte, e a ideia de um enterro prematuro dominava o meu cérebro de maneira permanente. O Perigo tenebroso ao qual eu estava sujeito me perseguia dia e noite. De dia, a tortura da meditação era excessiva – à noite, era suprema. Quando a Noite austera tomava conta da Terra, aí, com todo o horror do pensamento, eu tremia – tremia como os adornos esvoaçantes de um carro fúnebre. Quando a Natureza não mais permitia a vigília, era com relutância que eu consentia em dormir – pois estremecia só de pensar que, acordando, eu poderia me descobrir habitante de uma sepultura. E quando afinal eu caía no sono, era apenas para mergulhar de imediato num mundo de fantasmas, sobre o qual pairava, vasto, sombrio, em eclipse, com asas gigantes, a Ideia sepulcral.

Das inúmeras imagens de treva que assim oprimiam meus sonhos, escolho para registro uma visão solitária. Vi-me imerso num transe cataléptico de duração e intensidade incomuns. De súbito uma mão gelada tocou minha testa, e uma voz impaciente e quase incompreensível sussurrou "Levanta!" em meu ouvido.

Sentei ereto. A escuridão era total. Eu não conseguia enxergar o vulto que me acordara. Não conseguia lembrar nem há quanto tempo eu caíra no transe, nem onde me encontrava. Eu me mantinha imóvel, empenhado em tentar organizar os pensamentos, e a mão fria agarrou meu pulso com força, sacudindo-o com petulância, e a voz estranha disse de novo:

– Levanta! Não pedi que te levantasses?

– E quem – questionei – és tu?

– Não tenho nome nas regiões que habito – respondeu a voz, em tom lúgubre. – Fui mortal, e sou espírito. Fui implacável, e sou piedoso. Deves perceber que tremo. Meus dentes batem enquanto falo, e não é por causa do frio da noite... da noite sem fim. Mas esta situação é hedionda e insuportável. Como podes tu dormir tranquilamente? Não posso descansar com o barulho destes gritos de agonia. Este horror é mais do que posso suportar. Põe-te de pé! Vem comigo para a Noite exterior e deixa que eu te mostre os túmulos. Não é este um espetáculo lamentável? Vê!

Eu olhei; e o vulto invisível, que ainda segurava meu pulso, tinha exposto ao ar livre, abertas, todas as sepulturas da humanidade; e de cada uma emanava a fina radiância fosfórica da decomposição, e eu podia enxergar os recessos mais escondidos, e vi os corpos amortalhados no descanso triste e solene que compartilhavam com o verme. No entanto, ai!, os que descansavam de verdade eram poucos, e os que não dormiam eram muitos, eram milhões; e havia um débil debater, e havia um desconforto generalizado e triste, e do fundo das incontáveis fossas vinha o agitar melancólico das vestes dos enterrados. E, entre os que pareciam desfrutar de um repouso tranquilo, vi que um vasto número deles não mais estava, em maior ou menor grau, na posição rígida e incômoda do sepultamento. Continuei olhando, e a voz me disse outra vez:

– Não é? Ah! *Não é* esta uma visão lamentável?

Antes que eu pudesse encontrar palavras para responder, porém, o vulto já havia largado meu pulso, as luzes fosfóricas estavam extintas e as tumbas tinham sido fechadas num estrondo repentino e violento, e delas se levantava uma confusão de gritos desesperados que diziam: "Não é? Ah, Deus!, *não é* esta uma visão muito lamentável?".

Fantasias como essas, que se apresentavam à noite, estendiam sua influência terrífica para todas as minhas horas de vigília. Fiquei com os nervos dilacerados, e me vi subjugado por um terror perpétuo. Não tinha coragem de cavalgar, ou de andar, ou de me entregar a qualquer atividade que me tirasse de casa. Na verdade, não ousava mais me afastar da presença imediata dos que sabiam de minha propensão à catalepsia, receoso de que, caindo num de meus acessos habituais, pudesse ser enterrado antes que minha condição real fosse comprovada. Passei a desconfiar dos cuidados e da fidelidade dos meus amigos mais queridos. Apavorava-me que, durante um transe de duração maior, eles pudessem ser persuadidos de que minha situação era irreversível. Cheguei mesmo a temer que, como eu causava muitos transtornos, pudessem se aliviar considerando que um ataque muito prolongado fosse desculpa cabível para que se livrassem de mim de uma vez por todas. Foi em vão que eles tentaram, com as promessas mais solenes, garantir que eu estava seguro. Arranquei deles juramentos sagrados de que em nenhuma circunstância me enterrariam a não ser que a decomposição ficasse tão evidente que tornasse minha preservação impossível. E mesmo assim meus terrores mortais não davam ouvidos à razão, não aceitavam nenhum consolo. Providenciei uma série de precauções elaboradas. Entre outras coisas, mandei reformar o mausoléu da minha família, de modo que fosse possível abri-lo de dentro com rapidez. A mais leve pressão sobre uma alavanca que se projetava até o fundo da cripta faria com que os portais de ferro saltassem para trás. Houve providências também para a livre entrada de ar e de luz e para a conveniente colocação, ao alcance do caixão que me era destinado, de recipientes para comida e água. Este caixão tinha estofamento macio e acolhedor, e dispunha de uma tampa que foi planejada com o mesmo princípio da porta do jazigo; molas foram instaladas nela, de forma que um mínimo movimento do corpo proporcionasse liberdade instantânea. Além disso havia, pendendo do teto da catacumba, um sino grande cuja corda, como foi projetado, deveria ser estendida para dentro do caixão por um buraco e amarrada a uma das mãos do cadáver. Só que, ai de mim!, de que vale a vigilância contra o Destino do homem? Nem mesmo essas medidas bem orquestradas bastaram para evitar as agonias extremas da inumação em vida, para salvar um desgraçado de agonias predestinadas!

Chegou um momento – como tantas vezes antes chegara – em que me vi emergindo da inconsciência total e experimentando uma sensação lânguida e indefinida de existência. Devagar, a passo de tartaruga, aproximou-se o amanhecer fraco e cinza do dia físico. Um desconforto entorpecido. A tolerância apática frente a uma dor surda. Sem preocupação, sem esperança, sem empenho. Então, depois de um longo intervalo, um zumbido nos ouvidos; então, depois de um lapso ainda maior, uma sensação de picada ou formigamento nas extremidades; então um período aparentemente eterno de quietude aprazível, durante o qual os sentimentos do despertar vão penetrando no pensamento; então um breve retorno às profundezas do não ser; então uma súbita recuperação. Por fim o leve tremelicar de uma pálpebra, e logo em seguida o choque elétrico de um terror, mortal e indefinido, que desloca o sangue, em torrentes, das têmporas para o coração. E agora o primeiro esboço real de pensamento. E agora a primeira tentativa de lembrar. E agora um sucesso parcial e evanescente. E agora a memória reassumiu de tal forma seu domínio que, até certo ponto, tenho noção de meu estado. Percebo que não estou acordando de um sono comum. Recordo que a catalepsia me atacou. E agora, por último, sob o peso de um oceano, meu espírito arrepiado é pressionado pelo Perigo mais repulsivo – pela espectral e sempre presente Ideia.

Por alguns minutos, possuído por essa especulação, permaneci imóvel. Por quê? Porque não conseguia reunir coragem para me mexer. Não ousava executar o movimento que mostraria qual era o meu destino – e havia algo em meu coração sussurrando que *ele estava decidido*. Desespero – do tipo que nenhuma outra espécie de infortúnio pode forjar –, apenas o mais puro desespero me levou, depois de longa indecisão, a abrir minhas pesadas pálpebras. Abri os olhos. Estava escuro – tudo escuro. Eu sabia que o acesso havia passado. Sabia que minhas faculdades visuais estavam totalmente restauradas – mas estava escuro, tudo escuro, a intensa e última escuridade da Noite que perdura por todo o sempre.

Tentei gritar; meus lábios e minha língua ressecada se moveram convulsivamente na tentativa – mas nenhuma voz brotou de meus pulmões cavernosos, que, como que esmagados pelo peso de uma montanha, arquejavam e palpitavam junto com o coração a cada penosa inspiração de ar. O movimento dos maxilares, neste esforço para gritar alto, indicou que eles estavam enlaçados, como se costuma fazer com os mortos. Senti, também, que estava deitado em superfície dura, e que algo similar comprimia meus flancos. Até ali eu não me arriscara a mover nenhum membro. Sentia os braços esticados e as mãos cruzadas – e então as joguei para cima num arroubo. Elas bateram em algo sólido, um obstáculo de madeira que cobria meu corpo, quinze centímetros acima de mim. Não havia mais dúvida – eu repousava, afinal, em um caixão.

E então, por entre a desgraça infinita, surgiu o doce querubim da Esperança – pois lembrei de minhas precauções.

Estremeci, e fiz esforços repetidos para abrir a tampa: ela não se mexeu. Procurei pela corda do sino nos meus pulsos: não havia corda. O Consolo desapareceu em definitivo e um Desespero ainda mais inflexível assumiu o controle; porque não pude deixar de notar a ausência do acolchoamento que eu havia providenciado com tanto cuidado – e então invadiu minhas narinas o cheiro forte e peculiar de terra úmida. A conclusão era inevitável. Eu caíra em transe fora de casa – entre estranhos – quando e como eu não lembrava – e os estranhos me enterraram como se eu fosse um cachorro – entalado num caixão qualquer – e jogado para sempre no fundo, no fundo de uma anônima e ordinária *cova*.

Enquanto essa convicção terrível penetrava à força no âmago da minha alma, fiz mais um esforço para gritar alto. E essa segunda tentativa deu certo. Um grito forte, um berro selvagem e contínuo de agonia ressoou pelos domínios da Noite subterrânea.

– Ei! Ei! – disse uma voz rude, em resposta.
– Que diabo que houve agora? – disse outra.
– Pare com isso! – disse uma terceira.
– O que você quer, uivando esquisito desse jeito, como um gato selvagem?

E então fui agarrado e sacudido, durante vários minutos, por uma junta de indivíduos mal-encarados. Eles não me arrancaram do sono – eu estava bem desperto quando gritei –, mas me ajudaram a recuperar por completo a memória.

A aventura ocorrera perto de Richmond, Virginia. Acompanhado de um amigo numa expedição de caça, desci alguns quilômetros pelas margens do rio James. Ao anoitecer, fomos surpreendidos por uma tempestade. A cabine de um barquinho ancorado no rio, carregado de terra de jardinagem, era o único abrigo disponível. Fizemos uso dele e passamos a noite a bordo. Dormi num dos dois únicos leitos da embarcação – e nem é preciso descrever como são os leitos de uma chalupa de sessenta toneladas. O que eu ocupei não tinha nenhuma roupa de cama. Tinha uma largura de 45 centímetros, e estava fixado 45 centímetros abaixo do convés. Tive de me enfiar ali, com extrema dificuldade. Mesmo assim, dormi como uma pedra; e toda a minha visão – não foi sonho, não foi pesadelo – proveio logicamente das circunstâncias de minha posição, da minha habitual propensão mental e da dificuldade, que mencionei antes, de recuperar os sentidos e principalmente de recobrar a memória no longo período que se seguiu ao despertar. Os homens que me sacudiram eram os tripulantes da chalupa e alguns trabalhadores que vieram recolher a carga. Da carga é que veio o cheiro de terra. A bandagem nos maxilares era um lenço de seda que, na falta da minha touca de dormir, eu tinha enrolado na cabeça.

As torturas que enfrentei, no entanto, foram sem dúvida idênticas, enquanto duraram, aos suplícios reais de uma sepultura. Foram medonhas, foram inconcebivelmente tenebrosas; mas do Mal germinou o Bem, pois o excesso do suplício deu origem a uma reviravolta inevitável. Minha alma ganhou um tom – ganhou serenidade. Saí para as ruas. Passei a me exercitar com afinco. Respirei o ar puro do Céu. Não pensei mais apenas na Morte. Joguei fora meus livros de medicina. Queimei o "Buchan".* Não li mais "Pensamentos Noturnos"**, nenhuma bobagem sobre necrópoles, nenhuma historieta de terror – *como esta*. Em resumo, tornei-me um novo homem, vivi uma vida de homem. Desde aquela noite memorável, livrei-me para sempre dos meus temores fúnebres, e com eles se foi a catalepsia, em relação à qual, talvez, eles tenham sido mais a causa do que a consequência.

Existem momentos em que, mesmo aos olhos sóbrios da Razão, o mundo habitado pela triste Humanidade assume uma aparência de Inferno – mas a imaginação do homem não

---

* William Buchan (1729-1805), médico escocês, autor do popular *Medicina doméstica*. (N.T.)

** *Night Thoughts*, a obra mais famosa do poeta inglês Edward Young (1683-1765). (N.T.)

é uma Carathis* que possa explorar impunemente todas as suas cavernas. Ai de nós! A assustadora legião dos terrores sepulcrais não pode ser considerada totalmente fictícia, mas, como os Demônios em cuja companhia Afrasiab** fez sua viagem pelo rio Oxus, ela precisa dormir, ou então seremos devorados por ela – a legião precisa ser forçada a adormecer, ou então sucumbiremos.

---

* Rainha e feiticeira, personagem de *Vathek*, novela do inglês William Beckford (1760-1844). (N.T.)

** Rei e vilão, personagem da literatura clássica persa. (N.T.)

A CAIXA OBLONGA

Alguns anos atrás, parti em viagem de Charleston, na Carolina do Sul, para a cidade de Nova York, no belo paquete *Independence*, do capitão Hardy. O navio partiria no dia 15 de junho, se o tempo permitisse; embarquei no dia 14, para fazer alguns arranjos na minha cabine.

Fiquei sabendo que teríamos um grande número de passageiros, incluindo uma quantidade de damas maior do que o habitual. Na lista constavam vários conhecidos meus, e, entre outras presenças, fiquei contente de ver o nome do sr. Cornelius Wyatt, um jovem artista por quem eu nutria sentimentos de calorosa amizade. Ele fora meu colega de estudos na Universidade C., onde andávamos sempre juntos. Tinha o temperamento típico de um gênio, num misto de misantropia, sensibilidade e entusiasmo. A essas qualidades se somava o coração mais caloroso e verdadeiro que jamais bateu em um peito humano.

Observei que seu nome estava afixado em *três* cabines; e, conferindo novamente a lista de passageiros, descobri que ele reservara lugares para si, para sua esposa e para duas irmãs dele. As cabines eram bastante espaçosas e cada uma tinha dois leitos, um acima do outro. Esses leitos, na verdade, eram estreitos ao extremo, de modo que eram insuficientes para mais do que uma pessoa; mesmo assim, não pude compreender por que havia *três* cabines para essas quatro pessoas. Eu estava, bem por aquela época, num estado de espírito instável e anormal, desses que deixam o sujeito curioso a respeito de ninharias; e confesso, com vergonha, que me ocupei numa variedade de conjeturas – impertinentes e ridículas – sobre esse caso da cabine excedente. Não era mesmo da minha conta, mas me dediquei a solucionar o enigma com a maior das teimosias. Por fim cheguei a uma conclusão, e me encheu de espanto o fato de que não chegara a ela mais cedo. "É uma criada, é claro", pensei. "Que tolice minha, não ter pensado antes numa solução tão óbvia!" Então recorri à lista outra vez – e então pude ter certeza de que *nenhuma* criada acompanharia o grupo; embora, na verdade, o propósito inicial tivesse sido trazer uma – pois as palavras "e criada" tinham sido escritas e depois riscadas. "Ah, uma bagagem extra, com certeza", disse agora para mim mesmo, "algo que ele não quer que fique no porão de carga, algo que queira manter ao alcance dos olhos... ah, já sei: uma pintura ou algo assim – e foi isso o que ele andou negociando com Nicolino, o judeu italiano." Essa ideia me satisfez, e de momento pus de lado minha curiosidade.

As duas irmãs de Wyatt eu conhecia muito bem, eram as garotas mais amáveis e espertas do mundo. Sua esposa eu ainda não tinha visto, o casamento era recente. Mas ele sempre falava dela quando estava comigo, e no seu estilo entusiasmado habitual. Ele a descrevia como uma mulher de beleza inigualável, sábia, educada. Eu estava, portanto, ansioso para conhecê-la.

No dia em que visitei o navio (dia 14), Wyatt e os seus também deveriam visitá-lo – segundo me informou o capitão –, e esperei a bordo por uma hora a mais do que previra, na esperança de ser apresentado à noiva; mas chegou um pedido de desculpas: "O sr. W. estava um pouco indisposto e declinou de vir a bordo até amanhã, até a hora da partida".

Tendo chegado a manhã seguinte, eu me encaminhava do hotel para o cais quando o capitão Hardy me encontrou e disse que, "devido a circunstâncias" (uma expressão estúpida, mas conveniente), "achava melhor que o *Independence* não zarpasse antes de um ou dois dias, e que, quando tudo estivesse pronto, ele anunciaria e me mandaria o recado". Isso me pareceu estranho, pois havia uma brisa firme vinda do sul; mas, como "as circunstâncias" não estavam disponíveis, embora eu procurasse identificá-las com muita perseverança, não me restou nada a fazer a não ser voltar para casa e suportar minha impaciência com calma.

Não recebi a esperada mensagem do capitão por quase uma semana. Ela acabou chegando, contudo, e embarquei imediatamente. O navio estava repleto de passageiros, e tudo estava imerso naquele alvoroço que antecede a partida. O grupo de Wyatt chegou cerca de dez minutos depois de mim. Lá estavam as duas irmãs, a noiva e o artista – este último num de seus costumeiros acessos de misantropia taciturna. Eu estava acostumado demais a esses acessos, contudo, para prestar alguma atenção especial neles. Ele nem mesmo me apresentou a esposa; essa cortesia coube, por força, a uma das irmãs dele, Marian – uma garota muito doce e inteligente que nos apresentou em poucas e apressadas palavras.

A sra. Wyatt chegara usando um véu que lhe escondia o rosto; quando o ergueu, em retribuição à minha reverência, fiquei profundamente atônito, devo confessar. Eu teria ficado ainda mais espantado, não fosse o fato de que a experiência me levou a não crer com irrestrita confiança nas descrições entusiasmadas do meu amigo, o artista, quando ele se derramava em comentários sobre os encantos das mulheres. Quando a beleza era o tema, eu conhecia muito bem a facilidade com que ele voava às alturas do puro ideal.

Verdade seja dita, não pude deixar de considerar a sra. Wyatt como uma mulher de aparência comum. Se não era de todo feia, não estava, creio, muito longe disso. Estava vestida, no entanto, com apurado bom gosto – e então não tive dúvida de que ela cativara o coração do meu amigo com as graças mais duradouras do intelecto e da alma. Ela disse bem poucas palavras e se dirigiu de imediato, com o sr. W., para a sua cabine.

Minha velha bisbilhotice ressurgiu. *Não* havia criado ou criada – *isso* era inquestionável. Procurei, portanto, pela bagagem extra. Depois de alguma demora, chegou ao cais uma carreta com uma caixa oblonga de pinho, que parecia ser a única coisa que ainda era esperada. Logo em seguida fizemos vela, e em pouco tempo estávamos tranquilamente saindo da barra e rumando para o mar aberto.

A caixa em questão era, como eu disse, oblonga. Tinha cerca de um metro e oitenta de comprimento e uns oitenta centímetros de largura – eu a observei com atenção; gosto de ser preciso. Bem, era um formato *peculiar*; assim que vi a caixa, gabei-me pela acurácia da minha suposição. Eu havia chegado à conclusão, podemos recordar, de que a bagagem excedente do meu amigo, o artista, só poderia ser um conjunto de pinturas, ou ao menos uma pintura; porque eu sabia que ele estivera em conferência com Nicolino por várias semanas; e eis que aqui estava uma caixa que, por seu formato, *possivelmente* não continha nada menos que uma cópia da "Última Ceia" de Leonardo; e eu sabia que uma cópia dessa mesma "Última Ceia", feita em Florença por Rubini, o Moço, estava em posse de Nicolino havia algum tempo. Considerei, portanto, que essa questão estava suficientemente esclarecida. Ri sozinho ao pensar em minha perspicácia. Era a primeira vez, ao que eu soubesse, que Wyatt me escondia um de seus segredos artísticos; mas estava evidente, aqui, que ele queria me pregar uma peça, contrabandeando uma bela pintura para Nova York bem embaixo do meu nariz, esperando que eu não fosse desconfiar de nada. Resolvi entrar no jogo e responder *à altura*, dali por diante.

Uma coisa me incomodava bastante, contudo. A caixa *não* foi depositada na cabine extra. Foi colocada no quarto de Wyatt; e ali, além disso, ela permaneceu, ocupando praticamente todo o piso – para extremo desconforto, sem dúvida, do artista e de sua mulher, especialmente porque o piche ou a tinta com que se escreveu sobre a caixa, em grandes letras maiúsculas, emitia um cheiro forte, desagradável e, a *meu* ver, particularmente nojento. Na tampa estavam pintadas estas palavras:

> Para a sra. Adelaide Curtis, Albany, Nova York. Sob responsabilidade do ilmo. sr. Cornelius Wyatt. Este lado para cima. Manejar com cuidado.

Ora, eu tinha conhecimento de que a sra. Adelaide Curtis, de Albany, era a mãe da mulher do artista – mas encarei a história do endereço como uma mistificação preparada especialmente para mim. Botei na cabeça que a caixa e seu conteúdo, era óbvio, não iriam para nenhum lugar que não fosse o estúdio do meu misantropo amigo, em Chambers Street, Nova York.

Nos primeiros três ou quatro dias tivemos tempo bom, embora o vento estivesse parado à frente, tendo se dirigido para o norte logo depois de termos perdido de vista a costa. Os passageiros se achavam, em consequência, bem-dispostos e inclinados à sociabilidade. *Devo* excluir, contudo, Wyatt e suas irmãs, que se comportavam de maneira fria e, não pude deixar de pensar, agiam até mesmo de forma descortês com os outros. A conduta de *Wyatt* não me chamava tanto a atenção. Ele estava tristonho, até mais do que o habitual – estava mesmo *sombrio* –, mas para as excentricidades dele eu estava sempre preparado. Quanto às irmãs, contudo, eu não sabia o que pensar. Elas se trancavam em sua cabine durante a maior parte do tempo e absolutamente se recusavam, embora eu insistisse com elas, a fazer contato com qualquer pessoa a bordo.

A sra. Wyatt, por sua vez, era bem mais agradável. Ou melhor, era *falante*; e ser falante é um tanto recomendável quando se está no mar. Ela ficou excessivamente íntima da maioria das senhoras; e, para meu profundo espanto, demonstrou inequívoca disposição de coquetear com os homens. Divertiu muito a todos. Eu digo "*divertiu*" – e mal sei como me explicar. A verdade é que logo descobri que muito mais riam *da* sra. W. do que *com* ela. Os cavalheiros pouco diziam a seu respeito; as damas, porém, em questão de pouco tempo a qualificaram de "coisinha querida, de aparência bem banal, totalmente inculta e decididamente vulgar". O grande enigma era entender como Wyatt caíra na cilada dessa união. Riqueza era um motivo comum – mas aqui eu sabia que não era motivo nenhum, pois Wyatt me contara que ela não possuía nem um tostão e não tinha perspectivas de obter renda de onde quer que fosse. Ele se casara, segundo me disse, "por amor, e apenas por amor"; e sua noiva era "muito mais do que merecedora" de seu amor. Quando pensei nessas expressões que o meu amigo usou, fiquei indescritivelmente perplexo, devo confessar. Seria possível que ele estivesse perdendo o juízo? O que mais eu poderia pensar? *Ele*, tão refinado, tão erudito, tão exigente, dotado de uma requintada percepção do imperfeito e de uma apurada apreciação do belo! Na verdade, a dama parecia especialmente afeiçoada a ele – ainda mais na ausência dele –, ao fazer papel de boba com frequentes citações do que havia sido dito por seu "adorado marido, o sr. Wyatt". A palavra "marido" parecia estar sempre – para usar uma de suas delicadas expressões –, sempre "na ponta de sua língua". Enquanto isso, saltava aos olhos de todos a bordo que *ela* era evitada por ele de maneira bastante intencional, e que ele, na maior parte do tempo, trancava-se sozinho em sua cabine, de onde, de fato, podia-se dizer que praticamente não saía, dando toda a liberdade à esposa, deixando que ela se divertisse à vontade em público, à vista de todos, no salão principal.

Minha conclusão, pelo que vi e ouvi, foi a de que o artista, por alguma inexplicável excentricidade ou inclinação, ou talvez em algum acesso de paixão entusiástica e fantasiosa, fora induzido a se unir com uma pessoa que não estava de nenhuma maneira à sua altura, e que a consequência natural fora o desgosto completo e imediato. Lamentei por ele, do fundo do meu coração – mas não podia, nem por esse motivo, perdoar sua incomunicabilidade a respeito da *Última Ceia*. Por isso decidi elaborar minha vingança.

Certo dia ele veio ao convés e, levando-o pelo braço como era meu costume, passeei com ele para lá e para cá. Seu abatimento, contudo (o que eu considerava até natural, dadas as circunstâncias), parecia totalmente inextinguível. Pouco dizia, sempre taciturno, e quando falava algo, era com evidente esforço. Arrisquei um ou dois gracejos, e ele esboçou um sorriso forçado. Pobre sujeito! Pensando em sua mulher, ponderei se ele teria capacidade de sequer simular jovialidade. Por fim, arrisquei um lance mais certeiro. Resolvi dar início a uma série de insinuações encobertas e alusões acerca da caixa oblonga – de forma que ele percebesse, gradualmente, que eu estava *longe* de ser alvo ou vítima de seu pequeno jogo de mistificação. Meu primeiro movimento foi uma espécie de ataque disfarçado. Eu disse alguma coisa acerca do "formato peculiar *daquela* caixa" e, enquanto falei, sorri como se soubesse de algo, pisquei para ele e o toquei de leve nas costelas com meu dedo indicador.

A maneira com que Wyatt recebeu essa brincadeira inofensiva me convenceu de imediato de que ele estava louco. Primeiro ele me olhou como se julgasse impossível compreender a espirituosidade da minha observação; porém, à medida que a insinuação começou a fazer sentido, parecendo penetrar aos poucos em sua mente, seus olhos, cada vez mais, pareceram querer saltar das órbitas. Então seu rosto ficou muito vermelho e, em seguida, ficou medonhamente pálido – depois, como que incrivelmente deleitado por minha insinuação, ele começou a rir alto, de forma violenta, uma risada que, para meu grande assombro, ele manteve num vigor cada vez maior por dez minutos ou mais. Concluindo, caiu como um poste sobre o convés. Quando me apressei a erguê-lo, ele tinha toda a aparência de um homem *morto*.

Chamei ajuda e, com a maior dificuldade, trouxemos Wyatt de volta a si. Depois de se reanimar, ele falou de forma incoerente por um tempo. Por fim o sangramos e o colocamos na cama. Na manhã seguinte, ele estava bastante recuperado, no que dizia respeito a sua mera saúde física. Nem falo de sua condição mental, claro. Evitei-o durante o resto da viagem, por advertência do capitão, que parecia estar totalmente de acordo com minha opinião sobre sua insanidade, mas me aconselhou a não mencionar o tema com ninguém a bordo.

Várias circunstâncias se passaram imediatamente após esse ataque de Wyatt, e elas contribuíram para intensificar a curiosidade de que eu já estava possuído. Entre outras coisas, isto: eu estava sempre nervoso, bebia muito um forte chá verde e dormia mal à noite – na verdade, houve duas noites nas quais se pode dizer que nem cheguei a dormir. Bem, a porta da minha cabine dava para o salão principal, ou sala de jantar, como ocorria com todas as cabines de homens desacompanhados a bordo. Os três quartos de Wyatt ficavam num espaço adjacente, separado do salão principal apenas por uma porta de correr que não era trancada nem mesmo à noite. Seguíamos quase o tempo inteiro na direção do vento, com brisa forte e constante, e o navio se inclinava a sotavento em grande medida; sempre que o vento vinha de encontro a estibordo, essa porta de correr entre as duas áreas se abria, e aberta ficava, ninguém se dando o trabalho de levantar para fechá-la. E a posição do meu leito era tal que quando a porta da minha própria cabine estava aberta, assim como a porta de correr em questão (minha porta estava *sempre* aberta devido ao calor), eu podia enxergar o interior do espaço adjacente de forma muito distinta, e via justo o trecho em que se localizavam as cabines do sr. Wyatt. Pois bem, em duas noites (*não* consecutivas), durante minha vigília, por volta das onze da noite nas duas vezes, vi com meus próprios olhos a sra. W. sair de forma sorrateira da cabine do sr. W. e entrar no quarto extra, no qual permanecia até o raiar do dia, quando era chamada pelo marido e voltava para a cabine dele. Era claro que eles estavam virtualmente separados. Tinham aposentos separados – sem dúvida na perspectiva de um divórcio mais permanente. Aqui, afinal, pensei, estava o mistério da cabine extra.

Havia outra circunstância, também, que me interessava muito. Nas duas noites despertas em questão, e imediatamente após o desaparecimento da sra. Wyatt na cabine extra, fui atraído por certos ruídos singulares, cautelosos, abafados, no quarto do marido. Depois de escutar bem por um tempo, prestando atenção e refletindo, por fim tive êxito total em interpretar os ruídos. Eram sons ocasionados pela ação do artista de abrir à força a caixa oblonga, por meio de um formão e de um malho – este último estando aparentemente silenciado, ou amortecido, por algum tecido de lã ou algodão que envolvia sua cabeça.

Dessa maneira imaginei poder distinguir o preciso momento em que ele soltava por completo a tampa – e também poder perceber quando a removia inteiramente, e quando a depositava no leito mais baixo de seu quarto; este último ponto, por exemplo, eu determinava a partir de certas batidas leves que a tampa dava de encontro às extremidades de madeira do leito, enquanto ele tentava deitá-la ali com a *maior* suavidade – não havendo espaço para ela no chão. Depois disso, nas duas ocasiões, havia uma quietude absoluta e eu não ouvia mais nada até perto do raiar do dia; a menos, talvez, que valha mencionar um soluço baixo, um som de murmúrio, tão reprimido que se tornava quase inaudível – se é que, de fato, o conjunto destes últimos sons não era produzido mesmo por minha própria imaginação. Estou dizendo que os sons *lembravam* soluços ou suspiros – mas é claro que não podiam ser nem uma coisa nem outra. Acho que não passavam de um zumbido em meus ouvidos. O sr. Wyatt, sem dúvida, de acordo com seu costume, estava apenas fruindo um de seus hobbies – entregando-se a um de seus acessos de entusiasmo artístico. Ele abrira sua caixa oblonga de modo a regalar seus olhos com o tesouro pictórico que ela continha. Não havia nada ali, contudo, que devesse fazê-lo *soluçar*. Repito, portanto, que isso só pode ter sido uma das fantasias aberrantes de minha mente, desregulada pelo chá verde do bom capitão Hardy. Pouco antes do amanhecer, nas duas noites de que falei, distintamente ouvi o sr. Wyatt recolocar a tampa sobre a caixa oblonga e cravar os pregos de volta em seus lugares por meio do malho silenciado. Feito isso, ele saía de sua cabine, vestido, e se dirigia à cabine da sra. W. para chamá-la.

Já estávamos no mar havia sete dias e havíamos passado pelo Cabo Hatteras, quando surgiu uma tremenda ventania vinda do sudoeste. Contudo, estávamos preparados para isso, em certa medida, já que o clima vinha dando ameaças há algum tempo. Tudo foi ajustado para uma possível tempestade, no interior e no exterior do navio; e como o vento ia ganhando cada vez mais força, tivemos de recorrer, por fim, à vela de mezena e a uma vela alta no mastro de proa, ambas em pouco pano.

Nesse arranjo, navegamos com bastante segurança por 48 horas – o navio provando-se excelente no enfrentamento de turbulências, recebendo bem pouca água no convés. Ao fim desse período, contudo, a ventania se transformou num furacão, e nossa vela de popa se rasgou em frangalhos, com o que passamos a nos inclinar demais nas depressões do mar, o convés sendo lavado por ondas prodigiosas, uma depois da outra. Com isso perdemos três homens, arrastados para fora do navio junto com a cozinha de convés e quase toda a amurada de bombordo. Recuperamos os sentidos pouco antes do estraçalhamento da vela alta de proa, e então içamos uma vela de estai para tempestade, e com isso conseguimos ficar bem por algumas horas, o navio enfrentando o mar com muito mais estabilidade.

A violenta ventania não dava trégua, contudo, e não víamos sinais de que fosse amainar. Descobriu-se que o cordame estava mal ajustado e tensionado em excesso; e no terceiro dia da tempestade, por volta das cinco da tarde, nosso mastro de ré, numa forte guinada a barlavento, desabou em cima da borda. Por uma hora ou mais, em vão, tentamos nos livrar dele, em função da estonteante rotação do navio; e, antes mesmo de que conseguíssemos fazê-lo, o carpinteiro veio à popa e anunciou que havia mais de um metro de água no porão de carga. Para agravar nosso dilema, verificamos que as bombas de água estavam entupidas e praticamente imprestáveis.

Tudo, agora, era confusão e desespero – mas houve um esforço para aliviar o peso do navio, e jogamos ao mar toda a carga que conseguimos recolher, e derrubamos os dois mastros que restavam. Aliviamos o peso do navio afinal – mas seguíamos sem poder utilizar as bombas; e no meio-tempo o vazamento nos vencia com muita rapidez.

Ao pôr do sol, a violência da ventania havia diminuído sensivelmente, e, com o assentamento do mar, ainda nutríamos débeis esperanças de que pudéssemos nos salvar nos botes. Às oito da noite, as nuvens se abriram a barlavento, e fomos presenteados com uma lua cheia – um lance de boa sorte que serviu maravilhosamente para reanimar nossos espíritos abatidos.

Com muita dificuldade, passando por um trabalho inacreditável, conseguimos, por fim, descer o escaler principal sem acidentes materiais, e o lotamos com toda a tripulação e a maioria dos passageiros. Esse grupo partiu imediatamente e, depois de muitos sofrimentos, chegou em segurança, afinal, à baía de Oracoke, três dias depois do naufrágio.

Catorze passageiros e o capitão permaneceram a bordo, confiando seus destinos ao bote da popa. Nós o descemos sem dificuldade, embora apenas por milagre tenhamos impedido que submergisse quando bateu na água. Ele continha, já flutuando, o capitão e sua esposa, o sr. Wyatt e seu grupo, e um oficial mexicano com esposa e quatro filhos, além de mim mesmo com um pajem negro.

Não tínhamos espaço, é claro, para nada além de uns poucos instrumentos estritamente necessários, de algumas provisões e das roupas que vestíamos. Ninguém sequer pensou em tentar salvar algo mais. Qual não foi o assombro de todos, então, no momento em que, quando já estávamos alguns metros afastados do navio, o sr. Wyatt ergueu-se no cordame de popa e pediu ao capitão Hardy, com a maior frieza, que o bote fosse içado de volta para que trouxéssemos sua caixa oblonga!

– Sente-se, sr. Wyatt – respondeu o capitão, com certa severidade. – O senhor fará o barco virar se não se sentar e ficar imóvel. Nossa amurada está quase na água agora.

– A caixa! – vociferou o sr. Wyatt, ainda de pé. – A caixa, estou dizendo! Capitão Hardy, o senhor não pode, o senhor não *irá* recusar meu pedido. O peso dela é insignificante, não é nada, é uma coisa de nada. Pela mãe que o trouxe ao mundo, pelo amor dos Céus, pela esperança de sua salvação, *imploro* ao senhor que voltemos para buscar a caixa!

Por um momento, o capitão pareceu sensibilizado pelo apelo fervoroso do artista, mas retomou sua compostura severa e disse apenas:

– Sr. Wyatt, o senhor está *louco*. Não posso lhe dar ouvidos. Repito, sente-se ou o bote vai virar. Fique onde está... Segurem-no! Agarrem-no! Ele vai pular no mar! Pronto, eu sabia, ele pulou!

Enquanto o capitão falava, o sr. Wyatt pulou do bote e, como ainda estávamos a sotavento do navio naufragado, conseguiu, num empenho quase sobre-humano, agarrar uma corda que pendia das correntes da proa. Num instante ele já estava a bordo, descendo a toda velocidade para sua cabine.

Nesse meio-tempo fomos arrastados mais para perto da popa do navio e, saindo do sotavento, ficamos à mercê de ondulações tenebrosas que não perdiam força. Fizemos esforço para voltar, com grande determinação, mas nosso pequeno barco era como uma pluma no sopro da tempestade. Percebemos, num relance, que a desgraça do desventurado artista estava selada.

À medida que nossa distância do navio naufragado aumentava rapidamente, vimos o louco (pois só assim podíamos encará-lo) emergir da escada do tombadilho, de onde, com uso de uma força digna de um gigante, ele puxou para cima, por inteiro, a caixa oblonga. Enquanto olhávamos aquilo no extremo de nosso espanto, ele prendeu a caixa com várias voltas de uma corda de três polegadas, e em seguida, com a mesma corda, fez o mesmo em torno de seu corpo. Um momento depois, ambos, corpo e caixa, estavam no mar – desapareceram subitamente, de uma só vez e para sempre.

Ficamos sem reação por algum tempo, tristes, nossos remos parados, nossos olhos fixos naquele ponto. Por fim recomeçamos a remar. O silêncio se manteve, absoluto, por uma hora. Então arrisquei um comentário:

– O senhor observou, capitão, como eles afundaram de forma instantânea? Isso não foi uma coisa extremamente singular? Confesso que acalentei uma mínima esperança de que ele se salvasse ao final, quando o vi se amarrar na caixa e se lançar ao mar.

– Afundaram por uma lógica natural – disse o capitão –, e como um raio. Contudo, logo voltarão à superfície... *mas não antes que o sal derreta*.

– O sal! – exclamei.

– Não fale alto! – disse o capitão, apontando para a esposa e as irmãs do falecido. – Conversaremos sobre essas coisas num momento mais apropriado.

***

Passamos por muitos tormentos e nos salvamos por um triz; a sorte favoreceu a nós assim como aos nossos companheiros do escaler principal. Descemos em terra, afinal, mais mortos do que vivos, após quatro dias de intensa aflição, na praia que fica em frente a Roanoke Island. Permanecemos ali por uma semana, não fomos importunados por saqueadores de naufrágios e por fim conseguimos seguir para Nova York.

Mais ou menos um mês depois da perda do *Independence*, aconteceu de eu encontrar o capitão Hardy na Broadway. Nossa conversa convergiu, naturalmente, para o desastre, e em especial para o destino triste do pobre Wyatt. Assim tomei conhecimento dos seguintes pormenores.

O artista comprara passagens para si e para esposa, duas irmãs e criada. Sua esposa era, de fato, como fora descrita, uma mulher linda, educada e culta. Na manhã de 14 de junho (o dia em que fiz minha primeira visita ao navio), a dama adoeceu de súbito e morreu. O jovem marido ficou fora de si de tanta dor – mas circunstâncias de natureza imperativa não permitiram que sua viagem a Nova York pudesse ser adiada. Era necessário entregar à mãe dela o cadáver de sua adorada esposa, e, por outro lado, o preconceito universal que o impedia de fazê-lo às claras era bem conhecido. Nove entre dez passageiros prefeririam abandonar o navio a viajar com um defunto.

Nesse dilema, o capitão Hardy providenciou que o cadáver, tendo sido antes parcialmente embalsamado, e depositado, com grande quantidade de sal, num caixão de dimensões apropriadas, pudesse ser transportado a bordo como mercadoria. Nada deveria ser dito a respeito do falecimento da dama; e, como estava ao alcance de todos saber que o sr. Wyatt comprara passagem para sua esposa, tornou-se necessário que alguma pessoa a personificasse durante a viagem. Foi fácil persuadir a dama de quarto da falecida a assumir a tarefa. A cabine extra, destinada originalmente para esta moça, teve então sua reserva apenas mantida. Nessa cabine a pseudo-esposa dormiu, é claro, todas as noites. Durante o dia ela desempenhava, no máximo de suas capacidades, o papel de sua patroa – cuja aparência, como fora cuidadosamente apurado, não era conhecida por nenhum dos passageiros a bordo.

Meu próprio engano surgiu, algo naturalmente, de um temperamento muito descuidado, muito curioso, muito impulsivo. Mas nos últimos tempos é uma coisa rara que eu consiga dormir direito à noite. Há um semblante que me assombra, por mais que eu me vire na cama. Há uma risada histérica que vai soar para sempre em meus ouvidos.

"Tu és o homem"

Farei as vezes de Édipo, agora, no enigma de Rattleborough. Vou expor a vocês, como só eu posso fazer, o segredo da maquinaria que gerou o milagre de Rattleborough – o único, o verdadeiro, o reconhecido, o inconteste, o incontestável milagre que pôs um fim definitivo à infidelidade entre os habitantes de Rattleborough e converteu à ortodoxia das matronas todos os mundanos que um dia se atreveram a ser céticos.

Esse acontecimento – sobre o qual deveria ser uma vergonha, para mim, discorrer num tom de inadequada leviandade – se deu no verão de 18... . O sr. Barnabas Shuttleworthy – um dos cidadãos mais abastados e respeitáveis da vila – estava desaparecido havia vários dias, em circunstâncias que levantavam a suspeita de crime de morte. Shuttleworthy saíra de Rattleborough bem cedo num sábado de manhã, a cavalo, com a declarada intenção de seguir para a cidade de..., cerca de 25 quilômetros distante, e de retornar na noite do mesmo dia. Duas horas após sua partida, no entanto, seu cavalo retornou sem ele e sem as sacolas de sela que haviam sido afixadas em seu lombo no início da viagem. O animal estava ferido e coberto de lama. Essas circunstâncias naturalmente causaram grande perplexidade entre os amigos do homem desaparecido; e quando se constatou, na manhã de domingo, que ele ainda não aparecera, toda a vila, *en masse*, resolveu sair à procura de seu corpo.

O primeiro e mais enérgico na iniciativa dessa busca era o amigo do peito do sr. Shuttleworthy – o sr. Charles Goodfellow, ou, como ele era universalmente chamado, "Charley Goodfellow", ou "Velho Charley Goodfellow". Ora, quer seja uma coincidência maravilhosa, quer seja que o nome em si exerça um efeito imperceptível sobre a personalidade, nunca, até aqui, tive condições de averiguar; mas é um fato inquestionável que nunca houve um sujeito chamado Charles que não fosse um companheiro franco, valoroso, honesto, benévolo e de coração aberto, dono de uma voz clara e melodiosa que nos faz bem quando ouvimos e de olhos que nos encaram de frente, no rosto, como que dizendo: "Tenho a consciência limpa; não tenho medo de homem nenhum, e sou totalmente incapaz de fazer mal para alguém". E, assim, todos os amáveis e incautos figurantes do palco têm todas as possibilidades de ter o nome Charles.

Ora, o "Velho Charley Goodfellow", embora não estivesse em Rattleborough não havia nem seis meses ou algo assim, e embora ninguém soubesse nada sobre a vida que ele levara antes de vir se estabelecer na vizinhança, não tivera nenhuma dificuldade no mundo em se fazer conhecido de todas as pessoas respeitáveis na vila. Homem algum, entre essas pessoas, desconfiaria de uma só palavra dele, qualquer que fosse o caso. Quanto às mulheres, não há como dizer o que elas não fariam para obsequiá-lo. E tudo isso veio de ele ter sido batizado Charles, e de ele possuir, por consequência, aquele rosto ingênuo que é proverbialmente a "melhor carta de recomendação".

Já afirmei que o sr. Shuttleworthy era um dos mais respeitáveis e, sem dúvida, o homem mais rico em Rattleborough, sendo que o "Velho Charley Goodfellow" era íntimo dele como se fosse seu próprio irmão. Os dois velhos senhores eram vizinhos de porta, e, embora o sr. Shuttleworthy raramente, se é que o fazia, visitava o "Velho Charley", e nunca se soube que tivesse feito alguma refeição na casa do amigo, nada impedia que os dois fossem extremamente íntimos, como acabei de observar; pois o "Velho Charley" jamais deixava um dia se passar sem entrar três ou quatro vezes para ver como andava o seu vizinho, e com grande frequência ficava para um café da manhã ou chá, e quase sempre para o jantar; e, então, a quantidade de vinho que era consumido pelos dois camaradas numa sentada era uma coisa realmente difícil de verificar. A bebida favorita do "Velho Charley" era Château Margaux, e parecia fazer bem ao coração do sr. Shuttleworthy ver o velho companheiro esvaziar garrafas, como ele fazia, litro após litro; de modo que um dia, quando o vinho estava *por dentro* e o juízo, como consequência natural, meio *por fora*, ele disse a seu camarada, dando tapinhas em suas costas:

– Vou dizer o que é, Velho Charley, você é, de longe, o companheiro mais genuíno com quem jamais cruzei em toda essa minha vida; e, já que você adora acabar com o vinho dessa maneira, maldito seja meu nome se eu não te presentear com uma grande caixa do Château Margaux. Deus me livre – (o sr. Shuttleworthy tinha uma triste mania de blasfemar, embora raramente fosse além de um "Deus me livre", ou "Meu Deus do céu", ou "Pelo amor de Deus") –, Deus me livre – diz ele – se eu não enviar um pedido à cidade hoje à tarde mesmo requisitando uma caixa dupla do melhor que se pode obter, e com ele te farei um regalo, farei sim! Tu não precisas dizer nada, eu o *farei*, e o assunto está encerrado; então fica atento, o presente chegará às tuas mãos num belo dia desses, precisamente quando tu menos esperares por ele!

Menciono este tantinho de liberalidade de parte do sr. Shuttleworthy apenas como um modo de mostrar a vocês a que ponto chegava a *grande* intimidade que existia entre os dois amigos.

Bem, no domingo de manhã em questão, quando se tornou mais do que admitido que o sr. Shuttleworthy deparara com crime de morte, em nenhum momento vi alguém tão profundamente afetado quanto o "Velho Charley Goodfellow". Quando ele ficou sabendo que o cavalo voltara para casa sem seu dono, e sem as sacolas de sela de seu dono e todo ensanguentado por um tiro de pistola, que atravessara fora a fora o peito do pobre animal sem chegar a matá-lo – quando ficou sabendo de tudo isso, ele ficou pálido como se o homem desaparecido fosse seu próprio querido irmão ou pai, e tremeu e tiritou todo como se estivesse no auge de uma febre.

De início ele estava subjugado demais pela dor para ter condições de fazer o que quer que fosse, ou para optar por algum plano de ação; de maneira que por um bom tempo ele tentou dissuadir os outros amigos do sr. Shuttleworthy de fazer tanto alvoroço em torno do assunto, pensando que seria melhor esperar um pouco – digamos que por uma semana ou duas, ou por um mês ou dois – para ver se algo não apareceria, ou se o sr. Shuttleworthy não voltaria de modo natural, explicando suas razões para enviar seu cavalo antes. Ouso dizer que vocês já devem ter observado mais de uma vez esta disposição para temporizar, ou para procrastinar, em pessoas que estão passando por algum pesar muito pungente. Suas capacidades mentais parecem ter se adormecido, de maneira que elas têm horror a tudo que se assemelhe a ação, e não gostam de nada mais no mundo além de repousar em silêncio na cama e "embalar sua dor", como na expressão das velhas damas – quer dizer, ruminar sobre seus problemas.

O povo de Rattleborough tinha, de fato, uma opinião tão boa a respeito da sabedoria e da prudência do "Velho Charley" que a maior parte das pessoas estava disposta a concordar com ele, e a não fazer alvoroço do assunto "até que algo aparecesse", como os honestos senhores de idade o disseram; e creio que, no fim das contas, essa teria sido a determinação geral, não fosse a muito suspeita interferência do sobrinho do sr. Shuttleworthy, um jovem de hábitos muito dissipados, e até mesmo de personalidade bastante ruim. Esse sobrinho, cujo nome era Pennifeather, não dava ouvidos a nada racional no que dizia respeito a "deitar quieto", e insistia em proceder a uma busca imediata pelo "cadáver do homem assassinado". Essa foi a expressão que ele usou; e o sr. Goodfellow observou com agudeza, em seguida, que se tratava de uma "expressão *singular*, para não dizer mais". Essa observação do "Velho Charley" também teve grande efeito sobre o povo reunido; e se ouviu um homem do grupo perguntar, causando grande impressão, "como acontecia de o jovem sr. Pennifeather ter conhecimento tão íntimo das circunstâncias relacionadas ao desaparecimento de seu abastado tio, a ponto de se sentir autorizado a garantir, de forma distinta e inequívoca, que o tio *havia* sido assassinado". A seguir houve um tanto de contenda e observações sarcásticas entre vários membros da aglomeração, especialmente entre o "Velho Charley" e o sr. Pennifeather – embora essa disputa entre os dois não fosse, de fato, de modo algum uma novidade, pois pouca boa vontade restava entre as duas partes nos últimos três ou quatro meses; e o negócio tinha ido tão longe que o sr. Pennifeather chegara a derrubar a soco o amigo de seu tio por algum suposto excesso de liberdade que o amigo tomara na casa do tio, na qual o sobrinho era morador. Nessa ocasião, segundo se diz, o "Velho Charley" se portou com moderação exemplar e tolerância cristã. Ele se recuperou do golpe, levantou, arrumou suas roupas e não fez qualquer tentativa de retaliação; apenas murmurou umas poucas palavras sobre "exercer sumária vingança na primeira oportunidade conveniente" – uma ebulição de raiva natural e muito justificável, que de todo modo não queria dizer nada e, sem sombra de dúvida, foi esquecida logo depois de ter sido aventada.

Não importando em que pé estivesse o assunto (que não tem referência nenhuma com o ponto de que tratamos agora), é quase certo que o povo de Rattleborough, principalmente graças à persuasão do sr. Pennifeather, aderiu por fim à determinação de se dispersar pelas regiões adjacentes em busca do desaparecido sr. Shuttleworthy. Estou dizendo que eles aderiram a tal determinação num primeiro momento. Depois que estava totalmente resolvido que uma busca devia ser feita, considerou-se quase uma coisa lógica que os investigadores deveriam se dispersar – quer dizer, distribuir-se em grupos – para um exame mais abrangente da região em volta. Esqueço, entretanto, qual foi a linha de raciocínio que o "Velho Charley" usou para convencer a assembleia de que esse era o plano mais precipitado que se podia empregar. Convencer, entretanto, ele convenceu – a todos menos ao sr. Pennifeather; e, por fim, acertou-se que uma busca devia ser realizada, com cuidado e muita minúcia, pelos habitantes da vila *en masse*, o próprio "Velho Charley" indicando o caminho.

Quanto a esse último ponto, não podia haver desbravador melhor que o "Velho Charley", que todos sabiam possuir o olho de um lince; no entanto, embora ele os guiasse por todos os tipos de buracos e cantos inusitados, por rotas que ninguém jamais suspeitara que existissem nas redondezas, e embora a busca se mantivesse incessante, dia e noite, por quase uma semana, mesmo assim nenhum vestígio do sr. Shuttleworthy pôde ser encontrado. Quando digo nenhum vestígio, no entanto, não é para ser entendido de forma literal; pois vestígio, em certa medida, certamente havia. O caminho do pobre senhor foi rastreado, pelas ferraduras de seu cavalo (que eram peculiares), até um ponto cerca de cinco quilômetros ao leste da vila, na estrada principal que levava à cidade. Aqui o rastro se deslocava para uma trilha paralela através de um trecho de bosque – a trilha saindo de novo, mais adiante, na estrada principal, e cortando cerca de um quilômetro da distância normal. Seguindo as marcas de ferradura por essa vereda, o grupo topou por fim com um charco de água parada, meio escondido pelos arbustos espinhosos à direita da vereda, e depois desse charco todos os vestígios do rastro se perdiam de vista. Parecia, no entanto, que alguma espécie de luta tomara lugar ali, e podia ser concluído que um corpo grande e pesado, muito maior e mais pesado do que o de um homem, tinha sido arrastado da via paralela para dentro do charco. O charco foi varrido cuidadosamente duas vezes, mas nada foi encontrado; e o grupo estava a ponto de ir embora, no desespero de não obter resultado algum, quando a Providência sugeriu ao sr. Goodfellow o expediente de drenar toda a água de vez. O projeto foi recebido com aclamações e muitos cumprimentos ao "Velho Charley" por sua sagacidade e deliberação. Como muitos dos cidadãos haviam trazido pás, na suposição de que pudessem vir a ter de desenterrar um cadáver, a drenagem foi efetuada com rapidez e facilidade; e tão logo o fundo ficou visível descobriu-se, bem no meio da lama que restou, um colete preto de veludo de seda que quase todos os presentes reconheceram imediatamente como sendo propriedade do sr. Pennifeather. Esse colete estava bastante rasgado e manchado de sangue, e houve várias pessoas no grupo que tinham clara lembrança de que ele fora usado por seu proprietário na mesma manhã em que o sr. Shuttleworthy partiu para a cidade; enquanto que houve outras, ainda, prontas a testemunhar por juramento, se necessário, que o sr. P. não estava usando a peça em questão em nenhum momento durante o *restante* daquele dia memorável; e não se achava ninguém que pudesse dizer que tivesse visto a peça nos trajes do sr. P. em nenhum momento que fosse depois de ocorrido o desaparecimento do sr. Shuttleworthy.

As coisas apresentavam agora um aspecto muito preocupante para o sr. Pennifeather, e foi observado, como confirmação indubitável das suspeitas que se erguiam contra ele, que ele estava ficando extremamente pálido, e quando instado a manifestar o que tinha a dizer para se explicar foi absolutamente incapaz de dizer uma palavra. Num instante, os poucos amigos que herdara de seu turbulento modo de viver o abandonaram sem exceção e de imediato, e se tornaram ainda mais clamorosos do que seus antigos e declarados inimigos na exigência de que fosse preso no ato. De outro lado, porém, a magnanimidade do sr. Goodfellow resplandeceu com brilho ainda mais radioso por contraste. Ele fez uma calorosa e intensamente eloquente defesa do sr. Pennifeather, na qual aludiu mais de uma vez a seu sincero perdão ao selvagem cavalheiro – "o herdeiro do valoroso sr. Shuttleworthy" – pelo insulto que aquele (o jovem cavalheiro) havia, sem dúvida no calor da paixão, julgado adequado lançar sobre ele (o sr. Goodfellow). "Ele o perdoou pelo ocorrido", disse ele, "do fundo de seu coração; e quanto a ele mesmo (o sr. Goodfellow), muito antes de levar a um extremo as circunstâncias suspeitas que, como lamentava dizer, realmente haviam surgido em desfavor do sr. Pennifeather, ele (o sr. Goodfellow) faria todo esforço de que fosse capaz, empregaria toda a pouca eloquência que possuía para... para... para amenizar, até onde chegasse seu poder de fazê-lo, as piores feições desse negócio deveras desconcertante."

O sr. Goodfellow avançou nesta linha por uma boa meia hora, muito em conta tanto de sua cabeça como de seu coração; mas esses nossos conhecidos de coração aberto poucas vezes são coerentes em suas observações, incorrem em toda sorte de bobagens, embaraços e disparates, no fervor de seu zelo em servir a um amigo, fazendo dessa maneira, muitas vezes com as intenções mais benévolas do mundo, infinitamente mais para prejudicar sua causa do que para favorecê-la.

Foi, neste caso, o que resultou de toda a eloquência do "Velho Charley"; pois, embora ele labutasse com dedicação pelos interesses do suspeito, ainda assim ocorreu, de um jeito ou de outro, que cada sílaba que ele proferia cuja tendência direta mas involuntária fosse não exaltar o orador na boa estima de sua audiência tinha o efeito de aprofundar a suspeita já associada ao indivíduo cuja causa ele pleiteava, e de incendiar contra ele a fúria da multidão.

Um dos erros mais inexplicáveis cometidos pelo orador foi sua referência ao suspeito como "o herdeiro do valoroso sr. Shuttleworthy". As pessoas, na verdade, nunca haviam pensado nisso antes. No máximo lembravam-se de certas ameaças de desherdamento proferidas um ou dois anos antes pelo tio (que não tinha parente vivo além do sobrinho), e elas, portanto, sempre encararam esse desherdamento como um assunto resolvido – tão bitoladas eram as ideias dessas criaturas que habitavam Rattleborough; mas a observação do "Velho Charley" repôs de imediato, na mente de todos, a consideração desse ponto, e assim permitiu a todos ver a possibilidade de que as ameaças tivessem sido *mais* do que uma ameaça. E logo a seguir surgiu a lógica questão *cui bono?* – uma questão que tendia, até mais do que o colete, a associar ao jovem o terrível crime. E aqui, para que eu não seja interpretado mal, permitam-me divagar por um momento, apenas para observar que a frase em latim que empreguei, extremamente breve e simples, é invariavelmente mal traduzida e mal entendida. "*Cui bono*", em todos os romances de primeira linha e onde mais for – nos da sra. Gore, por exemplo (a autora de "Cecil"), uma dama que cita todas as línguas, do caldaico ao chickasaw, e é auxiliada em seu saber, "quando necessário", num plano sistemático, pelo sr. Beckford –, em *todos* os romances de primeira linha, afirmo, dos de Bulwer e Dickens aos de Turnapenny e Ainsworth*, as duas palavrinhas latinas *cui bono* são apresentadas como "para que propósito" ou (como em *quo bono*) "para que benefício". Seu verdadeiro significado, todavia, é "para vantagem de quem". *Cui*, para quem; *bono*, serve de benefício. É uma expressão puramente legal, aplicável precisamente em casos tais como o que estamos considerando, nos quais a probabilidade de alguém ser o executante de uma ação depende da probabilidade de o benefício servir a esse indivíduo ou advir do que se obteve com a ação. Ora, no presente caso, a questão *cui bono* comprometia de maneira muito acentuada o sr. Pennifeather. Seu tio o ameaçara, depois de fazer um testamento em seu favor, com deserdamento. Mas a ameaça, na verdade, não fora levada adiante; o testamento original, ao que parecia, não fora alterado. *Tivesse* sido alterado, o único motivo presumível para assassinato, de parte do suspeito, teria sido o motivo ordinário da vingança; e mesmo a motivação teria sido contrapesada pela esperança de restabelecer

---

* *Cecil, or the Adventures of a Coxcomb* (1841): o romance de maior sucesso da prolífica escritora inglesa Catherine Gore; William Beckford é o milionário excêntrico e aventureiro autor de *Vathek* (1786); Edward Bulwer-Lytton (1803-1873) e William Harrison Ainsworth (1805-1882) são também, como Dickens, autores ingleses; "Turnapenny" pode dizer respeito ao personagem Turnpenny, de *Redgauntlet* (1824), de Walter Scott. (N.T.)

boas relações com o tio. Com o testamento não tendo sido alterado, porém, e a ameaça da alteração ainda suspensa sobre a cabeça do sobrinho, surge de imediato a mais forte instigação possível para a atrocidade; assim concluíram, muito sagazes, os valorosos cidadãos de Rattleborough.

O sr. Pennifeather, consequentemente, foi preso ali mesmo, e o grupo, depois de prosseguir um pouco mais na busca, dirigiu-se para casa, com ele sob custódia. No caminho, entretanto, houve outra circunstância que apontava para a confirmação da suspeita aventada. O sr. Goodfellow, cujo zelo o levava a estar sempre um pouco na frente do grupo, foi visto, de repente, correndo adiante alguns passos, curvando-se e então, ao que parecia, apanhando um objeto pequeno na relva. Tendo examinado rapidamente o objeto, ele foi visto, também, fazendo uma espécie de tentativa interrompida de escondê-lo no bolso de seu casaco; mas sua ação foi percebida, como afirmei, e adequadamente impedida, quando se descobriu que o objeto apanhado era uma adaga espanhola que uma dúzia de pessoas reconheceu de imediato como pertencente ao sr. Pennifeather. Além do mais, as iniciais dele estavam gravadas no cabo. A lâmina da adaga estava desembainhada e coberta de sangue.

Não restava mais dúvida quanto à culpa do sobrinho, e logo após chegar a Rattleborough ele foi levado até um magistrado para interrogatório.

Aqui as coisas outra vez tomaram um rumo mais do que adverso. O prisioneiro, sendo questionado quanto ao seu paradeiro na manhã do desaparecimento do sr. Shuttleworthy, teve a absoluta audácia de reconhecer que exatamente naquela manhã ele saíra com seu rifle, para caçar cervos, nas redondezas imediatas do charco em que o colete manchado de sangue fora descoberto graças à perspicácia do sr. Goodfellow.

Este último então se apresentou e, com lágrimas nos olhos, pediu permissão para ser interrogado. Declarou que uma rigorosa noção do respeito que devia a seu Criador, não menos que a seus irmãos humanos, não permitia que ele seguisse em silêncio. Até ali, a mais sincera afeição pelo jovem (não obstante que este tenha agido mal com ele, o sr. Goodfellow) o induzira a recorrer a todas as hipóteses que a imaginação podia sugerir, no propósito de tentar dar conta do que parecia suspeito nas circunstâncias que depunham tão seriamente contra o sr. Pennifeather; mas agora essas circunstâncias eram simplesmente convincentes *demais*, condenatórias *demais*; ele não mais hesitaria – contaria tudo que sabia, embora o seu coração (o do sr. Goodfellow) fosse absolutamente se fazer em pedaços na tentativa. Ele prosseguiu e relatou que, na tarde do dia anterior à partida do sr. Shuttleworthy para a cidade, aquele valoroso ancião mencionara a seu sobrinho, em *sua* presença (a do sr. Goodfellow), que seu objetivo em ir à cidade na manhã seguinte era o de fazer o depósito de uma soma de dinheiro mais alta do que o normal no banco "Farmer's and Mechanic's", e que ali mesmo, então, o citado sr. Shuttleworthy havia distintamente declarado a seu citado sobrinho sua determinação irrevogável de anular o testamento feito originalmente e de não lhe deixar nem um tostão. Ele (a testemunha) então solenemente apelou ao acusado que afirmasse se o que ele (a testemunha) acabara de afirmar era ou não era a verdade em todos os seus detalhes substanciais. Para grande assombro de todos os presentes, o sr. Pennifeather admitiu com franqueza que *era*.

O magistrado então considerou seu dever enviar alguns policiais para uma busca no quarto do acusado, na casa do tio. Dessa busca eles retornaram quase imediatamente, de posse da bem conhecida caderneta de bolso vermelha, encadernada em couro e aço, que o velho senhor tinha o hábito de carregar desde muitos anos. Seu valioso conteúdo, no entanto, havia sido surrupiado, e o magistrado tentou, em vão, arrancar do prisioneiro que uso fora feito dele, ou onde estava escondido. De fato, ele obstinadamente negava ter qualquer conhecimento do assunto. Os policiais, além disso, descobriram, entre a cama e o colchão do desafortunado, uma camisa e um lenço de pescoço, ambos marcados com as iniciais de seu nome e horrendamente enodoados com o sangue da vítima.

A essa altura dos acontecimentos foi anunciado que o cavalo do homem assassinado acabara de expirar, no estábulo, devido aos efeitos do ferimento que recebera, e foi proposto pelo sr. Goodfellow que um exame *post mortem* da besta deveria ser efetuado imediatamente, com o intuito de, se possível, encontrar a bala. O exame foi feito de acordo; e, como que para demonstrar, fora de questão, a culpabilidade do acusado, o sr. Goodfellow, depois de considerável investigação na cavidade do peito do animal, foi capaz de localizar e extrair um projétil de tamanho extraordinário, o qual, como se descobriu sob teste, adaptou-se com precisão ao calibre do rifle do sr. Pennifeather, ao mesmo tempo que era maior que os calibres das armas de todos os outros moradores da vila ou das redondezas. Para tornar a questão ainda mais indiscutível, de qualquer modo, o projétil, como se pôde ver, tinha uma falha ou sulco que fazia ângulo reto com a sutura normal; e, segundo um exame, o sulco correspondia precisamente a uma saliência ou elevação acidental num molde que o próprio acusado reconheceu como sendo de sua propriedade. Com a descoberta do projétil, o magistrado interrogador se recusou a ouvir qualquer testemunho adicional e imediatamente encaminhou o prisioneiro para julgamento – declinando resolutamente de estabelecer qualquer fiança no caso, embora o sr. Goodfellow protestasse com veemência contra tal severidade e se oferecesse como fiador de qualquer quantia que fosse requerida. Essa generosidade de parte do "Velho Charley" estava apenas em conformidade com o teor geral de sua conduta afável e cavalheiresca ao longo de todo o período de sua estada em Rattleborough. No presente caso, o valoroso homem ficou tão inteiramente arrebatado pelo calor excessivo de sua solidariedade que pareceu ter esquecido por completo, quando se ofereceu para pagar a fiança de seu jovem amigo, que ele mesmo (o sr. Goodfellow) não possuía nem o equivalente a um mísero dólar de propriedade na face da Terra.

O restante do processo condenatório pode ser facilmente previsto. O sr. Pennifeather, diante da barulhenta execração de toda Rattleborough, foi levado a julgamento assim que possível em sessão criminal, e a cadeia de evidências circunstanciais (reforçadas que foram por alguns fatos condenatórios adicionais, que a noção de escrúpulos do sr. Goodfellow o impedia de sonegar ao tribunal) foi considerada tão sólida e completamente conclusiva que os membros do júri, sem se levantar de seus assentos, anunciaram de pronto um veredicto de "*culpado por assassinato em primeiro grau*". Logo a seguir o pobre infeliz recebeu sentença de morte e foi reconduzido à prisão do condado para aguardar a inexorável vingança da lei.

Nesse meio-tempo, o nobre comportamento do "Velho Charley Goodfellow" o tornara duas vezes mais estimado pelos honestos cidadãos da vila. Ele se firmou cada vez mais como o grande favorito de todos, dez vezes mais do que antes; e, como resultado natural da hospitalidade com que era tratado, relaxou, sem alternativa, forçosamente, os hábitos extremamente parcimoniosos que a pobreza o obrigara a observar até ali, e muito frequentemente organizava pequenas *réunions* em sua própria casa, nas quais a espirituosidade e a diversão reinavam supremas – estorvadas um pouco, é claro, pela ocasional lembrança do destino adverso e melancólico que pairava sobre o sobrinho do falecido e pranteado amigo do peito do generoso anfitrião.

Num belo dia, este magnânimo ancião foi agradavelmente surpreendido pelo recebimento da seguinte carta:

Ilmo. sr. Charles Goodfellow:
Caro Senhor – Em conformidade com um pedido encaminhado a nossa firma cerca de dois meses atrás por nosso estimado correspondente, sr. Barnabas Shuttleworthy, tivemos

a honra de despachar nesta manhã, para o seu endereço, uma caixa dupla de Château Margaux, da marca do antílope, selo violeta. Caixa numerada e marcada como se lê na margem.

> Permanecemos, senhor,
> seus obedientes servidores,
> HOGGS, FROGS, BOGS & Co.

Cidade de ..., 21 de Junho, 18... .
P.S. A caixa chegará por carroça e lhe será entregue um dia depois do recebimento desta carta. Nossos respeitos ao sr. Shuttleworthy.

> H. F. B. & Co.

O fato é que o sr. Goodfellow, desde a morte do sr. Shuttleworthy, não mantinha nenhuma expectativa de jamais receber o prometido Château Margaux; e ele, portanto, o via *agora* como uma espécie de desígnio especial da Providência em seu benefício. Ficou bastante deleitado, é claro, e, na exuberância de sua alegria, convidou um grande grupo de amigos para um *petit souper* no dia seguinte, com o propósito de desarrolhar os presentes do bom e velho sr. Shuttleworthy. Não que tenha *dito* alguma coisa acerca do "bom e velho sr. Shuttleworthy" quando fez os convites. O fato é que pensou bastante e concluiu que não diria absolutamente nada. Não mencionou a ninguém – se bem me lembro – que recebera uma caixa de Château Margaux *de presente*. Ele meramente pediu a seus amigos que comparecessem e o ajudassem a beber algo de qualidade fina e notável e de rico sabor, algo que encomendara da cidade uns dois meses atrás e que receberia no dia seguinte. Muitas vezes quebrei a cabeça tentando imaginar *por que* o "Velho Charley" chegara à conclusão de não dizer nada sobre ter sido presenteado com vinho por seu velho amigo, mas nunca pude entender ao certo seus motivos para silenciar, embora ele tivesse *algum* motivo, excelente e muito magnânimo, sem dúvida.

O dia seguinte por fim chegou, com um enorme e altamente respeitável grupo de pessoas na casa do sr. Goodfellow. De fato, metade da vila estava lá – eu mesmo em meio ao grupo –, mas, para grande embaraço do anfitrião, o Château Margaux só chegou bem tarde, quando os convidados já haviam feito ampla justiça à suntuosa ceia fornecida pelo "Velho Charley". O vinho afinal chegou, no entanto – havia uma caixa monstruosamente grande para ele, também –, e, como o grupo todo estava num bom humor excessivo, foi decidido, *nemine contradicente**, que a caixa devia ser colocada sobre a mesa e que seu conteúdo devia ser desentranhado sem demora.

Dito e feito. Emprestei meu auxílio; e num triz botamos a caixa sobre a mesa, em meio a todas as garrafas e taças, muitas das quais foram destruídas na ação turbulenta. O "Velho Charley", que estava um tanto inebriado e excessivamente vermelho no rosto, então sentou-se, com ar de dignidade simulada, à cabeceira da mesa, e a golpeou furiosamente com uma jarra, solicitando aos presentes que mantivessem a ordem "durante a cerimônia da exumação do tesouro".

Depois de alguma vociferação, o silêncio foi restabelecido por completo, afinal, e, como acontece com muita frequência em casos similares, seguiu-se uma quietude profunda e notável. Sendo então chamado a abrir à força a tampa, obedeci, é claro, "com infinito prazer". Enfiei um formão, dei umas poucas pancadas leves com um martelo e a parte de cima da caixa voou para longe súbita e violentamente, e no mesmo instante saltou para uma posição sentada, de frente para o rosto do anfitrião, o ferido, sangrento e quase pútrido cadáver do assassinado sr. Shuttleworthy, o próprio. Ele olhou direto para o semblante do sr. Goodfellow por alguns momentos, de forma fixa e pesarosa, com seus olhos deteriorados e sem lustro, proferiu, devagar, mas de maneira clara e impressionante, as palavras "Tu és o homem", e então, caindo por sobre um

---

* Expressão latina, "ninguém dissentindo", "sem oposição". (N.T.)

lado da caixa como que completamente satisfeito, estendeu seus membros agitados sobre a mesa.

A cena que se seguiu é absolutamente indescritível. A corrida em direção às portas e às janelas foi algo espantoso, e muitos dos mais robustos homens naquela sala desmaiaram no ato, de puro terror. Depois que passou o irromper inicial daquele medo aterrador, turbulento e ruidoso, porém, todos os olhos se voltaram para o sr. Goodfellow. Mesmo que eu viva mil anos, nunca esquecerei a agonia mortífera que se estampou em seu rosto espectral, tornado tão rubicundo, naquela noite, pelo triunfo e pelo vinho. Por vários minutos ele permaneceu sentado e rígido como uma estátua de mármore; os olhos pareciam, no intenso vazio de sua expressão, voltados para dentro e absorvidos na contemplação de sua própria alma assassina e miserável. Por fim, o olhar pareceu disparar subitamente para o mundo externo quando, com um movimento ligeiro, ele pulou de sua cadeira e, deixando cabeça e ombros caírem pesadamente sobre a mesa, em contato com o cadáver, botou para fora, de forma rápida e veemente, uma detalhada confissão do crime medonho pelo qual o sr. Pennifeather estava então aprisionado e condenado a morrer.

O que ele relatou foi, em essência, isto: ele seguiu sua vítima até as proximidades do charco; ali, atirou no cavalo com uma pistola; executou o cavaleiro com a coronha; tomou posse da caderneta; e, supondo que o cavalo estivesse morto, arrastou-o, com grande esforço, até a vegetação espinhosa junto à água. Sobre seu próprio animal ele jogou o cadáver do sr. Shuttleworthy, e assim o levou a um esconderijo seguro, avançando uma longa distância para dentro da mata.

O colete, a adaga, a caderneta e o projétil ele os deixou onde foram encontrados, com vistas a se vingar do sr. Pennifeather. Também tramou a descoberta do lenço e da camisa manchados.

Mais para o fim dessa récita de gelar o sangue, as palavras do desgraçado criminoso falharam e perderam timbre.

Quando o relato afinal se extinguiu, ele se levantou, cambaleou para trás, afastando-se da mesa, e caiu – *morto*.

Os meios pelos quais essa oportuna confissão foi extorquida, embora eficientes, foram na verdade simples. O excesso de franqueza do sr. Goodfellow me revoltara e me dera suspeitas desde o começo. Eu estivera presente quando o sr. Pennifeather batera nele, e a expressão demoníaca que então tomou conta de seu semblante, embora momentânea, assegurou-me que sua ameaça de vingança seria, se possível, rigorosamente cumprida. Assim, pude ver as manobras do "Velho Charley" sob uma luz bem diversa daquela que orientava os bons cidadãos de Rattleborough. Percebi de imediato que todas as descobertas incriminadoras surgiam, fosse direta ou indiretamente, dele mesmo. Mas o fato que abriu de todo os meus olhos para o sentido verdadeiro do caso foi a questão do projétil, *encontrado* pelo sr. G. na carcaça do cavalo. *Eu* não tinha esquecido, embora o povo de Rattleborough *tivesse*, que havia um buraco onde a bala entrara no corpo do cavalo e outro onde ela *saíra*. Se ela foi então encontrada no animal, depois de ter saído dele, pareceu-me claro que só podia ter sido depositada pela pessoa que a encontrara. A camisa e o lenço manchados de sangue confirmavam a ideia sugerida pelo projétil; pois o sangue, submetido a exame, revelou-se ser nada mais do que puro clarete. Quando passei a pensar nessas coisas, e também no recente aumento da liberalidade e dos gastos de parte do sr. Goodfellow, comecei a alimentar uma suspeita que era muito forte, apesar de que a mantivesse em segredo.

Nesse meio-tempo, dei início a uma rigorosa busca particular pelo cadáver do sr. Shuttleworthy, e, por óbvios motivos, fiz buscas em regiões que fossem as mais divergentes possíveis daquelas às quais o sr. Goodfellow conduzira seu grupo. O resultado foi que, após alguns dias, topei com um velho poço seco cuja boca estava quase escondida pelas plantas; e ali, no fundo, encontrei o que procurava.

Bem, ocorreu que eu ouvira por cima a conversa entre os dois camaradas, quando o sr. Goodfellow dera jeito de induzir seu anfitrião a prometer uma caixa de Château Margaux. Agi a partir dessa pista. Arranjei uma barbatana de baleia bem rija, enfiei-a pela garganta do cadáver e depositei este numa velha caixa de vinho – tomando o cuidado de vergar o corpo de modo a vergar a barbatana junto. Dessa maneira, tive de usar força para pressionar a tampa para baixo enquanto a afixava com pregos; e previ, é claro, que, assim que a tampa fosse removida, ela saltaria *para longe* e o corpo *para cima*.

Tendo preparado a caixa assim, marquei, numerei e enderecei-a como já disse; e então, depois de escrever uma carta em nome dos mercadores de vinho com os quais o sr. Shuttleworthy lidava, dei instruções a meu criado para, a um dado sinal meu, carregar a caixa até a porta do sr. Goodfellow num carrinho de mão. Quanto às palavras que eu pretendia que o cadáver falasse, apostei com presunção nas minhas habilidades de ventríloquo; quanto a seu efeito, contei com a consciência do desgraçado assassino.

Creio que não há nada mais para explicar. O sr. Pennifeather foi solto no mesmo instante, herdou a fortuna de seu tio, fez proveito das lições da experiência, virou uma nova página e tocou, feliz para sempre, uma nova vida.

O DEMÔNIO DA IMPULSIVIDADE

Na consideração das faculdades e dos impulsos, dos *prima mobilia** da alma humana, os frenologistas** falharam em abrir espaço para uma propensão que, embora obviamente existente como sentimento radical, primitivo e irredutível, foi do mesmo modo negligenciada por todos os moralistas que os precederam. Na pura arrogância da razão, todos nós fomos negligentes. Temos padecido sua existência para escapar de nossos sentidos, unicamente por falta de convicção – ou de fé; seja fé na Revelação, seja fé na Cabala. A ideia da propensão nunca nos ocorreu simplesmente em função de sua super-rogação. Não víamos *necessidade* para o impulso – para a propensão. Não conseguíamos perceber qual era o seu sentido. Não conseguíamos entender, ou melhor, não teríamos entendido, tivesse a noção deste *primum mobile* alguma vez se apresentado; não teríamos entendido de que maneira ela poderia ser empregada para promover os objetivos da humanidade, os temporários ou os eternos. Não há como negar que a frenologia e, em grande medida, a metafísica foram forjadas *a priori*. O homem intelectual ou lógico, mais do que o homem compreensivo ou observador, pôs-se a imaginar desígnios – a ditar propósitos para Deus. Tendo assim sondado, para sua satisfação, as intenções de Jeová, dessas intenções ele construiu seus inúmeros sistemas mentais. A respeito da frenologia, por exemplo, determinamos primeiro, de modo bastante natural, que era desígnio da Deidade que o homem devesse comer. Então conferimos ao homem um órgão da alimentividade, e esse órgão é o

---

* Do latim, "primeiros impulsos", "motivações primárias". (N.T.)

** Frenologia: a doutrina oitocentista que relaciona as faculdades e tendências mentais aos tamanhos de determinadas partes do cérebro e às configurações externas do crânio. (N.T.)

flagelo com o qual a Deidade compele o homem, queira ele ou não queira, a comer. Em segundo lugar, tendo atribuído à vontade de Deus que o homem devesse dar continuidade a sua espécie, descobrimos um órgão da amatividade, logo a seguir. E assim com a combatividade, com a idealidade, com a causalidade, com a construtividade – assim, para resumir, todo órgão representa uma propensão, um sentimento moral ou uma faculdade do puro intelecto. E, nesses arranjos dos *principia* da ação humana, os seguidores de Spurzheim*, estivessem certos ou errados, na parte ou no todo, apenas foram atrás, em princípio, das pegadas de seus predecessores, deduzindo e estabelecendo todas as coisas a partir do preconcebido destino do homem, e no terreno dos objetivos de seu Criador.

Teria sido mais sensato, teria sido mais seguro utilizar uma classificação (se classificar é uma necessidade) que tomasse por base o que o homem comumente ou por ocasiões fizesse, e estivesse sempre fazendo ocasionalmente, antes de tomar por base o que julgamos que seja o que a Deidade quer que o homem faça. Se não somos capazes de compreender Deus em suas obras visíveis, como o faremos, então, em seus pensamentos inconcebíveis, que dão existência às obras? Se não somos capazes de compreendê-lo em suas criaturas objetivas, como o faremos, então, em suas disposições essenciais e fases de criação?

O raciocínio indutivo, *a posteriori*, teria levado a frenologia a admitir, como um princípio inato e primitivo da ação humana, uma coisa paradoxal que podemos chamar de *impulsividade*, na falta de um termo mais caracterizante. No sentido que lhe dou, é, de fato, um *mobile* sem motivo, um motivo não *motivirt*.** Sob sua sugestão agimos sem objetivo compreensível; ou, se isso for entendido como uma contradição em termos, podemos por enquanto modificar a proposição e dizer que, sob sua sugestão, nós agimos

---

* Johann Spurzheim (1776-1832), frenologista alemão. (N.T.)

** Grafia de Poe para *motiviert*, "motivado" em alemão. (N.T.)

seguindo a razão que *não* deveríamos seguir. Em teoria, nenhuma razão pode ser mais irracional; mas na verdade não há nenhuma que seja mais forte. Em certas mentes, sob certas condições, ela se torna absolutamente irresistível. Tão certo como eu respiro é o fato de que a certeza a respeito do que é certo ou errado em determinada ação é muitas vezes a única *força*, imbatível e isolada, que nos impele a prosseguir na ação. E essa opressiva tendência de fazer o mal pelo mal não admitirá análise e nem decomposição em elementos ulteriores. É um impulso radical, primitivo – elementar. Dirão, eu sei, que quando persistimos em atos por sentirmos que *não* deveríamos persistir neles, nossa conduta não passa de uma modificação daquela que ordinariamente nasce da combatividade da frenologia. Mas uma rápida reflexão demonstrará a falácia dessa ideia. A *combatividade* frenológica tem como essência a necessidade de autodefesa. É nossa salvaguarda contra danos. Seu princípio diz respeito ao nosso bem-estar; e assim o desejo de estar bem é estimulado junto com seu desenvolvimento. Segue daí que o desejo de estar bem precisa ser estimulado junto com qualquer princípio que seja meramente uma modificação da combatividade, mas no caso daquela coisa que chamo de *impulsividade* o desejo de estar bem não apenas não é despertado como o que existe é um sentimento fortemente antagonístico.

Um apelo ao coração do indivíduo é, no fim das contas, a melhor resposta ao sofisma recém-mencionado. Ninguém que consulta em confiança e questiona para valer sua própria alma estará disposto a negar o caráter totalmente radical da propensão de que falamos. Ela não é antes incompreensível do que distinta. Não há homem que viva que não tenha sido impelido em algum momento, por exemplo, pelo sincero desejo de atormentar um interlocutor com circunlóquios. O sujeito que fala tem noção de que não agrada; ele tem toda intenção de agradar; ele costuma ser breve, preciso e claro; a linguagem mais luminosa e lacônica luta para ser proferida por sua língua; é só com grande dificuldade que ele se reprime e não dá vazão a ela; ele teme e protesta contra a raiva do sujeito a quem se dirige; e, no entanto, o vence o pensamento de que, com certas involuções e parênteses, tal raiva pode ser engendrada. Esse pensamento isolado é suficiente. O impulso cresce e vira vontade, a vontade vira desejo, o desejo vira ânsia incontrolável e a ânsia (para profundo remorso e mortificação do falante, num desafio a todas as consequências) é atendida.

Temos diante de nós uma tarefa que deve ser executada o quanto antes. Sabemos que será desastroso protelar. A crise mais importante de nossa vida clama, ao som de trombetas, por energia e por ação imediata. Afogueamo-nos, consumimo-nos no ímpeto de começar o trabalho, e na antecipação do glorioso resultado nossa alma se incendeia por inteiro. Isso deve, precisa ser levado a cabo hoje, e no entanto deixamos tudo de lado até amanhã, e por quê? Não há resposta, exceto que nos sentimos *impulsivos*, usando a palavra sem nenhuma compreensão do princípio. O amanhã chega; e com ele uma ansiedade mais impaciente para realizar nossa obrigação, mas com esse poderoso aumento da ansiedade nos alcança, também, um anseio sem nome, uma vontade positivamente temível, porque insondável, de protelar. Esse anseio ganha força e o tempo se esvai. A última hora para agir está chegando. Tremermos com a violência do conflito que temos por dentro – do definido contra o indefinido – da substância contra a sombra. Porém, se a disputa avançou dessa maneira até aqui, é a sombra que prevalece – lutamos em vão. O relógio soa, é o dobre fúnebre de nosso bem-estar. Ao mesmo tempo, é o cantar do galo para o fantasma que por tanto tempo nos encheu de pavor. O fantasma voa – desaparece – estamos livres. A velha energia retorna. Vamos trabalhar *agora*. Não, é *muito tarde*!

Estamos na beira de um precipício. Espiamos para dentro do abismo – ficamos tontos e nauseados. Nossa primeira reação é recuar do perigo. Inexplicavelmente, permanecemos imóveis. Muito aos poucos nossa tontura, nossa náusea e nosso horror se fundem numa nuvem de sensações indescritíveis. Gradativamente, num ritmo ainda mais imperceptível, essa nuvem assume um formato, como ocorria com o vapor que emanava da garrafa da qual surgia o gênio nas *Mil e Uma Noites*. Mas nessa *nossa* nuvem, sobre a extremidade do precipício, ganha palpabilidade uma forma muito mais terrível do que qualquer gênio ou do que qualquer demônio de fábula, e no entanto ela não passa de um pensamento, embora seja um pensamento temível e que arrepia até a medula de nossos ossos com a ferocidade do deleite de seu horror. É apenas a ideia sobre o que seriam nossas sensações durante a arrebatadora precipitação de uma queda a partir de tal altura. E essa queda, essa aniquilação impetuosa, pela imperiosa razão de que ela envolve a imagem mais medonha e asquerosa de todas as mais medonhas e asquerosas imagens de morte e sofrimento que jamais se apresentaram a nossa imaginação – precisamente por essa causa nós agora a desejamos da maneira mais vívida. E porque nossa razão nos dissuade com violência de passar da beirada, *por isso mesmo* tanto mais impetuosamente nos aproximamos dela. Não há na natureza paixão tão diabólica e impaciente quanto a paixão de quem, tremendo na beira de um precipício, cogita assim um mergulho. Ceder por um instante que for, de qualquer maneira, a esse *pensamento* significa estar inevitavelmente perdido; pois a reflexão apenas nos aconselha a desistir, e *por isso* afirmo que o problema é que recuar é justamente o que *não conseguimos* fazer. Se não há um braço amigo que nos impeça, ou se falhamos num esforço súbito de recuar e cair para trás, nós mergulhamos no abismo e somos destruídos.

Como quer que examinemos ações semelhantes, veremos que elas resultam unicamente do espírito da *Impulsividade*. Perpetramos tais ações porque sentimos que *não* deveríamos fazê-lo. Além ou aquém disso não há princípio inteligível; e poderíamos, de fato, atribuir essa impulsividade a uma instigação direta do belzebu, não fosse que ela opera ocasionalmente, como se sabe, na promoção do bem.

Já falei bastante, de modo que, em certa medida, posso responder a sua pergunta, posso explicar a você por que estou aqui, posso indicar a você algo que tenha ao menos um débil aspecto de motivo para o fato de eu estar usando estes grilhões, e para que eu habite esta cela dos condenados. Não fosse eu prolixo assim, você poderia não ter me compreendido em nada ou, como a plebe canalha, poderia ter pensado que sou louco. Como não é o caso, você perceberá com facilidade que sou uma das incontáveis vítimas do Demônio da Impulsividade.

É impossível que alguma façanha pudesse ser executada com uma deliberação mais perfeita. Por semanas, por meses, meditei sobre os meios do assassinato. Rejeitei mil planos, porque a realização deles implicava uma *chance* de descoberta. Por fim, lendo umas memórias francesas, encontrei um relato sobre uma doença quase fatal que se abateu sobre Madame Pilau*, pela ação de uma vela acidentalmente envenenada. A ideia assaltou minha imaginação de imediato. Eu sabia que minha vítima tinha o hábito de ler na cama. Sabia, também, que seu apartamento era estreito e mal ventilado. Mas não preciso aborrecê-lo com detalhes impertinentes. Não preciso descrever quais foram os artifícios simples com que substituí, em seu castiçal de quarto, a vela de cera que ali achei por uma fabricada por mim. Na manhã seguinte, ele foi encontrado morto em sua cama, e o veredicto do médico-legista foi: "Morte por visita de Deus".

Tendo herdado seus bens, tudo correu bem para mim durante anos. A ideia de ser descoberto nem uma vez me passou pela mente. Quanto aos restos da vela fatal, eu mesmo os eliminara. Eu não deixara nem uma sombra de indício pela qual fosse possível me culpar ou sequer me fazer suspeito

---

* A edição de dezembro de 1839 da *New Monthly Magazine* publicou um pequeno texto ficcional da escritora Catherine Gore sobre uma Madame Pilau, aristocrata na Paris de meados do século XVII. (N.T.)

de ter cometido o crime. É inimaginável a complexidade de sentimento e satisfação que se manifestava em meu peito quando eu refletia sobre minha segurança absoluta. Por um período de tempo muito longo, estive sempre deliciado com esse sentimento. Ele me fornecia mais deleite real do que todas as vantagens meramente mundanas que advinham de meu pecado. Mas chegou afinal uma época a partir da qual o sentimento aprazível se transformou, em gradações mal e mal perceptíveis, num pensamento acossador e atemorizante. Acossava porque assombrava. Eu não conseguia me livrar do pensamento nem por um instante. É uma coisa bastante comum sermos assim incomodados pelo soar em nossos ouvidos, ou antes em nossa memória, de alguma canção opressora e ordinária, ou de alguns fragmentos inexpressivos de uma ópera. E nem ficaremos menos atormentados se a canção for em si boa, ou se a ária da ópera tiver mérito. Dessa maneira, ocorreu que eu me via perpetuamente meditando sobre minha segurança e repetindo em voz bem baixa a frase: "Estou a salvo".

Certo dia, enquanto saracoteava pelas ruas, estaquei no caminho ao murmurar, a meia-voz, essas sílabas costumeiras. Num acesso de petulância eu as remodelei assim: "Estou a salvo – estou a salvo – sim – desde que eu não seja tolo o bastante para confessar o que fiz!"

Assim que acabei de pronunciar essas palavras, senti um arrepio gelado subir até o meu coração. Eu já havia experimentado algumas vezes esses acessos de impulsividade (cuja razão de ser eu tivera alguma dificuldade em explicar) e lembrei muito bem que em nenhum caso eu havia conseguido resistir aos ataques. E agora a minha casual autossugestão, segundo a qual eu poderia ser tolo o bastante para confessar o assassinato de que era culpado, vinha me confrontar, como se fosse o próprio fantasma daquele que eu matara, e me chamar para a morte.

A princípio, esforcei-me para expulsar esse pesadelo da alma. Eu caminhava vigorosamente – rápido – mais rápido

– por fim corria. Senti um desejo enlouquecedor de gritar. Cada onda sucessiva de pensamento me afundava num novo terror, pois, ai de mim!, eu compreendia bem, muito bem, que *pensar*, na minha situação, era estar perdido. Acelerei ainda mais meus passos. Disparei como um louco pelas vias públicas cheias de gente. Por fim, o populacho se alarmou e passou a me perseguir. Senti *então* que minha sina se consumaria. Se me fosse possível arrancar minha língua, eu o teria feito – mas uma voz bruta ressoava em meus ouvidos – braços ainda mais brutos me seguravam pelos ombros. Eu me virei, ofeguei, sem fôlego. Por um momento experimentei todas as angústias da sufocação; fiquei cego, e surdo, e tonto; e então algum demônio invisível, ao que pareceu, golpeou-me nas costas com a palma de sua enorme mão. O segredo aprisionado por tanto tempo irrompeu de minha alma.

Dizem que falei numa enunciação clara, mas com marcada ênfase e pressa ardente, como se temesse ser interrompido antes de concluir as breves mas fecundas frases que me despacharam para o carrasco e para o inferno.

Tendo relatado tudo que era necessário para a mais inevitável condenação judicial, caí desfalecido.

Mas por que seguir falando? Hoje eu uso estes grilhões, e estou *aqui*! Amanhã estarei desacorrentado! *Mas onde?*

lepmeditores
www.lpm.com.br
o site que conta tudo

IMPRESSÃO:

PALLOTTI
GRÁFICA

Santa Maria - RS | Fone: (55) 3220.4500
www.graficapallotti.com.br